U0664936

幻

木麦

著

团结出版社
UNITY PRESS

图书在版编目（CIP）数据

幻／木麦著. -- 北京：团结出版社，2023. 2
ISBN 978-7-5234-0004-3

Ⅰ. ①幻… Ⅱ. ①木… Ⅲ. ①中篇小说-小说集-中国-当代②短篇小说-小说集-中国-当代 Ⅳ. ①I247. 7

中国版本图书馆 CIP 数据核字（2022）第 255396 号

出　　版：团结出版社
　　　　　（北京市东城区东皇城根南街 84 号　邮编：100006）
电　　话：（010）65228880　65244790
网　　址：www.tjpress.com
E - mail：65244790@163.com
出版策划：力扬文化
经　　销：全国新华书店
印　　刷：成都兴怡包装装潢有限公司

开　　本：145mm×210mm　　1/32
印　　张：8.25
字　　数：150 千字
版　　次：2023 年 2 月第 1 版
印　　次：2023 年 2 月第 1 次印刷

书　　号：ISBN 978-7-5234-0004-3
定　　价：48.00 元

目录
CONTENTS

虫虫情史

引子

你如果愿意在春末初夏午后，到城郊去走走，会感受到什么才是真正的生活——

所有的植物已经把今年刚长出的第一轮叶子展开到极致，而且轮廓清晰，脉络分明，颜色新妍可人。树与树、草与草保持着恰到好处的距离，既不稀疏松乏又不挨挨挤挤。它们互相点头致意，默契地争取在每一寸土地上盖上植物家族的印章。于是深深浅浅的绿一直延伸到地平线，延伸到水平面，延伸到天际线，成为一个庞大的不可撼动的绿色王国。植物是温顺的，所以这个王国这样的繁盛，只是显得热烈壮观并不失亲切愉悦的美感，也不招致其他生命体的嫉恨。

天清气朗，偶有小风吹过平整如镜的水面，水面闪闪发光，跳动的波纹追逐着撒到水面的光线，像也拥有了生命一样。河边的大叶杨憨着劲地往上长，一直到长到天上，明晃晃地照着太阳，叶子翻飞，每一片都像在噼啪作响地欢快鼓巴掌。

太阳是从蓝得没有尘滓的广阔天宇洒落光辉照彻大地的。蓝汪汪的天上满是太阳无处不在的白光，靠近地面的温度很快就上来了，热气一股股地升腾。干热或者加足了水的那种濡热，本来会使生命体觉得气闷，或者使各种毛羽沉重而腻烦，但是风把四下的空气和水汽和面般一顿揉搅，就一切轻软适宜了。这里面还有草青涩的气息，还有树木干凛的味道、麦穗的清甜、油菜的粉味儿或者近水处的水腥气，让一切生命觉得自己身处一个正在缓慢加温的烤箱里，自己成了一个面团，身体舒展，意识无限滋长，以致任何形骸都无法束缚，下一刻那膨胀的意识就可能蓬蓬松松地飘上天去，做一朵摇摆无定的云，又或者融化分散成为这煦暖气息的一个小小分子。

在这一年当中最好的季节里，风大叶杨树林旁，以菜园为中心，灌溉渠为分界线的虫虫世界，一群最懂韶华易逝的生命体开始奔忙。无数新的生命在这个最好的季节热热闹闹地问世，争先恐后地成长。它们的喜怒哀乐，尤其是它们的爱情婚姻构成这个短暂季节最动心心弦的篇章。

一、有女初长成——灯蛾篇

1. 邻家小妹

在一畦正开花的蚕豆地里，两片挨着的豆叶顶端给巧妙地黏在一起，形成一个灰绿色的屋脊，下面的一簇叶子则收拾成卧室和客厅和厨房。心灵手巧的主人还在邻近的丫叉上，对着远处的池塘的地方建了一个露台。露台顶上的叶子给啃掉了厚厚的叶肉，只留下透明的一层表皮层，既透气又能遮挡来自上方的不测。露台上摆了张杂木小餐桌和三把椅子，晚上在这里看夜景最美不过。

这儿就是星白雪灯蛾精巧不失雅致的家。

小灯蛾在家一边做头发一边等着她的两个好朋友——黄粉蝶和七星瓢虫。

说起来，她们仁的友情从都还是柴火妞儿时就结下了。

当年虫虫幼稚园里，灯蛾最小，常被天牛家的蛮小子欺负得眼泪汪汪。胖丫头七星瓢虫看不过，在天牛小子的细胳膊上一下子就给添了一排牙印。从此灯蛾就成了瓢虫的小跟班。

后来上了小学班上又转来一个黄毛丫头，又黑又瘦，谁碰到了就炸毛一样生出一身疙瘩，却口口声声宣称："现在的我，你爱理不理；将来的我，你高攀不起。"小灯蛾立刻就被这份脱俗的气质吸引。然后在她的极力撮合下，三姐妹组合就此成立。

那个狂拽的丫头就是黄粉蝶。还真的应了那句"女大十八变，越变越好看"，虽然发育圆满后的黄粉蝶参加世界美蝶大赛菜园子分区赛不敌几个表姐妹，被刷了下来没拿到名次，却也果真长成体态婀娜，光彩照人的美女一枚。

"女大十八变"的当然不止黄粉蝶，小灯蛾也从细眉细眼的丫头变成了一身雪白肌肤的娇俏少女。唯独瓢虫的体型没有往细长条里长。可能是一天到晚不离吃零嘴的缘故，长大后的瓢虫腰身滚圆，面色红润，长成个油光水亮的大妞。

"这是遗传，关零食什么事！"瓢虫依然一口一个肉干，丝毫没有节食的打算。

也是，瓢虫家族就是富态的基因，当然如果他们不是都喜欢在吃上花功夫可能会有些变化。每次去瓢虫家找她，临出门她妈都要塞一堆吃的过来："花姐儿，别顾着玩，饿着自己了。看，小脸都瘦了一圈。"对了，补充一下，瓢虫不喜欢人家叫她本名，"瓢"这个字读音难听，她更喜欢大伙儿叫她花名——"花姐儿"。

2. 青梅竹马

三个女生吵吵闹闹地长大，转眼就到了谈婚论嫁的年纪。

星白雪灯蛾从小就认定她会在长大后嫁给隔壁的绿蝇。

小灯蛾家离池塘不远。去年冬天有几个钓鱼的在池塘边钓鱼，落下一条巴掌大的鲢鱼在草丛里。天气冷，鱼结结实实地和覆盖着的杂草冻在一起，居然没被野猫之类的叼走。天气一暖，这条经年的臭鱼就成了绿蝇家族的天堂。"臭鱼里"因此得名。

绿豆蝇就生在"臭鱼里"的一条小胡同里，和星白雪灯蛾家就隔了一道田垄。它们差不多是同日出生，小时候摇篮都挨得很近：一个吊在蚕豆的第二轮叶子背面，一个就安稳地摆在叶子下的暄软高爽的肥土里。

绿蝇小子长得不赖，身材匀称，小小年纪就穿着一身金属绿的礼服，从早到晚金红锃亮的墨镜舍不得摘下来。酷、帅的造型迷倒了菜园里一众小姑娘。

当然小灯蛾也一直没把众多的竞争者当回事。粉白娇小的星白灯蛾出身高绿豆蝇不是一个两个菜皮的距离。他们两家族一直有通婚的传统，况且，绿蝇从小没少表示对小灯蛾的追求。如果不是小灯蛾的成熟晚绿蝇那么一个星期，它们早就可能作为未成年私奔的典型了。所以整个菜园子都知道小灯蛾和绿蝇是一定会走在一起的未婚夫妻。

池塘的和风吹来汩汩的水汽，客厅的窗纱被吹起来又落下去，小灯蛾和姐妹淘们正在喝茶。她们喝的是从苜蓿地新进的红茶。年轻的女孩子因为不好好吃饭，总有些伤胃，混了蜂蜜的红茶对她们是最滋补不过的。

"味道淡了点。小雪，你还没定婚礼的蛋糕吧？"七星瓢虫花姐儿吃了口洋菊花粉的甜点，舔舔自己涂了鲜红丹蔻的手指，"婚礼的蛋糕一定要记得到我舅舅家订，我让他打八折给你。八折！"因为小灯蛾全名叫星白雪灯蛾，她就喜欢叫蛾子"小雪"。

黄色豆粉蝶"嗤"地笑了："不熟悉的打八折，小灯蛾是谁，咱们的好姐们，怎么也要打七折才行。"

花姐儿有些挂不住："那是我十二舅舅的店，要是我自己的，打对折。"

黄粉蝶却不依不饶地说："还对折呢。要是我，就一分不要，当出份子的了。"

花姐儿恼了："你是要跟我抗上是不是？"

小灯蛾知道黄粉蝶是在故意挑事。因为前段时间瓢虫在酒吧和天牛拼酒，抢了黄粉蝶的风光。要知道，黄粉蝶一直暗恋天牛。可惜天牛从来没把孱弱的蝴蝶放在眼里。

虽然小灯蛾不承认因为早早定下的亲事，让她自然地在朋友面前有了优越，还是庆幸自己不要像其他的虫虫那样，被荷尔蒙催促着心急火燎地寻觅适龄对象。但也理解，对黄粉蝶用自己的喜事找场子的做法，她有些介怀。

小灯蛾于是满不在意说："蛋糕我一定买，八折已经很优惠了，就算不打折也没关系，反正这笔钱男方出。我妈说，宁可将来贴补我点，这该男方花的钱一份也不能少，不然就显得没身价，会被小看了。"

蝴蝶和瓢虫一下子静下来，显然在消化这信息。毕竟她们不久也要走进婚姻，小姐妹的婚礼就是最好的观摩学习的课堂。其实这话是小灯蛾自己的想法。小灯蛾姐妹一大堆，她妈妈数都数不过来，才没精力关心每个女儿的婚姻呢。当然蝴蝶和瓢虫的情况也差不多，都是要自己为自己张罗的主。

客厅里的谈话继续下去。"小灯蛾，你现在是什么心情？期待吗？"黄粉蝶仪态优雅地喝了口茶，用帕子轻轻压了压唇角。

"期待？有一点吧，但是也不希望早点到来。"小灯蛾很愿意在小姐妹面前吐一吐苦水，"生活难道就应该这样吗？女孩子一到成年就结婚，然后生儿育女，操持家务。你们觉得这样按部就班的生活有意思吗？是不是很无奈？"

花姐儿认真地想想，笑了："我觉得还是结婚好些。生活不就是吃吃喝喝吗。做姑娘虽然不用劳心，但是不自由，整天被念叨。结了婚就可以自己做主了，想买什么，买什么，想吃什么，吃什么。至于那些责任，看你怎么看了——自己接着才是责任。"

"想吃就吃？你糊涂了吧？男人娶你可不是闲得要养老婆做宠物，而是希望你把他当宠物。爱他，喂他，伺候他。"黄粉蝶嗤笑，"你就等着做牛马吧。"

"可我妈觉得照顾我和我爸很幸福。有回她和老姐妹出门，说好玩几天的半途就担心得不行，非提前回家，说是怕我们饿着，怕家里没她会乱成一团。"花姐儿"吱"地吸了一大口饮料，继续说，"可结果看到家里是整整齐齐，我和我爸该吃吃，该喝喝，不要太舒坦。原因是我们那段时间一直叫外卖，请保洁。我妈当时那个失落，甭提了。伤心得不得了，差点大病一场。所以我最乐意叫我妈给我做吃的，她忙得乐颠颠，觉得那才是幸福。"

"那花姐儿，你喜欢做事吗？还是更喜欢玩等着叫你吃饭？"黄粉蝶反驳。

"当然喜欢舒适些的。不过我妈说了有了喜欢的人就会乐意下厨。"花姐儿一脸憧憬。

"拉倒吧，你爸怎么不会为你妈下厨？经济体现实力，你妈乐意做饭是因为你爸挣得多，而她就一家庭妇女。"

"不能这么说，按你说的，我就不该做你们喜欢吃的甜甜圈，而是给你们一人一张钞票让你们自己买去。"小灯蛾阻止黄粉蝶的诋毁。

"最可爱的小雪，千万不要听她的。像你这么勤快伶俐会照顾人的姑娘，绿蝇小帅哥就等着娶进门呢。只有我们才犯愁找个什么样的。"花姐儿赶紧讨饶。

黄粉蝶也连连点头："小雪的婚姻一定是很幸福的。至于我，要嫁个有钱的，每天负责美美的就好。像我妈那样被家务搞到累死累活，满脸是斑，笨死了。"黄粉蝶妈妈年轻也是远近有名的美女，可惜粉蝶爸爸那喜欢招蜂引蝶的性子结婚后不改，整天热衷于应酬不帮忙，又不见挣钱回家，为此家里没少吵架。

"不要吧，虽然有说'男人负责赚钱养家，女人负责貌美如花'，但是谁能保证一直貌美如花啊。年轻的女孩子一茬一茬的，永远不缺，靠美貌靠得住？"小灯蛾不赞同黄粉蝶的话。

"那不年轻漂亮，人家跟你结婚图什么？就为了传宗接代，

只要是母的就行？那得多低的档次啊！"黄粉蝶自己抖了一地鸡皮疙瘩，

"如果有帅哥追我，我就不在乎他是不是有钱了。"瓢虫叼着吸管幽幽道。

花姐儿的婚姻其实是最不能自主的。她家条件还可以，瓢虫爸妈都是性格沉稳，在很多问题上意见一致，对七星瓢虫的愿望就是找个门当户对的，顺顺当当地完成虫生任务。

"有爱情当然好，我也希望像小雪那样有个青梅竹马的帅哥当恋人，但是没有啊，那就只好抓住财富咯。"黄粉蝶做了个握紧拳头的动作，好像这样财富就尽在掌握了。

小灯蛾没把两个闺蜜的话放心上。

绿蝇的家境一般，阿妈饭碗一推就要去麻将场玩，家里是撒手不管，自己嫁过去是要吃苦的。但是她既然早有准备，倒没有焦虑或者失落。只是既然她们口气中有些奚落看笑话的意思，只好低头做忧伤状："我没那么好命——结婚后能做个不用动手的太太。绿蝇的家庭情况，你们都知道。绿蝇是贪玩性子，他妈妈又是那样的难伺候。想想也难过，亲事订得太早，连后悔的余地也没有。"

黄粉蝶和花姐儿有些过意不去了："你的亲事哪里不好啦。绿蝇仪表堂堂，多少人羡慕你啦。快别胡思乱想了。"

于是三姐妹乱扯了其他话题，嘻嘻哈哈一通闹了过去。

3. 婚变

既然命运无法阻挡，就要认真应对。

小灯蛾和姐妹们开始为成年礼的到来张罗起来，因为按照传统，婚礼要等完成成年礼后举行。

说起来，与其说女孩子对婚姻的满怀热情还不如说是对婚礼充满热情。不信你问小灯蛾，她压根把那位准新郎抛在脑后，许久没有见到都没在意。她更关心的是新婚的手捧花是用紫罗兰还是风信子，装饰新房的是石榴花还是蔷薇花。虽然成年礼和婚礼靠得很近，可也不能混为一谈，都是虫生仅此一次的大事，不郑重对待怎么行。成年礼的礼服和婚礼的礼服都要分别挑选，打定主意务必要一亮相就招来姐妹们的羡慕嫉妒恨的目光。

但是世上的一切走向是难以预测的，就像你不能预测蛤蟆会从菜园南门进来还是西门进来——菜园子西面南面都临近池塘。

就在小灯蛾满脑子都是粉红泡泡的时候，听到一个可以说是叫她绝望的消息。

消息是由花姐儿告诉她的。她冒冒失失闯进来的时候，把金盏花藤编的门都撞歪了。"小雪，不好了，不好了！出大事了，出大事了！"

小灯蛾正在黄粉蝶的协助下做糕点，已经做了一筐放在一边，这些是仪式上要用的喜饼。白色的水蒸气里她一时愣怔，没反应过来。花姐儿上来一把扯掉小灯蛾手中的围裙，因此把桌上的点心盘子打翻了也没顾上看一眼。可见发生的是多大的事了。

"什么事啊？"黄粉蝶很恼火，"不来帮忙，还捣乱！"

"别忙活了，婚礼已经办过了。"花姐儿气呼呼地坐下。

"什么婚礼办过了啊？这不还在准备吗？你能不能把话说明白了！"黄粉蝶叫起来。

小灯蛾没吱声，心里隐隐感觉到是什么一件糟糕的事发生了。

"那个绿蝇，他已经结婚了！现在外面都在说这事呢！"花儿姐拍了下桌子，"咱们小雪不能这么被欺负，得找他算账去！"

原来就在前天，小灯蛾的未婚夫，年轻帅气的绿蝇先生已经秘密结婚了，结婚的对象当然不是懵懂单纯的小灯蛾。据说是新搬来的刺蜂小姐，那个刺蜂说起话来特别伶俐、身材还特别窈窕。

"什么？真不要脸！"黄粉蝶一听立刻和花姐儿一道把绿蝇和刺蜂骂了个天昏地暗。等骂半天，嘴巴都干了，才想起小灯蛾没做声。

"可怜的小雪给气坏了。去找他们算账！我们给你撑腰！"花姐儿说。

"算账？我跟他们说什么？"小灯蛾当然很委屈，可是怎么样才叫算账？性子绵软的她还真有些胆怯。

"当然是当众揭露绿蝇不负责任，刺蜂横刀夺爱啊！"花姐儿说。

"他们这样大家看得到，我说了有意思吗？而且他们都结婚了，我说了能改变什么吗？"小灯蛾闷闷地说。

"你可真笨。一声不吭，那样大家会觉得你太懦弱，以后还不知道怎么欺负你呢。而且绿蝇得赔偿你的损失，青春损失费。他挡了你多少恋爱的机会啊！都要结婚了，却被甩了，被大伙儿看笑话，多伤心啊！所以名誉损失费、精神损失费也不能少！"花姐儿操碎了心。

可小灯蛾虽然心乱如麻，却是不肯出门。她坚持认为去找对方就是丢人。"人家可不管我是不是委屈，去吵闹一番，一样要看笑话的。我不愿意没做错，却要被人家笑话。"

没办法，黄粉蝶和花姐儿替小灯蛾出头去吵了一架，结果铩羽而归。原来绿蝇的妈妈和新媳妇刺蜂，婆媳一条心，强强联手，说得她们几乎无还口之力。

"我家绿蝇虽然有不对，可小灯蛾根本就没把我儿子放心上，不然，怎么我儿子移情别恋她一点儿不知道。但凡她多用点心，我儿子也不会轻易丢下她娶了别人。你小灯蛾瞧不上我儿子，我们再怎么为低，也不能总巴着你啊。"绿蝇妈妈也挺委屈。

"爱情是不分先后的，只有爱对的和爱错的。小灯蛾不努力经营，还能不许别人为爱情勇敢去争不曾？结婚之后移情别恋是花心，可绿蝇还没有和她结婚。只能说是他和我才是真爱，她小灯蛾才是我们之间的第三者。"刺蜂果然伶牙俐齿。

"小灯蛾真爱我，让她自己来，我跟她道歉。我和刺蜂两情相悦，请她成全。她没意见的话，你们有什么立场指责我和刺蜂的爱情？"绿蝇趁机挤兑。

"我看那个绿蝇根本配不上小灯蛾，就他那家境，换我还不乐意呢。小灯蛾虽说现在委屈了些，却也好过嫁过去当老妈子吧。"黄粉蝶悻悻地安慰道。

"话虽在理，不过不能放过他们。"花姐儿恨铁不成钢地点小灯蛾的头，"你去闹一闹，让他们没法得意也好啊！"

小灯蛾摇头："算了，他们说的对，可能我真的不是很爱绿蝇。"

"你就是怕说不过人家！"黄粉蝶揭穿她的真实心思。

"这一家子配足了，都有一张利嘴。可也别得意。别看现在热络，以后有针尖对麦芒的时候，就等着看他们天天吵架吧。"花姐儿恶毒地诅咒，又对小灯蛾说，"你争口气，找个比绿蝇好一万倍的，气死他们!"

小灯蛾讪笑，怎么说她也是有脾气的，心里当然也想让对方好看。嗨，真要等到那一天，一定啪啪打绿蝇一家的脸!

4. 情敌见面

豌豆花谢了，结出一个个钩子样的豆荚，小灯蛾才扭扭捏捏地出了门。

虽然她一直希望听到绿蝇婆媳吵架的消息，可惜没有。刺蜂比想象的厉害，绿蝇现在成了一个忠犬男，绿蝇妈也回归居家老人模式。搞得那些曾经和小灯蛾一样哀怨的姑娘现在都对刺蜂的手段那叫一个服气，转弯抹角打听她是如何调教老公的。

"这男人要趁新鲜劲没过的时候拿下。'一娇二夸三耍赖，你管做事我管爱，不时搞点小情调，养成习惯很重要。'刺蜂说的，真是好有道理。"花姐儿现在都成了刺蜂的拥趸了，把她的话都记在一个红缎面的本子里。自己的好闺蜜，现在都成了情敌的粉丝，小灯蛾真心觉得自己太失败。

"你注意点儿。"黄粉蝶捅捅花姐儿，她还知道顾及小灯蛾的感受。当然她自己对刺蜂也是既嫉妒又佩服。暗地里早把她作为自己赶超的对象的。

"没事儿。事实证明，绿蝇娶她是再英明不过的。换我，还真做不到她这样。"要用最真心的语气夸自己曾经的情敌，免得好朋友为难，小灯蛾觉得一嘴的牙都在发酸。

花姐儿很高兴小灯蛾的看得开。刺蜂下个星期要办一个聚会，园子里的姑娘们都会去。好奇也好，学习也罢，反正是想去看看的。她当然也想去，就怕小灯蛾介怀。"那好，下个星期刺蜂家的聚会，一起去啊。"花姐儿毫无心理负担地约两个朋友。

"我无所谓，"黄粉蝶看了小灯蛾一眼。

"我就不去了，总还是有些尴尬的。你们去好了。"小灯蛾连忙表态。

两个朋友坐了会儿就走了，小灯蛾看着她们离开，笑容僵在脸上。看来刺蜂不仅夺走了她的爱情，还夺走了她的友情。自己如果不做点什么，就要一直在她的阴影下生活了。

在想好到底该如何挽尊前，小灯蛾没打算见刺蜂，却是造化捉弄，让她们在路上遇到了。

是小灯蛾先注意到刺蜂的。

正午的阳光明晃晃地照着一大丛攀爬在篱笆上的凌霄花，刺蜂嗡嗡地从其中一朵花里钻出来。小灯蛾嫉妒地看到结了婚的刺蜂身材仍然那么好，金红色的窄身筒裙显得那么合身。她脸上沾了些花粉，就像在脸上涂了一层淡金，闪闪发光。小灯蛾心里酸酸的，不得不承认，连自己都被迷得错不开眼睛，何况从小一点点腥臭就会晕头转向的绿蝇呢？

刺蜂倚着明艳的花冠，风姿绰约地抬手整了整发髻，抬眼看到眼神复杂的小灯蛾，笑着飞了过来。

小灯蛾立刻警惕地往后退了下，然后突然醒悟，恼火地迎了上去。

"你想干什么？"话一出口，小灯蛾就发觉自己又错了。

果然刺蜂"噗嗤"一声笑了，围着她飞了几圈，以一种炫目的速度拍翅动作悬停在她面前。

"别害怕，我不会伤害你。因为我根本没把你当回事啊。"刺蜂笑了，"都说，人类可不会在乎地上蚂蚁的感受。所以，我做我想做的事，你怎么样和我有什么关系呢？"

这话说得太气虫，可小灯蛾无力反驳。

"你不在乎，跑我跟前得瑟什么？"小灯蛾半天才憋出这么一句，"你不会不知道我是谁吧？"

"你是谁？你是过去，你自己不知道吗？而我是现在，更是未来。你以为我会担心？"刺蜂老神在在地望着天边的一丝亮红的云。哇塞，那种睥睨苍生的派头，连小灯蛾也不得不心里暗暗叫绝。

"而且，你看过电视剧《一代宗师》吗，我看了三遍。看到螳螂宗师运用双钩经历了技法从生硬到越来越娴熟，出最后出神入化的过程，每次我都如痴如醉。现在我越来越觉得自己能把生活处理得得心应手。可能我天生就是生活家吧。懂生活，会生活。你永远无法超过我，除了羡慕你什么也做不了。对了，我打算开个生活艺术学习班，你来的话，我给你一个熟人价。"说完，刺蜂得意洋洋地飞走了。

刺蜂刺轻描淡写的一番话，让小灯蛾有要吐血的感受。但除了接着，她确实什么办法也没有。浑浑噩噩地走到小河边，小灯蛾坐在一个柳枝半展的叶子上，突然泪如雨下。

她哇哇地哭着，像好把一辈子的眼泪都流完，如果不是一个声音吓到了她。

"喂，你不要哭了。再哭，我的房子就要冲走了。"一个声音怯怯地从树下传来，是一个水蚤，蜻蜓家的小崽子。细头大肚子，还是个没发育好的半大小子。他在靠岸的地方扒拉了些水草搭了个棚子，打算作过夜的地方。蜻蜓家就是这样，推行什么斯巴达式教育。可怜那些半大小子，都要在外经历颠沛流离的童年和少年时光，算是给虫生增添一份血泪相伴的辉煌吗？

"滚开，别管我！这是地方你家的吗？哭都不允许，还有没有同情心啊！混蛋！"不被待见的野小子，别怪别人再踩上一脚。小灯蛾本来就窝火了很久。

水蚤被呛了，没脾气地缩回头。小灯蛾发了通邪火，也不那么难受了。

天色暗下来，她坐在高处，看可怜的水蚤探出头，小心翼翼地重新摆布那些水草，突然有些过意不去。

"喂——"水蚤闻声抬头看看她，又扭头东张西望，一副"是喊我吗"的不确定神情。

"和你说话呢！"小灯蛾说，"你在干嘛？"

"在搭房子，晚上不把自己藏好，就可能被鱼吃掉。除了鱼，还有龙虱和红娘华。他们一直盯着我，太可怕！"它哆嗦了两下。

水蚤的小可怜样取悦了小灯蛾，她觉得好多了。往往就是这样：看着别人过比自己还不堪，面对生活的勇气就会多多少少重新获得。

水蚤摆弄好水草又笨拙地翻折了胳膊去抓挠后背。他抓挠了半天，猛然看着小灯蛾正瞧着他，有些不好意思："有些痒痒，好像背要裂开似的。"

小灯蛾想起自己的脱蛹，有些明白这大概也是快到羽化阶段了。那种伴随涅槃的身体撕裂的痛苦，让她沉浸在回忆中很久。

水蚤担忧地望着她凝重的脸："我让你不舒服了？"

"不，不是你的原因，是我想起了有些事。至于你，是不是又痒又痛?"看到水蚤有些羞涩地点点头，小灯蛾轻声地说，"不要紧，过一段时间就好了。"声音很低，是对水蚤也是对自己说。

小灯蛾看着水蚤一脸诧异和专注，心底有满足的快乐，不介意透露点秘密给这个傻小子："相信我吧，只要能挨过这段时光，你以后就会变得强大。"

生活就是这样，生命都是从弱小发展来的，只要挺过艰难，也许就会有不一样的局面。小灯蛾在回家的路上这样想。

"我真是一个诗人，或者是哲学家。可惜，虫生短暂，看重的从来都不是精神的独立，而是生儿育女的能力。我这样有思想有什么意义!"小灯蛾有些得意，又有些惆怅。

5. 一家有郎众家求

经过一段痛定思痛，小灯蛾觉得自己认清了命运的真相，那就是：承认生活大多是苟且，认命地尽可能苟且得不那么屈辱就好。关于爱情与婚姻，她也有了新的认知：婚姻是证明活着价值的花蜜，爱情是盛蜜的花器；如果没有容器，蜜，盛在树叶上也可以。

《每日虫鸣》给菜园的姑娘们一个福音。它的周末副刊整版刊登了一则征婚启事，黄金王老五屎壳郎，终于决定不再祸害娱乐界的小明星，要走居家路线了。

屎壳郎本来是菜园附属地——远郊粪地湾——的一个土老帽。像这样的地段的虫子，虽然因为地利（吃住敞开了供应），但是毕竟跟花红柳绿的花园、新鲜肥美的菜园，阶层上差了不止几个档次。那儿的虫子偶尔飞到菜园里，是要被驱逐的。但是挡不住运气好，粪地湾地段整体搬迁，屎壳郎名正言顺地成了菜园里昆虫界一员。最可气的是，它所继承的粪土，据说随着有机肥的受热捧，在股市被炒到天价。从前整天和粪球为伍的屎壳郎，现在成了金融街的常客，隔天就要去数数存在那儿的粪球。不知具体数目多少，但是光看搞金融的那帮蚯蚓对它的追捧，就知道一定不是个小数目。

屎壳郎从一个被准丈母娘们轻视的土老帽，现在成了众口一词的沉稳、可靠、有雄厚资金的资本家，自然有无数胸大腰细的小明星主动送上门来。屎壳郎对她们倒也不小气，时不时让她们闻闻自己的粪球气息。只是根子里是农民的屎壳郎虽然在夜店名声不错，就是不愿给那些渴望登堂入室的时尚女郎一个机会，他宣称结婚一定要找非娱乐圈的，外围女也不行。这不是打脸吗？好在，跟他或者跟他的粪球计较的女孩不多，他依然很受欢迎。

现在这个菜园地最值钱的单身汉，要结婚了，那些曾经嫉妒舞女歌女可以和他同乘金马车去看歌剧的良家少女，都觉得扬眉吐气，高高兴兴地准备去参加海选。据说，时装街的营业额出现双十一以来的新高。

小灯蛾看到启事的第一反应有些与众不同，居然是，如果屎壳郎先生从此不再光临南瓜街的夜店，他那辆特别从绿肥园花了八十个粪球定制的金马车岂不是浪费了。

虽然感觉做屎壳郎夫人和火星撞地球一样属于小概率事件，但是被绿蝇夫妇恶心到了的小灯蛾在规划虫生时，还是打算去碰碰运气。彩票还是要买的，万一中奖的就是自己呢！

到了海选报名的现场，早有心理准备的小灯蛾还是被盛况空前的喧闹场景吓了一跳。

　　长长的四条报名通道站满了应征者，队伍还转了几个 S 弯。无数的小商贩趁机在周边卖起了水、毛巾、遮阳伞。毕竟虽然有充分准备，但是想到居然要带全堪比野外远足设备的佳丽还是少数。有激动了忘了带补妆用品的，有没顾上吃早饭快饿晕了的，有穿高跟站得太久腿抽筋的，有紧张得频频上厕所需要代为排队的，总之虽然是声称报名免费，但是负责承办的花喜鹊礼仪公司除了从屎壳郎那里获得不小的酬金，还因为预计到了盛况而早准备了几车物质大赚了一笔。

　　"小姐，要买点玫瑰水吗？据说这个牌子的香氛，是屎壳郎先生的最爱！"小贩过来兜售。

　　"笑话，如果人人都用这个，香气浓得不怕把屎壳郎先生熏死。"小灯蛾旁边队伍一位有个性的小姐讥笑道。不过在看到前后都买了，她也犹豫起来，最后招手让小贩也来一瓶。

　　小灯蛾没有买香氛，不过她买了本《如何顺利通过屎壳郎先生的征婚选拔》的秘笈。其实就是征婚男女常问的一些问题，比如你喜欢什么花，你觉得单独过还是和父母一起住，你喜欢怎样的婚礼等等。题目一般，重要的是，下面给出了据说是根据与屎壳郎先生关系密切的独角仙先生那儿得到的第一手资讯，保证回答与屎壳郎先生的喜好相符。

　　经过整整一个上午的排队，小灯蛾顺利地报了名，如果不算被小偷顺走了最喜欢的手表的话。并且小灯蛾还得到初试通过的答复。

　　原来从佳丽排队就开始淘汰了，据说这样的现场表现更真实，能反应佳丽们的素质。没有通过初选的佳丽们大骂资本家的奸诈，事先没有告之就直接玩淘汰，这不是欺诈行径吗？精心准备的才艺和为此花的培训费怎么算？其实所谓初试纯粹是礼仪公司搞的花样，而且是公司负责人在看到汹涌的报名潮后一拍脑袋的即兴发挥，跟屎壳郎先生还真没关系。

经过资格审查，三天后又进行复试。因为爆出有贿赂行为还换了面试官，虫界最大的象鼻虫公证处还派了两个公证员坐镇。

终于到了由屎壳郎亲自考察的阶段——终极考核。

这次考核有三十名佳丽参与角逐。她们一同坐了豪华加长的饮料瓶车，由整整六十只蚂蚁抬着前往屎壳郎的豪宅。她们将在那里决出最后的五名幸运者。

五名？五名太太？千万不要误会，屎壳郎先生是坚定的一夫一妻制拥护者，这五名佳丽，会抽签决定谁先与屎壳郎先生交往。排在前面的成为屎壳郎夫人的机会当然更大。不过，也不一定，因为按约定，屎壳郎先生可以根据眼缘更改交往的优先顺序。

屎壳郎先生的豪宅很气派，几乎每一个到那儿的姑娘都被从上到下叠满了的金色、红色玻璃片、香烟壳纸和其他说不出名堂的闪闪发光的玩意儿晃了眼。有几个目瞪口呆，干脆说不出话来，仪态尽失，只能泪流满面地被带离赛场——屎壳郎的豪宅。

小灯蛾提醒自己千万不要表现出小家子气。她镇定地看着其他应试者。她的朋友黄粉蝶也在这里，虽然她们自从发现彼此都参加报名后就互相不说话了——觉得说什么都不好。爱情是自私的，觊觎同一份感情，友情就只好让位了。

但是当看到黄粉蝶比衣服还要黄的脸色，小灯蛾还是忍不住靠近了黄粉蝶。

"不要看那些装饰，感到不舒服就闭上眼休息一下。"小灯蛾柔声说。

"谢谢，不过我闭眼的话，怎么能尽快适应这样富贵的生活环境。"黄粉蝶努力睁大恍惚复眼，一万多个小眼睛里金光闪烁。"如果我能住进来，成为这里的女主人该多好。"她的声音紧得颤抖。

小灯蛾不再作声，只是靠着她，让她纤细的身子不会因为眩晕而栽倒。

"你怎么不紧张？"黄粉蝶想用说话缓解紧张。

"我？可能是觉得自己被选中的可能性太太小了吧。"小灯蛾说。

"也是，你穿得太素了，就在裙子上加了条红锦带，也没有好好化个妆。"黄粉蝶仔细看看她笑了，"不管我们谁成功了，都不会忘记朋友的。要带对方一起去花园地旅游购物，去大麦田骑蚱蜢。说好了！"

"嗯，说好了！"小灯蛾和她结了个手印。

黄粉蝶不那么哆嗦之后，她们开始观察其他的应试者。真是大开眼界啊，姑娘们几乎个个不是凡品：有去过外面的水渠留过学、会几国虫语的，有会在阳光下变换颜色的，有会模仿不同物种声音的，还有可以飞速转动三百圈头不晕的。

"怎么办？我除了会跳个舞，没其他才艺。"黄粉蝶又紧张了。

"会一点点就行了，你还会做好吃点心。人家要的是持家的妻子，不是女博士和杂技演员啊。"小灯蛾安慰她。

"也对。我表现出落落大方就好。但是小灯蛾，你比我温柔，你做的菜比我好吃。"黄粉蝶又不自信了。

"可是我没你漂亮啊，看上去也没你大方。"小灯蛾要吐血了，做个好人就要这样贬低自己吗？冤不冤啊。

6. 自尊的价值在于践踏

轮到黄粉蝶了，小灯蛾跟了过去，一眼看到客厅中间屎壳郎岔开四条腿仰坐在沙发上。

他似乎腻了观赏佳丽们的才艺，头搁在沙发靠枕上，眼睛闭着，黄粉蝶精心跳的舞它根本没看。过了会儿，礼仪公司的提醒他，黄粉蝶小姐跳完了，他才睁开眼："跳什么跳，老子要的是老婆，不是舞小姐。"

黄粉蝶快哭了。礼仪主持忙转头问："你还会什么？"

黄粉蝶想了想，低声说："我会做饭。"这话让屎壳郎看了她一眼，然后说："你会做家务？"

黄粉蝶摸了把眼睛，努力露出微笑表情："我会做。我喜欢做家务，我妈妈从小就对我说，女孩子要会做家务，这样才能家庭幸福。"

屎壳郎的脸色和悦了许多："你妈妈说得不错。这样吧，我的靴子脏了，你给我擦擦。"他伸出一只脚，搁在茶几上。

黄粉蝶四处望望，想找一个擦鞋的工具。但她没有得到任何帮助，作为考官的几个显然都在等她的反应。黄粉蝶咬唇犹豫了片刻，抽出自己轻盈的双翼，蹲下身子小心地擦那其实一点儿灰尘没有的靴子。

可能蝴蝶翅膀上有天生的防水油脂，又或者是粘了蝴蝶翅膀鳞片的缘故，靴子似乎亮了许多，黄粉蝶松了口气站起来。

屎壳郎很满意，用差不多是欣赏的目光看了黄粉蝶一眼。

黄粉蝶，你就要成功了！幸福的滔天巨浪从头而降，被它击中得谁也无法一如既往的沉稳，黄粉蝶激动得触须都抖动起来了。

可是，可能老天不愿黄粉蝶太过骄傲，想让她知道希望不太高失望才不会太痛。屎壳郎先生转身对其他明显被失望和嫉妒折磨着的女孩子，表示愿意给她们一个平等的机会："真不错，靴子还可以这样擦。我还有几只靴子没有擦，谁来试试。"有几个同样有柔软双翼的女孩迟疑地走了上前。

自尊这东西，只要有了扯下的念头，再把它踩在脚下就不是那么困难了。如果还有竞争对手的话，思考是否维护自尊的就显得多余了。女孩子们只是稍作点心理建设就马上陷入争相用自己翅膀擦拭的混乱中。屎壳郎开心起来："不要抢，我的甲壳大得很，也可以让你们擦的。"

黄粉蝶站在那儿蹙眉看着，不安又受伤的模样，真是"楚楚动虫"。

小灯蛾望着那一幕，慢慢退了出去。"我虽然也不能免俗地虚荣，但即使每天都能坐着金马车去看戏，也抵消不了擦拭甲壳带来的恶心感。让别人去争屎壳郎夫人的位置吧！"

花姐儿很奇怪小灯蛾的退出，当知道屎壳郎的行为后，她啐了一口："真把自己当回事了。黄粉蝶也真是，我替她脸红。"

小灯蛾问："你好像根本就没报名，为什么？"

花姐儿吃了一口米糕："就我这身材，人家看得上吗。再说，我喜欢花，他喜欢屎，名字就犯冲，铁定八字不合！"

小灯蛾呵呵笑了。原来她们三个当中，真正心明眼亮的是这个看上去傻呵呵的花瓢虫。

过了一天，消息传来，屎壳郎订婚了。对方是银行家斑蝥先生的爱女，人家刚刚从阴沟塘留学归来，根本就没参加选拨。

所有参加过海选的女孩和她们的家庭都愤怒，觉得被愚弄了。花喜鹊礼仪公司还因此被激愤的群众围攻过，不得不借助警察才解了围。后来，斑蝥先生的经纪公司特意发篇公关文在《每日虫鸣》上，意思是斑蝥小姐和屎壳郎先生早就两情相悦，只是因为误会，斑蝥小姐去留洋。屎壳郎先生此次大规模选妻，其实是为了让留洋的斑蝥小姐因爱生妒、主动回归而演的戏。现在果然美人得抱，为表歉意，屎壳郎先生愿意付一大笔钱。所有参加活动的佳丽都会根据参加的进程获得一定金额的礼品赔罪，同是也算是作为订婚的祝福。

据说，礼品确实不错，臭气够浓。

7. 重归于好的姐妹

天气还不算热，花姐儿已经开始在挖冰淇淋了。她坐在小灯蛾漂亮整洁的厨房里一边吃一边看摊在桌上的报纸："你说，那个臭屁虫真的早就和屎壳郎相爱相恨，才搞出这么一出？"

"真的假的，我们搞清楚了又有什么意思。"小灯蛾把报纸拿了折了丢进垃圾桶。

"你去拿吗？"花姐儿问小灯蛾。

小灯蛾看她，然后明白她说的是那个外面传得沸沸扬扬的赔礼。"就算是粪球，让他自己吃好了。"小灯蛾说。

"为什么不拿？"一个窈窕的身影说着，掀起白纱的门帘走了进来，是黄粉蝶。她看上去更消瘦了。小灯蛾和花姐儿忙安排她坐下。

"我去拿。我出乖露丑，这是我演出费。"黄粉蝶笑得比哭还难看，"你们知道吗。他表示对我有兴趣的时候，我曾经想，你们会不会嫉妒我，又会不会笑话我。为了那个烂人，我甚至想过如果他不喜欢，以后就和你们不要来往好了。你们看，我有多蠢!"

"算了，别把别人的恶心，当成自己的罪过来惩罚自己。"小灯蛾说，"我们都有过迷失的时候。"

"天啊，谢天谢地，好在你没有如愿以偿地成为屎壳郎夫人!不然我们就失去可爱的小蝴蝶了。那样的话，我会伤心得吃不下饭，瘦得连我妈都认不出我来。你们说那多糟糕!"花姐儿故作害怕地拍拍心口。

黄粉蝶被她的夸张表演逗笑了："谢谢你们，在我自己都瞧不起我自己的时候不嫌弃我!"她趴在花姐儿身上，抽抽噎噎地哭起来。

"啊! 我想起来了，我做了蛋糕，你们吃不吃?"小灯蛾笑眯眯地拍着两个朋友，"天气这么好，空气里都是油菜花的香气。我们端到阳台上吃，怎么样?"

二、女大当嫁——瓢虫篇

1. 门第之见不可取

虫虫的生命是如此短暂，每一寸春光都不容浪费。瓢虫的生命尤其如此。花姐儿恨不得生活就是由吃餐点和睡大觉组成，可是它还是要被祖先定了的规矩驱赶到太阳底下，展翅翱翔。

桑树叶底下，瓢虫的家里正上演一出全武行。

"赶紧地找个要你的，把自己嫁了！我像你这么大，都是三十个孩子的妈了！"花大妈拿了把扫帚挥舞着，堵在花姐儿的卧室门口，"去，去！趁我把你窝里的零食扫出去，找个合适的结婚对象回来！"

"这么急！"花姐儿恨不得跪地求饶，"好歹让我把刚收到的粉条吃了，别弄撒了——哦，不是！是好歹我收拾一下，您闺女这样出去，不嫌丢您的脸啊？"

花大妈思考了一下，不上当："不行，今天我把话撂这儿，不完成婚姻大事，你就不要回来了，就当我没生过你！"说完，"嘭"地关上门。

花姐儿虽然平时没少跟妈妈怠懒，不过她妈真生气了，却也没办法，只好垂头丧气地懒懒地张开橘红鞘翅，撑起下面细小透明的翅膀，一阵疯狂地舞动，然后嘤嘤哀鸣着借着一股小风扑腾着飞去了。

花妈妈在窗后看着她摇摇晃晃地飞远了，拍了拍心口："总要祭出我妈当年的一招，才肯就范。哎——"

花姐儿平时身体笨重，在飞行上花的功夫又少，所以当那股小风突然消失，它就只好晃晃悠悠地落下来。还好，落在一片向日葵地里。

金色的向日葵还没有完全长开，小小的脸盘子在风中左摇右摆。花姐儿本来打算停在一瓣金色的花瓣上，却没抓紧，"嗖"地滑下去，"哎呀"一声一屁股坐到了地上。

"哎，被催嫁的虫虫，好命苦！"花姐儿叹了口气，开始顺着向日葵毛茸茸地茎秆往上爬。她爬几步就歇一歇，从怀里掏出一袋虫干咬上几口："好在我眼疾手快，藏了一袋在身上。"

隔壁红薯地里一只金龟子正在黑暗的地穴中左冲右突，要爬到地面来。几个月前，它还是一只蛴螬，作为金龟子幼虫，最喜欢咬食甘薯的幼苗和块根。被它咬食的薯苗会死亡，薯块则会因为被他的排泄物污染感染病菌。现在它结束了在土壤深层的冬日休养。天气和暖了，现在是它到地面享受花花世界的时候了。

金龟子终于打开封土，爬出洞口，深深呼吸了一下。完全不同于地下的空气，让他有些不适应。毕竟漫长地下生活的泥土的气息已经深入肺腑，但是生命的本能让他觉得干燥而馨香的味道里有种说不出的神秘，似乎在召唤他。

他铜绿色的甲壳在阳光下闪着炫目的光泽，鳃叶状的触角得意地打开又合上。"世界，我来了！"他大喝一声，开始了第一次飞行。

他柔软的膜质翅膀努力拍打，搞得尘土飞扬。一只没来得及避让的白粉虱给这气流掀了个跟头，爬起来看看金龟子庞大的身躯，想想还是嘀咕着跑了。

可惜，史诗般的出场只能是身经百战的英雄才配拥有。金龟子的翅膀还太稚嫩，不能拽起他沉重的身体。梦还没醒的小小虫豸的腿刚刚离地面一点点，就摇晃了两下"啪"地栽到地上。

"咕！"花姐儿忘了母亲常提的淑女的规范，看着笑了出来。

金龟子抬头看了一眼，见是个姑娘，羞红了脸："你笑什么?"

　　花姐儿倒不是要嘲笑他,而是想到自己当初学习飞行,也没少摔跟头有些同病相怜。于是她从上面下来,热心地指导傻瓜蛋子金龟子怎么适应新到手的翅膀。还真别说,可能体型相似,她的指导更有参考价值,金龟子在尝试了十二次后,终于也能坐到向日葵的花盘上了。

　　"擦一把汗吧。"花姐儿掏出一块手帕。

　　"谢谢!"金龟子透过汗哒哒的眼帘看着这个红脸膛的姑娘,突然觉得心跳得很快。宽阔的身形,油光闪亮的甲壳,还有一股淡淡的汗味,这样的姑娘不就是祖奶奶说的最好的虫生伴侣吗!

　　"你结婚了吗?"金龟子直截了当地问。他最感兴趣的就是在短短的夏日里找到一个配偶,然后生儿育女,完成历史使命。

　　"什么?"花姐儿没反应过来。

　　金龟子觉得可能自己没有打动对方,于是理了理美丽的触角,庄重地鞠了一躬:"美丽的姑娘,请不要介意我的唐突。请你仔细看看我,是不是一只仪表堂堂金龟子。"

　　花姐儿认真看了他一眼,羞答答地点头承认。

　　"我们金龟子家族之所以样貌不俗,是因为我们家族有神圣的血统。埃及听说过吗?在那儿我的祖先被视为永恒的象征!法老们在地下陵墓里摆满金龟子。金龟子的画像,雕刻在石壁上,供参观者亲吻!"金龟子没有说,那陪伴木乃伊躺在地下墓室里的金龟子其实是他们的一个远亲——推粪金龟子。之所以神圣,是因为那位远亲的推粪行为,让法老的祭司们,联系到了太阳的东升西落。

埃及？花姐儿顿时觉得金龟子的形象高贵得没有朋友。

不能在这样高贵的虫子面前，失了底气，她搜肠刮肚地在记忆里找自己家族有什么光芒万丈的历史。想了半天，还真给她记起妈妈说过的一则轶事："说起来，我们瓢虫家族也非等闲呢。"她挺了挺几乎找不到的腰肢，"只要讲英语的地方，都知道这样一个古老的歌谣'瓢虫快快飞，赶紧往家走，你家着了火，孩子满处游'。"

"真的吗？歌里说的什么意思？"金龟子一点儿没有因为自己高贵的血统自负，而是很虚心地请教。

那个所谓的古老歌谣描述的，其实是个美丽得可怕的误会。那是因为当年懒惰的英国农民清理场地时，为了来年栽种方便，干脆点了火烧。他们就没想到虽说这样是简单粗暴地清了地上的秣秸杂草，但也把许多田间的瓢虫烧死。那火光颤动，青烟缭绕，瓢虫飞舞，无数美丽的橘红身影，如雨点坠地的场景成为瓢虫家族的心底明媚的哀伤，一代代传下去，希望引以为教训，早早离开收获的场地以免重蹈覆辙。但是花姐儿怎么好说这是家族惨烈记忆，只好支吾道："是说——好像吧——我们瓢虫可以预报火灾。"

"多么神奇的高贵的种族！"金龟子的眼光放光了，"美丽的姑娘，你愿意嫁给我，让我们两个同样高贵的血统结合出无可超越的更加高贵的后代吗？"

虽然金龟子的求婚有些突然，但是一个青年才俊这样热忱地表达爱意，任是多么矜持的姑娘也是要动心的，何况花姐儿自己也在为家里的逼婚而苦恼。于是经过必须有的礼节性的拒绝和金龟子二次指天发誓后，花姐儿表示考虑一下。

金龟子和一切有头脑的男性一样，自然不会放弃继续进攻的机会。于是他们很快肩并肩，手挽手地坐在向日葵花盘上聊起来。

认为彼此了解得差不多了，金龟子决定去拜望岳母，早点把亲事定下来。

"岳母稀罕什么？"金龟子问。

"也不要带什么夸张的东西，随便就好。"花姐儿是看着金龟子从土里挣扎出来不久的，才步入社会的青年，根基还没有，怎么能拿出特别的东西。作为一个体贴的好姑娘，她可不愿狮子大开口，吓跑未来的夫婿。

"也不能随便，为了不让我心爱的姑娘难看，无论如何我还是要好好准备的。"金龟子可是个有担当的青年。

甜蜜的情话让花姐儿很受用，于是她主动提供了自己的私房——她藏在榆树洞的蚜虫干。"这是我妈妈的最爱，明天你带过来吧。"

金龟子闻了闻蚜虫干，虽然不清楚是什么，但是微微腥气让他觉得有些不舒服。他们家族可是素食者，甘甜的红薯块茎和清苦而不失幽香的树枝藤蔓才是他们的菜。可是他的教养让他不便现在就质疑原生家庭生活习性。

"现在还不是提出异议的时候。让时间来改变一只瓢虫的饮食习性吧。如果她爱我，应该会为我做出让步。毕竟素食才是上等家族的标志，她要踏进我们家，也必须作出改变。"金龟子想。

2. 饮食与男女难两全

瓢虫花姐儿顺利地回到差点儿对她不再打开大门的家，并且得到妈妈热泪盈眶的大大拥抱。

"我就知道我这么漂亮的女儿怎可能一直找不到对象。你呀，之前可就是没把我的话放心上，不然哪里用得着拖了这么久。"瓢虫妈妈得意地看看女儿，又看看镜子里的自己，猛然想起一件事又拍额顿足，"啊呀，怎么约了明天，时间这么紧，天都快黑了，怎么通知亲戚明天来观礼啊？"

花姐儿还没来得及说话，瓢虫妈妈又噼里啪啦一通："你二星、四星、九星姨妈住得近的还好，让你爸跑一趟，就是异色瓢虫、大红瓢虫、黄瓢虫他们几个住在果园那边，有点远。可不管怎么着，也得把一大家子约来，让他们一起来看看。以往祭祖，说到晚辈们的婚事，我可没少被他们挤兑。这回，可要在他们面前长长脸！我现在就请萤火虫跑腿公司，让他们给一家家通知去！"

花姐儿拿自己神经质的老妈没辙，只好由她去忙活，自己则第一时间把就要结婚了的消息告诉了好姐妹们。"你们明天一定要来帮我张张眼！不来就不是我的朋友！"花姐儿得意地威胁道。

第二天一早，金龟子登门拜访，受到了庞大的亲友团欢迎和考察。

瓢虫家族数量庞大，到了饭点，瓢虫爸妈把贮备的干货全拿出来招待客人。门外棉花叶子餐桌上做为零嘴的麦蚜虫干，堆成了小山。小瓢虫们拿着吸光了汁水的蚧壳虫当飞盘扔了玩。因为本家里只有少数像茄二十八星瓢虫和马铃薯瓢虫是食草性的，给单独安排了素斋，其他的亲戚都是无肉不欢。那些蚜虫，棉蚜、槐蚜、桃蚜，在瓢虫妈妈请来的厨师手里经过烹炸蒸煮，做出了不同花式。

瓢虫爸爸以及其他长辈坐在宽敞的客厅里，对准女婿开始有技巧地询问。当然双方就两家与埃及皇室以及与日不落帝国有关的辉煌的家族史又各自说了一遍。然后老家哪里呀，以前在哪里生活呀，都要仔仔细细过一遍。当听说金龟子之前一直在地下生活，瓢虫爸爸有些坐不住了："居然在地下生活！我们家花姐儿虽然算不了是贵养，但也是一直是要风是风要雨是雨的。地下——"

"叔叔放心，那不是过去日子还不算活泛时的不得已吗。从今往后，怎么也不需要小花儿去地下的。我已经在玉米地公寓，就是我和小花相识的地方，订了顶层公寓，首付已经交了。"金龟子心里虽然觉得瓢虫一家不免酸腐：居然没有兴建和扩充地下室的意识！不知道在寸土寸金的现在，是凡有本事的谁不懂要趁土地政策还宽松，在地下偷挖几十几百个立方厘米出来。那可都是财富啊！算了，现在说这些未免交浅言深，以后好好跟老丈人多沟通吧。

"年纪轻轻就买了房子，是个有出息的。"瓢虫家在场的长辈一起赞叹。心里是不是这样说，就不一定了。毕竟刚刚结婚的花大姐表姐，对方家里可是全款买了牛蒡别墅的。

"先停一下，吃点点心。"瓢虫妈妈乐呵呵地端来一盘盘点心。乡里人实在，贵客上门，都是最好的食材，何况瓢虫妈妈对这个金光闪闪的准女婿还很中意，端出来的都是硬货——各式肉食虫子。

当瓢虫妈妈端出一盘白粉虱时，一旁坐着的大名星白雪灯蛾的小蛾子怯怯地拿出自己的养生零嘴："阿姨，这个我不用了，我自己有。"

"知道，你们常来，阿姨怎么不知道给你们准备可口的。"瓢虫妈妈拿出一盘嫩菜叶，和一瓶花蜜分别递给了小灯蛾和黄粉蝶。瓢虫爸爸瞪了一眼，说实在的，他对女儿结交的朋友是有些意见的，都是些虫虫世界的低层，被打杀的对象。怎么不和那些站在食物链顶端的虫虫多些交往呢？

"你是觉得这盘白粉虱和自己相似，有些怕了，是吧？"花姐儿不分场合的玩笑，遭到瓢虫妈妈最富威力的一记眼杀，连忙坐正了身子，继续扮演淑女。

"来点这个。"那边瓢虫爸爸拿起一个甘蔗样的吃食递给准女婿，"一早就过来，饿了吧。这是尺蠖，先垫一垫。"

金龟子小心地放到鼻子下面一面，一股浓浓的腥臭味让他差点吐出来，连忙放下："叔叔，我吃不惯这个。"

"不吃尺蠖？这可是你婶，昨天刚收回来，新鲜得很。"瓢虫爸爸还要劝，金龟子捂着鼻子一下子退到窗口，大有再靠近一步，他就要被熏翻的架势。

谈话一下子冷场，花姐儿和小灯蛾、黄粉蝶也尴尬地站起来。黄粉蝶端起自己手边的一杯花蜜水递过来："金龟子先生，要不你喝点这个。"

"谢谢！"金龟子看了她一眼，对这个温文尔雅吸花蜜的姑娘很是有好感。心中哀叹，怎么第一眼看到的不是她呢。就是一旁那个小蛾子也好啊，一看也是素食主义者。饮食男女，如果饮食习惯相去太大，还真是麻烦。

金龟子喝了口花蜜，精神振作了些："不止尺蠖，那些蚜虫我也不吃。我们金龟子是素食主义者。说到这个，叔叔，我觉得您也可考虑素食养生。"金龟子摆出侃侃而谈的架势。

什么？居然又是一个生活在食物链底端的虫子。瓢虫爸爸真的对女儿结识朋友的眼光寒了心。"停！"瓢虫爸爸不想掩饰自己的不满了，"素食？因为你一毛头小子，我就要改了祖宗定下的规矩？瓢虫就是要吃肉。如果你想让小花儿改吃菜，我还不如掐死这个丫头！"金龟子看着怒气冲冲的瓢虫爸爸，惊愕地说不出话来。

"爸爸！"花姐儿急了，还有些蒙圈。其实才听到金龟子与自己迥异的饮食爱好，她内心也是崩溃的。怎么办，难道为了爱情，从此就与自己最爱的食物一刀两断吗？要美色，还是要美食？怎么不给她多一点的时间让她认真思考权衡。

她决定争取一下。

"嗨——不考虑改吃肉吗？肉类营养更充分。要知道就是我还没成年的时候，就已经是捕虫能手了。大家都说都是因为吃肉，花姐儿才这么壮实美丽的。你听过'肉食让我们更美丽'或者'男子汉就是应该吃肉'吧？这是——哦，是金喇叭广告公司的那句经典广告语，大明星独角仙说的。你不试试吗？也许改吃肉食，你会更加仪表堂堂呢！"她眼巴巴地望着金龟子，希望能让他改变心意。

金龟子半天不吱声，然后在众人的注视下不得不开口："爱情是美好的，但是只要爱情不要面包的爱情是不能长久的。小花儿，显然，对于未来的生活，我们都还考虑欠充分……"

花姐儿"哇"一声哭了，吓得正偷偷把一大只棉蚜虫塞嘴里的龟纹瓢虫表弟胖小呛着了，而瓢虫妈妈也一头昏倒了。场面一片混乱。

小灯蛾还在手足无措，黄粉蝶一把拉住她："别傻愣着了，花姐儿现在顾不上我们了，她那些亲戚全部不是省油的灯，看到没，那边龟纹的胖小，我一看见他就腿软，那小子没少抓过我们粉蝶卵，快跑吧!"

小灯蛾连忙点头，两个趁乱跑了出去。

等她们在村口停下来，却发现那个造成一片混乱的金龟子跟在她们身后。"你怎么也跑出来了?"黄粉蝶大为吃惊。

"不跑，就只能改吃虫。换你下得了嘴吗?"金龟子气喘吁吁，要不是他体型魁梧要摆脱一帮被激怒的瓢虫还真不容易。"我知道你们和花姐儿是好姐妹，但是对我来说，吃肉，就是野蛮落后的象征。"

三观不合的婚姻是不能长久幸福的。早点结束，也许对花姐儿都是好事。但是小灯蛾和黄粉蝶还是替花姐儿难过。

3. 柳暗花明

小灯蛾和黄粉蝶不好评价金龟子的莽撞打算就此别过，没想到金龟子却拦住了她们："我看两位和我一样都是素食主义者，有兴趣一起喝杯茶吗?"虽然说是邀请她们俩，眼睛却是只看着黄粉蝶一个。

黄粉蝶定睛看他："你对我有兴趣?"她不想浪费时间绕圈子，直截了当地说，"对不起，我对你没兴趣。"

金龟子捂住心口作受伤状："能告诉我为什么吗？难道是因为我先认识你的朋友——花姐儿？美丽的姑娘，你一定听说过：爱情没有对错，只有适合不适合。也许我们就是彼此一直在寻觅的那个灵魂伴侣。你不给我一个机会，也是不给自己一个机会，是对自己的不公平。"

黄粉蝶摇摇头："我很欣赏你的拿得起放得下的洒脱。可惜，我一想到花姐儿，就对你一点儿感觉都没有。对我来说，拥有花姐儿的友谊，比吃菜和吃虫都重要得多。"她一把拉起目瞪口呆的小灯蛾，头也不回走了。

走了半天，回头发现金龟子的身影已经看不见了，黄粉蝶望向小灯蛾："觉不觉姐刚刚说得很感人？有没有被姐的境界折服，有没有让你五体投地的感觉？"

小灯蛾垂头丧气地点头："是啊，拉风极了，我都要被你飒呆了。可是——哎，他怎么没问我，一个机会也没给我——"

"拒绝他吗？算了吧，屎壳郎都没在乎，你会看上他——一个穷小子？"黄粉蝶不解。

"金龟子和屎壳郎不同，起码他是坦诚的，尊重和愿意用平等的态度对待另一半的。可恶的是，居然一个考虑的机会都没有给我。"小灯蛾做作地跺脚。

黄粉蝶轻轻的"啊"了一声，然后低下头沉思："你真的觉得他不错吗？如果——花姐儿不会怪我们吗？"

"生活是自己的，在做决定前，问问自己的心。不要为了别人牺牲，不然有一天你会后悔，会怀疑自己的牺牲值不值。即使你们真的成了，花姐儿也是会理解的。"小灯蛾认真想想回答。

黄粉蝶急忙回头，可是她什么也没看到："可是我已经拒绝他了，他一定是对我失望了。"

"没有，我没有对你失望。穷小子却不缺的就是耐心和厚脸皮，不然他拿什么去追求幸福。"金龟子的身影出现在上方。原来他一直跟着。

"好啦，希望你们认真了解对方，这次可不能再急着做决定了！"小灯蛾冲金龟子挤挤眼。

"生命太短暂，重复犯错是不能原谅的。相信我一次，我会珍惜机会的。"金龟子含情脉脉地亲吻黄粉蝶的手。

可能是因为都早就不和父母生活，金龟子甚至可以说是断了音讯，金龟子和黄粉蝶的交往很顺利，没有受到阻碍。黄粉蝶还有些犹豫，架不住金龟子甜言蜜语，很快公证结婚了。

"没想到我还是和我妈一样，找了个家境贫寒的。"蝴蝶送喜糖给小灯蛾时自嘲道。

"那你妈知道了怎么说？"小灯蛾时知道黄粉蝶妈妈其实对儿女的婚姻期望挺高的。

"她能怎么，骂了我一通呗。我领了证才告诉她的。"黄粉蝶格格笑，"不过她也是希望我过得好，不像她嫁得不好。穷不算，还累死累活，一辈子埋在家务里。但是金龟子和我爸不一样，他从小就一个人打拼，体贴懂事，嘴巴甜手脚还勤快。到我家帮我妈拖地做饭，我妈立刻就转变了态度，觉得只要肯努力，我以后会生活很幸福。"

小灯蛾真心为黄粉蝶高兴："那太好了。"

黄粉蝶眉飞色舞地谈起金龟子当年挖的地下长廊，说金龟子眼见暑夏将至，虫虫夜生活需求一定旺盛，他打算利用那儿开一个夜店。小灯蛾不由真心替黄粉蝶高兴，金龟子有经济头脑，他们的日子一定会越来越好。

"我爸妈也觉得金龟子很能干，他们拿出存款，说要投股。"黄粉蝶想想她爸妈被金龟子一番洗脑头，前倨后恭的态度就忍不住想笑。

"不过我也很出力了。开夜店，要生意好，得有吸引虫虫们的项目。我就想，让我们蝴蝶姐妹能歌善舞的来表演活跃气氛。金龟子也觉得我的建议很有眼光。"黄粉蝶夫妻的创业计划真的很有吸引力，小灯蛾不禁想也许过不多久，金龟子就能成为像屎壳郎那样的事业有成者。看来黄粉蝶成为有钱人的梦想可能换一种方式实现。

黄粉蝶高高兴兴地告别以后，小灯蛾才想起忘了问她有没有送喜糖给花姐儿。

三、生活总是由许多平淡构成

1. 英雄救美

想不到两个好朋友的婚姻如此阴差阳错，对此感到很无语的小灯蛾独自坐在河边，暗自喟叹。

杨柳依依，小河缓缓流淌。西边夕阳照着这一片宁静的水域，玫瑰色的霞光映照在水里，金红色铺在水面又连到天上。而东边的灰蓝色的天幕已经出现了淡淡的月影。一切梦一般美丽。

河岸边背光的阴影中几根灯芯草纤细得像剪影一样在晚风中

悠闲地摇曳，一个身影飞过去，先是以及高速飞行中的骤停，如鬼魅一般轻盈地悬停片刻，然后一探身悠然地落在最长的那根上，把它压成一道美楚楚的弧形，而那儿欺凌者却安然地稳居叶茎上，任凭风摇叶颤，纹丝不动。

"技术太精湛了。不知道是谁？"小灯蛾心里想。

眼看天要黑，她转身打算回家。单身女孩在这样偏僻的河边太晚，可是不太明智。不过显然她警觉得晚了点，两个贼眉鼠眼的家伙拦住了她。

"小妹妹，别急着走。'月上柳梢头，虫约黄昏后'，你看说的就是这会儿啊。冲着咱们的这份默契，哥哥请你吃烧烤！"土鳖虫故作潇洒地一甩头，做了个邀请的姿势。

"谁跟你有默契！"小灯蛾掉头就走，却被拉住了胳膊。

"别给脸不要脸，敬酒不吃吃罚酒！"土鳖的小弟叩头虫唾了一口。

"小妹妹，你还真要考虑一下。我土鳖的面子不是好驳的。你在池塘一带打听一下，我土鳖说了话了，谁不给三分面子？今天哥哥高兴，请你吃夜宵，你还真得乖乖地去。有句话叫'雷霆雨露皆是君恩'，可别'敬酒不吃吃罚酒'。"土鳖摇头晃脑。

小灯蛾快哭出来了。她左右看看，就这会儿功夫，天已经黑下来了，周围影影绰绰的，看不到其他虫影。怎么办？她正打算假意答应，然后伺机逃跑，突然一个身影悄没声飞过，一下子撞开土鳖虫。小灯蛾只觉得胳膊一松又一紧，她已经被被带到了一边，换了个挟持者。

"对不起，我先约了这位小姐吃晚餐，她不能和你们去吃夜宵。"挟着她的是一条粗壮的胳膊，胳膊的主人不紧不慢地在她耳边对土鳖虫说。

"又是你！"土鳖气急败坏地说，"别以为你个子大，我们就不能拿你怎么样！你把她放下，好说。不然，我们前面的账一起算！"

"蜻蜓，我大哥让你放下，听见没？不然叫你好看！"叩头虫也跟着吆喝。

"等你们能抓到我再说吧！"蜻蜓一震翅膀，硬挺的双翅发出金属般的脆响，轻快地从交叉的草间穿梭而过，避开土鳖一次突袭，然后一个提升，轻松地让开叩头虫眼见到脚边的一击。

就在小灯蛾眼花缭乱之间，大个子已经闪避了两只虫子连续几次围堵。然后猛一震翅，把小灯蛾带到空中："你们技不如我，我就只好带她走了。"蜻蜓得意地大笑一声，飞远了。

"蜻蜓，你好样的！"土鳖气喘如牛。

"怎么办，老大？就这样认栽，以后谁会买咱们的账啊？"叩头虫眨巴着眼。

"当然不能放过它。等着，青山不改，绿水长流。我会逮着这小子的。"土鳖恶狠狠地说。

从高处清清楚楚地看见土鳖和他的跟班真的走了，小灯蛾才松了口气。

"谢谢你，你放我下来吧，我自己能飞。让你受累了。"小灯蛾对蜻蜓说。

"不要紧。你家住在哪里？我送你回家。"蜻蜓不疾不徐地从柳树轻拂的枝条间飞过，松开了抓着小灯蛾的胳臂。对他这体格来说，小灯蛾的重量还真不算事。

"不用，这里应该安全了，我自己可以回去的。"小灯蛾婉言谢绝蜻蜓的好意。看上去面目不善，身材魁梧还有这一对咔咔作响翅膀的蜻蜓，让刚刚脱险的小灯蛾感激之余也心生不安。听他和土鳖的对话，也不是个善茬，别弄出前门拒虎后门进狼的事来。

"我还是送你到家。我蜻蜓做事，是要有始有终的。"蜻蜓倒没觉察灯蛾的小心思，坚持要送到家门。他想的是，要是这丫头中途再被土鳖他们截了，那就不能叫功德圆满了。

小灯蛾只好一肚子幽怨地带着蜻蜓到了家。

"你独住吗?"蜻蜓仔细看看灯蛾的家，又不客气地探头查看了一番。

"我们小区治安还好啦。邻居靠得很近，守望相助很方便的。隔壁就是绿蝇一家，我一喊他们就能听到。"小灯蛾急着解释。

蜻蜓这才有些回过神来，感情灯蛾是怕自己。他笑了："你可能不认识我了。"

小灯蛾诧异地打量蜻蜓，怎么也没看出自己应该认识这个大个子。

"我是蜻蜓，以前住在水里，叫水虿。你记起来了吗?"蜻蜓蜷起身子努力展示小时候的模样，怎么看怎么滑稽。

"哦，我有些印象。是你呀——真不敢相信!"小灯蛾又惊又喜，"我怎么说的? 会强壮起来的。看啦，你真的变得这么强壮了!"

既然是熟人，彼此的距离就拉近了。小灯蛾不见外地邀请蜻蜓坐下喝茶，吃自己做的点心。蜻蜓很大方地登堂入室，对灯蛾的香闺参观了一番，然后在阳台品茶。他对喷香的点心充满好奇，很赏光地吃了好几块，然后说改天送些新开的荷花花蕊给小灯蛾做点心。

隔天，蜻蜓果然很有信用地送来一篮子金灿灿粉嫩嫩的花蕊。小灯蛾当然得有回赠，她发现蜻蜓的外套被树枝拉了了口子，于是帮他补了补。

"像你这样的姑娘真是难得。"蜻蜓还是个光棍，对灯蛾这样贤惠的女孩还是很有娶回去的想法的。

"天气这么好，不如我带你出去飞飞。"蜻蜓打算追求灯蛾。

小灯蛾有些迟疑。她可从没想过要和蜻蜓这样的类型发展关系。很明显，蜻蜓不是她心仪的类型，她喜欢安逸，希望找的伴侣，有着沉稳可靠的肩膀而不是像蜻蜓这样，有着桀骜不羁眼神，浑身腱子肉，没事就咔嚓嚓地转转头、捏捏拳头的。蜻蜓看上去就不是安分过日子的主。

"我——"小灯蛾看着蜻蜓热切的眼睛到底没把那个"不"字说出口。

蜻蜓把她的不置可否视为默认。女孩子们就该有些矜持，他很喜欢。

于是在接下来的日子，池塘一带的虫虫目睹了诡异的一幕：一只小灯蛾在蜻蜓的携带下，每天在水面草间做惊险刺激的飞行训练。一会儿紧贴水面，抓起一只水蝎子，一会儿在树杈间疾行陡转撞飞一只蜉蝣。

2. 又一轮重归于好

"天哪，我不知道自己也可以做这么疯狂的事！"在黄粉蝶和金龟子新开张的"白天不懂夜的黑"酒吧里,小灯蛾喝下一杯兑了蝉露的清酒,比划着向黄粉蝶讲解自己这些天的经历。

"又进来一拨客人,黑翅玉带蝶怎么也不知道去招呼一下。小灯蛾,自己人,原谅一下,我去去就来!"身为老板娘的黄粉蝶一心二用,连忙迎了过去。

小灯蛾正说到嗨处,听众没了,别提多别扭了。

"说吧,我听着!"一个熟悉的声音响起,是花姐儿。

小灯蛾诧异地望着在昏暗的酒吧里被偶尔转过的球灯扫到而一会儿黑一会儿艳红的七星瓢虫,说不出话来。

"怎么,看见我在这儿很奇怪吗?"花姐儿嘲讽地向酒保白蚁要了一份"血腥玛丽"。"我被金龟子甩了,你们一个两个不来安慰我,还一个个都找到真爱都不通知我。怕我嫉妒发狂吗?"

"不是啊。担心你会生气,没想好——"小灯蛾期期艾艾地没说完。解决了那边的客人的座位,刚刚转了过来的黄粉蝶捅了一下她的腰,话就刹住了。

黄粉蝶一把搂住花姐儿的肩:"说笑话呢?你是什么虫,我们不知道吗?你是需要安慰的可怜虫吗?我们不找你,是知道安慰你,就等于小瞧你。你花姐儿只需要安静地吃两天美食就又是自信满满的超级宇宙美少女!咱们仨从小到大,我和小灯蛾遇到过不了的坎,都是你给说合过去的。让你难过的,好像真没有。"

黄粉蝶的话,让小灯蛾连连点头。

想想也惭愧,说实在的,她倒是想去看看花姐儿,但是要说什么却一直没想好,然后遇到了蜻蜓,就完全没心思想如何面对花姐儿了。现在花姐儿来到黄粉蝶的酒吧,说明她已经自己走出困境，小灯蛾就不用纠结如何在可能因为一个男人而不再往来的两个朋友间自处了。

花姐儿斜睇了黄粉蝶一眼："毕竟是做老板娘了，越来越会说话了。"

酒吧老板金龟子大概得到了信，赶了过来："你们姐妹们有些日子没聚了。白蚁，你给找个包间，让花姐儿和小灯蛾坐下好好聊聊。今天两位的客，我请，喜欢什么尽管点，不用客气。"

酒保白蚁答应一声就要去安排，被花姐儿拦住："要你请什么客？我们和黄粉蝶是好姐妹，来捧她的场，不是为了白吃白喝的。你一个大男人别在这儿夹七夹八的，滚一边去。"

金龟子愣住了，黄粉蝶推开他："花姐儿喝多了，忙你的去，别瞎操心。有我们姐妹在，没事。"又吩咐白蚁，"给我也拿一大杯，柠檬水。"

"柠檬水？舍不得喝酒？老板娘对自己挺抠门啊。"花姐儿讥笑。

小灯蛾见形势不对，紧张得直搓手。黄粉蝶苦笑，然后示意白蚁换白酒。

"哪里，我们老板娘都陪着喝了几杯白酒了。不能再喝了。"白蚁小声嘀咕。

"那就算了，喝水好，我喝的也是糖水。"小灯蛾也插嘴。

"没关系，小灯蛾。我现在练出来了，酒量大得很呢。"黄粉蝶拿过酒瓶自己动手调了一杯夏日冰荷，"花姐儿，我知道我们对不住你，这杯算是赔罪。"她一饮而尽。

"你有什么错？我怪你找了不要我的金龟子了吗？是我自己

没本事搞不定，让金龟子甩了我。你赔什么罪？这样委屈自己，让我觉得自己好不讲道理吗？"没想到花姐儿完全不领情。

黄粉蝶不吱声了，美丽的胸脯一起一伏，显然在控制怒气。

小灯蛾和一旁的白蚁面面相觑，不知如何是好。

"嗤！"又谁在一旁笑了出来，大家扭头一看，是刺蜂。

刺蜂梳着高高的发髻，穿一身黄黑相间紧身的礼服，细腰束得紧紧的。在酒吧摇曳迷离的灯光下看上去禁欲又勾魂，有无可名状的妖异魅力。看到她的一刻，小灯蛾的心情很复杂，既感到别扭，又觉得也许她能解决眼前棘手的麻烦。

"明明心里不舒服，硬要装着不在乎，何苦呢！"刺蜂摇曳生姿地走过来，"花姐儿，你今天是来算账的吗？"

花姐儿脸红了："才不是。"

"那就是气不过——她们居然丢下你不闻不问，自己开心了。是不是？"刺蜂讥诮道。

花姐儿低下头，显然认可了刺蜂的话。小灯蛾和黄粉蝶恍然大悟地互相看了一眼，也低下头。

"女人啦，就是容易为了爱情，淡了友情，却不知道，爱情是有期限的。一旦爱情淡去再回头找友情，就会发现自己什么也没抓住。到那时后悔莫及又有什么用？"刺蜂幽幽地说。

看着三个朋友若有所思的样子，刺蜂点点她们三个："都是从小到大的朋友，这份友情别人羡慕还羡慕不来呢。黄粉蝶，给你一个忠告：不要一头扎进婚姻里，觉得有爱情就行。保持清醒和独立，给自己保留一个私密的空间，存放梦想、友情这些美好的东西，这样的女孩才能被长久地尊重和爱。

"好啦，朋友嘛，说开了就好。我就看不得，雌虫明明生来不易，不互相关怀，为了一个两个雄虫自己打得鸡飞狗跳的，不值得。好了，话说完了，我走了，你们聊!"刺蜂说完优雅地转身离去。

小灯蛾觉得脸发烫，刺蜂虽说是提醒的黄粉蝶，但是何尝不是提醒她呢?

"说得真好。"花姐儿望着刺蜂离开的方向，"黄粉蝶，你和她什么时候这么熟了? 能介绍我和她认识吗?"

"当然可以，我请她来做酒吧的公关。你来，遇到她很方便的。"黄粉蝶有些不好意思，看看灯蛾。

小灯蛾连忙说："也介绍我认识我，我也想从她那里学点待人接物的经验。"

三个好朋友互视一眼，然后一起笑起来。

"说起来，我现在心里对刺蜂的不舒服，是一点儿没有了。"小灯蛾对刺蜂算是彻底没脾气了，"刺蜂真不是我能比的。人家怎么就那么厉害呢!"

"干嘛要羡慕自己没有的，过好自己就行啊!"一直听壁脚的白蚁一边擦着杯子一边慢吞吞插话。

小灯蛾撑着吧台看着白蚁："那你说，我有什么可骄傲的，身材、口才，我哪样有?"

白蚁避开她咄咄逼人的目光："你——也很好啊——"

小灯蛾不放过他："你觉得我哪里好? ——说不出来吧 —— 就知道你只会瞎掰掰。"

黄粉蝶和花姐儿看小灯蛾难得发飙，弄得白蚁下不来台，一起不厚道地笑弯了腰。

又喝了几杯，沉默许久后花姐儿拉住黄粉蝶的手："我不是气你，我只是怕——我怕你因为这事从此不理我，不愿跟我做朋友了。所以我来——"

黄粉蝶一下子抱着她——尽管她纤细的胳膊没法箍住瓢虫浑圆的身子，她用她美丽的金灿灿的翅膀拥着瓢虫。"对不起，是我错了！我不该丢下你，对不起！"

瓢虫也红了眼圈，搂住黄粉蝶的细腰："是我笨嘴拙舌不会说话。你也要原谅我。"

小灯蛾和白蚁停住了对峙，吐了吐舌头看着她们深情地拥抱："真好！"

她看了片刻，突然想起，跳起来加入那个环抱中："不要丢下我！"

于是她们三个孩子气地抱成一团，傻傻地笑着。远处看着的金龟子示意酒吧的驻唱歌手金铃子，于是一首《一个像夏天一个像冬天》在幽暗的空间铃铃响起：

"就算我忙恋爱把你冷冻结冰，你也不会恨我，只是骂我几句……"

一群虫虫跟着旋律摇摆哼唱起来。

白蚁擦擦湿润的眼角，自语道："我感动个什么劲儿。"

3. 波澜壮阔的虫生

这些天，小灯蛾可谓开心到了极点，生活因为友情的稳定而安逸，又因为爱情的到来而显得波澜壮阔焕然一新。

"亲爱的，太疯狂了！"小灯蛾惊魂未定地拉着蜻蜓的胳臂。

刚刚他们在池塘边超低飞行时，蜻蜓让小灯蛾尝试了一下蘸水。

"我可不想做一个会潜水的飞蛾。"每年灯蛾家族就有无数同胞因为被水光蛊惑，淹死在池塘冰冷的怀抱里。

"可是那样酷毙了，不是吗?"蜻蜓很享受小灯蛾的惧怕，那样更能彰显自己的力量和勇气，与此带给自己的自信膨胀不要太美妙噢!

只是他是享受了，可怜的小灯蛾却因为玩水太过，感冒卧床休息了半天。

"亲爱的，你太柔弱了，这样怎么能跟我比翼齐飞呢?"蜻蜓对小灯蛾的抱怨让来探病的花姐儿听到，得到劈头盖脸一通骂:"想要一个淹死的老婆，尽管带她去玩水!"蜻蜓这才放弃了把小灯蛾培养成不怕水的蛾子的想法。

但是爱作死的虫虫，总是会想出新的作死法子。这天，富有冒险精神的蜻蜓突然想起一个新花样，提出带小灯蛾从阴暗的灌木丛里飞过去。

河边这片昏暗潮湿的地方是虫虫们口口相传的恐怖地带，那儿常常有不测的惨案发生。小灯蛾从小就被告知，轻易不要靠近，实在迫不得已，比如遇袭没有办法要借助黑暗躲避狩猎者时，才能进入。事实上，一些狡猾的肉食虫虫会故意把目标往灌木丛区域驱赶和诱骗，当那些可怜虫发现被诅咒的恐怖所在就在眼前，往往会反身仓皇而逃。这样就刚好落入了捕食者的血盆大口。

"你找死啊!那里有很多可怕的生物，据说还有幽灵!"小灯蛾光是想想伙伴们私下里神神秘秘谈论的什么碧绿发光的眼睛，咔吧咔吧作响的声音，就簌簌发抖。

"那些都是骗虫的。"蜻蜓满不在乎地伸手将小灯蛾拽向自己宽阔的胸膛，"有我在，不要怕!"

"可是我还是怕。"小灯蛾抓着一根芦苇不肯放手。谁知道里面有多少怪物，蜻蜓再厉害也难敌众拳不是。

蜻蜓有些着恼："我是一定会闯荡世界，干大事的。要和我在一起，你这样胆小可不行。"

小灯蛾傻眼了，这都上升到三观是否一致，爱情能否维系的层面了。没奈何，她万分不情愿地松开手。于是蜻蜓立刻得意地拽着不情不愿的小灯蛾一路高飞。

"别着恼，咱们的爱情情比金坚。我不过是说说，不这样，你不肯答应我呀。"蜻蜓一路哄了半天，小灯蛾才不生气。主要是都已经在灌木丛区域了，后悔也来不及了啊。

神秘的灌木丛果然阴森诡异，除了它们浅浅的呼吸声和拍翅声，什么动静也没有。蜻蜓也收了玩世不恭的嬉皮笑脸，警惕地东张西望。其实蜻蜓男孩只是有些叛逆，他想在女友面前显现自己英雄一面，灯蛾越是害怕，越是要坚持冒险。真到了这里，他也有些紧张。

一条细长的灰影闪过，好像有无数只脚踩在地上经年的枯叶上，发出急促的沙沙声，小灯蛾的汗毛都竖起来了，脖子也僵了，汗滚滚落下。

"有什么大惊小怪的。是只蚰蜒!"蜻蜓故作轻松地哈哈，其实如果仔细听，就会发现他的声音也绷着。

是那只有三十只脚的家伙啊。这家伙可是节肢类虫虫的杀手!小灯蛾白毛汗都出来了。还好蚰蜒似乎另有关注，没有冲他们来。

现在蜻蜓完全收起轻忽的心情，一边飞一边小心地观察周围。

靠近水洼的灌木下有个黑乎乎的大家伙蹲在那里。小灯蛾正在分辨那是土块还是其他什么，就听到蜻蜓低声提醒"小心，那是蟾蜍！"蟾蜍可是蛾子的克星，是小灯蛾家族的噩梦，她尖叫一声拔腿就要跑。

蜻蜓一把拉住就要飞走的小灯蛾，"蟾蜍视静不动，见动眼亮。我们慢慢移动，它看不见。不然飞得再快，它长舌头一甩，还是跑不掉！"

小灯蛾也想起蟾蜍的三绝：头上那双凸起的对飞动影像明察秋毫的眼睛，弹跳惊人的后腿，灵活有黏性的舌头。于是乖乖地放缓动作，像被放慢镜头的影像一样，一点一点挪出蟾蜍的视线。

等好容易转到蟾蜍背后，小灯蛾冲蜻蜓发火："啊，我受不了了，这不是冒险，是送死！"小灯蛾还要吼，被蜻蜓一下扑在地上。

一个巨大的身影从他们头上扑过。黑沉沉的，一下子让本来就昏暗的灌木丛顿时变成阴云密布的夜晚，同时还掀起一阵大风——灰尘和腐败的叶屑一起飞舞。小灯蛾被气流裹挟了撞到带刺的灌木枝条上，痛得差点晕过去。在这一片混乱中一双红色的巨大的眼睛扫视过来，让小灯蛾如坠冰窖，从头到脚的血液瞬间凌结。小灯蛾本能认定，这怪物大概就是传说中的，比蟾蜍更可怕的幽灵级怪物——蝙蝠。

"快飞！"蜻蜓也后悔这次冒失的冒险之举了。蝙蝠可是无惧灌木丛阴暗视线限制的大杀手，唯一可以利用的就是它的体形，蜻蜓带着小灯蛾拼命往狭小的空间飞。

最后蜻蜓靠一个垂直上升，冲出灌木丛，然后骤停，纹丝不动地贴在大杨树杆上装死，才算冲出了尾随而来的血盆大口，躲过蝙蝠的追命。

蝙蝠不喜欢光亮的环境，很快退回到了阴暗的灌木丛。小灯蛾的小命终于保住了。

这次的亡命之路，蜻蜓高超的飞行技艺发挥了作用。可即便这样，他漂亮的玻璃纸一样明亮的翅膀也被突起的树刺拉了好几个口子。

"你是个疯子！混蛋！"小灯蛾怒气冲冲。任谁被带着从死神那里走一圈都不会开心的，"你不要来找我了，我们拜拜了！"

小灯蛾觉得自己怎么也没法跟一个疯狂的家伙呆哪怕一秒，气呼呼地回家了。

4. 无疾而终的爱情

回到家，小灯蛾就病了，几天没有露面。黄粉蝶让白蚁去看看她怎么失踪了，才知道她吓坏了在家养病呢。

"真是的，哪有这样拿自己也拿女朋友生命开玩笑的！"黄粉蝶很想去找蜻蜓算账，但是店里最近生意太好，实在走不开。

"算了，你忙你的。"小灯蛾劝走了黄粉蝶，但是黄粉蝶一有时间还是让白蚁来看看，顺便送些东西过来。

"店里生意很好吗？"小灯蛾无聊时会问问白蚁。

"好的不要太好！"白蚁很佩服自己的老板，"老板的眼光绝对一流，老板娘也厉害，他们想了些点子，像什么女孩子来玩免费送一杯酒水，让客虫为献唱的小姐送花什么的，这样客流量增加了不说，流水也多了。生意狂好！那天隔壁的'舞动乾坤'夜场老板天牛眼红我们店的生意，带了一百个椿橡虫来砸场子。椿橡虫，你知道的，那气味——"

白蚁说得绘声绘色，一百来个椿橡虫把客人都熏跑了。后来是刺蜂让绿蝇带了黑尾麻蝇，给对方的夜场搬了大堆的粪，还产了成堆的蛆，闹得对方三天都没能营业。最后都遭受巨大损失的双方坐下谈判，提出建立一个行业协会，由两家牵头才了结。

"为此，老板让刺蜂夫妻在店里入了股。"白蚁意犹未尽地结束了演讲。

花姐儿也来了，还带来了一个灯蛾一直想问，却问不出口的情况——蜻蜓有新女友了，跟他还有点亲戚关系的豆娘。

"什么？我还病着，他就另寻佳人了？"小灯蛾很生气，自己受了惊吓发了通火，他不安慰一下，转身换女伴了。

"据说是你先甩的蜻蜓，怨不得蜻蜓另寻佳人了。"花姐儿摇头，"反正我们——我、黄粉蝶，都不看好蜻蜓，早等着你们结束了。谈了场恋爱，病了两次，还差点送命。那个浪子不适合你，甩了就甩了吧！别哭，丢虫子的脸！"

小灯蛾本来要哭的，哪有把情侣间气话当实话，说拜拜就丢手的，但被花姐儿一闹就哭不出来了。

"豆娘漂亮吗？"小灯蛾有些心里泛酸。

"漂亮。轻盈伶仃的，在水上俱乐部大名鼎鼎，被称作'美丽公主'、新出炉的'水上灵魂舞者'。你这身段也就跟我能比，跟人家，那不知道要甩出多少条菜畦了。所以你就别郁闷了，人家比翼齐飞照水弄影，那叫志同道合。你嫁给他，早晚阴阳两隔。"

小灯蛾捂脸做悲戚状："有这样打击虫虫的吗？还能不能做朋友了？"然后放下手，咕的一声笑出来，"其实我一开始就知道不合适，只是想尝试一下不同的生活。我就是想看看，不一样的生活到底有多不合适自己。"

花姐儿哼了一声："虫虫生命如此短暂，你不抓紧结婚生子，还尽想着没用的东西。"

小灯蛾撇嘴："就是因为生命短暂才不要有遗憾啊。起码我现在有了一段荒诞得梦一样的日子做回忆了。光怪陆离，应接不暇。"她闭上眼，叹惜着。

四、总要开始新的篇章

1. 醉灯的蛾子

"叮咚"有人按门铃。

花姐儿去打开是白蚁，这家伙是替黄粉蝶送礼物的——整整九条手帕。

"我们老板娘送给灯蛾小姐擦眼泪的。"白蚁说。

花姐儿噗嗤笑了，小灯蛾狠狠瞪白蚁，似乎那样就是瞪着黄粉蝶了："替我谢谢她，这些手帕等着她儿子出生，我会还给她做尿布的。"

"我以为你会因为失恋而伤心憔悴的。"白蚁仔细看看她的脸。

"伤心？怎么可能？很多人失恋伤心的不是因为没有人可以爱了，是伤心居然是对方不要自己，而不是自己不要对方。所以我这不是伤心，是失落而已。"小灯蛾懒懒地丢着手里的帕子玩。

白蚁笑了："看来他还不是你爱的类型。你并不爱他，太好了！"

花姐儿突然看看灯蛾又看看白蚁，若有所悟："啊，我明白了，黄粉蝶这家伙太鬼了！"

"明白什么呀？"小灯蛾还在纳闷，白蚁却怕了花姐儿似的，躲躲闪闪："既然没事，我走了。"

花姐儿冲白蚁的背影叫："胆小娶不到老婆哦！"

小灯蛾推推她："乱说什么呀。"

花姐儿神秘兮兮地说："你没看出吗？黄粉蝶在撮合你和白蚁呢。还真别说，你们两个挺有夫妻相，性子也还相近。"

小灯蛾嗤了一声："关心关心你自己吧。你别被甩了一次，就不想结婚了。"

花姐儿收了笑意："结不结婚，和谁结，我本来就随便。"她在摇椅上轻轻摇晃："我们瓢虫对血统要求很高，最好是同类通婚。这样一限制，能找个情投意合的更难了。我之前之所以和金龟子接触，不过是想用他堵家里的嘴。其实我根本不愿结婚。"

花姐儿说的小灯蛾知道的，瓢虫就是和不同的异种瓢虫都难以生育后代。"那你难道一辈子不结婚？"小灯蛾问。

"什么必须结婚？如果结婚仅仅是为了繁衍，那么就由愿意承担种族繁衍重任的去承担好了。我，如果没有合乎心意的，一辈子吃吃喝喝也不错啊！"花姐儿不似开玩笑的神情让小灯蛾也凝重起来："那样的话，我也一辈子不结婚好了。"

"你？算了吧！"花姐儿咬了口本来是买了来看望小灯蛾的，蚯蚓老瞎子新做的糖葫芦，"打小就等着嫁给绿蝇，虫生梦想就是生一堆孩子。你呀，估计下个星期就会有新恋情发生了。"

小灯蛾还要争辩，花姐儿说："不信，我们打赌，谁输谁在黄粉蝶家的酒吧跳灯管舞。"

"那还是算了吧，不是——我是怕我'醉灯'！"小灯蛾赌咒发誓。真的，灯蛾不就是容易"醉灯"吗。

2. 危机逼近

小灯蛾没等到新恋情而是先遇到了旧麻烦。

还记得小灯蛾在池塘边遇到土鳖和叩头虫的骚扰吗？土鳖多次被蜻蜓戏弄，在小弟面前很没面子，别看他嘴上说"蜻蜓那个愣头青，咱不跟他计较"，心里憋足了劲儿要找机会削蜻蜓一顿。

他想了很多损招，还拉拢了一些帮手。为此土鳖特意让小弟叩头虫请土墙帮的老大黄蜂和表哥椿象吃饭。

叩头虫看着请柬有些不明白："大哥，胡蜂和咱们不对付，想独占土墙不是一天两天了。请他合适吗？再说这个椿象是谁啊？还您表亲？"

土鳖得意地敲了他一下："做大事的，要有大格局。土墙不是我家的也不是他家的。从我爷爷辈就在这里了，也从那时起土墙就一天天垮塌了，总有一天会坍塌成土堆，争个什么劲儿呢？那个椿象，就是臭屁虫，也叫田鳖，是不是我表亲虽然没来往过，可他要是明白事儿，就会认这门亲。江湖上混的，不知道拉帮结派、处处逢源，死都不知道怎么死的。古话不是说：一个好汉三帮，一个篱笆三个桩，学着点!"

叩头虫连连称是："大哥真是有学问! 小弟佩服得'六爪投地',脑袋插土里!"

宴席就摆在池塘边的和平饭店。本来的名字是"荷萍小筑",很雅致也很应景。因为池塘的水里虽然没有荷花，但是菜园的规划图上确实是标注"荷塘",只是没有动工而已，不能算是误导了在这儿安家落户的一众虫虫住户。不过水面确实长了不少浮萍，夏天它们也开一些小小的白花，算聊胜于无吧。

这"荷萍小筑"老板的父亲蟋蟀，是一个文艺青年，音乐发烧友，所以给起了这个名字。生意一般，全靠一些同好者捧场才勉强维持。当然老板娘可不认同，按她的说话，那些标榜文艺青年的食客，都是些囊中空空的家伙，没让店里亏本全靠她左支右绌。

蟋蟀最后听从内心的召唤离家出走，追求音乐去了，并且一去不返音讯杳无。他的儿子小蟋蟀接管了饭店。和他父亲不同，小蟋蟀自诩是只会吃喝玩乐的俗虫，一改饭店的阳春白雪的风格，和世界接轨，走雅俗共赏中西合璧的路线。当然，小蟋蟀也不是一味否定历史的无知小青年，相反他很懂得"取其精华去其糟粕"的真谛。

在饭店里有一间装修绝对高端的"展览厅",那里存放了他爸当年那些艺术同好们留下的作品：现在是大导演的象鼻虫的一堆呕吐物，当红舞蹈家豆芫菁的一个裤衩，目前在上层行走得如鱼得水的独角仙的一副据说透露天机的鬼画符。

小蟋蟀对每一个来就餐的虫子都要热情介绍店里的艺术珍品，展示花重金请来的象鼻虫的墨宝——"和平饭店"的匾额。他深情地告诉每一位食客："象鼻虫大导演作为虫虫界唯一得到人类认可的电影艺术家，在那次会面中他对我寄予厚望，拉着我的手对我说：'菜园地的虫虫世界要和平不要纷争，要团结在你的身边，把菜园地早日建设成虫类的伊甸园。'你们说，我肩上的担子有多重！"于是那些酒酣食饱的虫虫们就一起举杯，高喊："和平万岁！"

　　不得不说小蟋蟀肯定比他爸爸更适合当老板，和平饭店成为虫虫们密谋和勾结的首选场所。菜园地的多少恩怨情仇都从这里发源，或者在这里被推波助澜。

　　今天和平饭店的"520"房间就迎来了号称"地下一霸"的土鳖、"土墙老大"黄蜂、"暗夜之王"天牛，以及臭名昭著的椿象。

　　一番寒暄后，觥筹交错。酒酣耳热之际小蟋蟀又来介绍饭店的文化品位，被黄蜂打住："少来你那套，跟我整点实在的。"

　　小蟋蟀附耳过去，听了会儿为难地说："那是违背我们饭店做生意的原则的。"

　　"别磨叽，你这就是一黑店，有什么不能做的？快去，不然让兄弟们拆了你的店！"黄蜂态度蛮横。小蟋蟀苦着脸出去了，不一会儿服务员蝼蛄送来一大盆香鲜酥嫩的菜来。

　　一旁给大家斟酒的叩头虫好奇地问："这是什么？"

　　黄蜂夹起一个塞嘴里，"嘎吱"一声脆响，又嚼了几口直起脖子"咕咚"咽下，然后愉悦地告诉叩头虫："这叫'肉芽'，大补的东西。肉芽知道不？就是蝇蛆。"

叩头虫一听，捂着嘴出去找地方吐了。

土鳖和椿象都伸出筷子尝了尝，只有天牛撇撇嘴："有违天道。我从来不吃荤。"

"都混黑涩会的，你装什么斯文！"黄蜂大怒。

土鳖连忙把他们劝住："各位，'四海之内皆兄弟，相逢一笑泯恩仇'。给兄弟一个面子，都不要吵。"虫虫们倒也知趣，放下小小的争执，继续推杯问盏。

酒过三巡，土鳖站起来："今天把兄弟几个叫一块是有件事要大家帮忙。"

几只虫子一起看向土鳖："咱们哥几个还搞得这么见外做什么。有什么要我们出把力的，尽管说！"

"就是那蜻蜓，他欺人太甚，几次把我手上的货截走。上次天牛老弟让我物色几个新鲜面孔到他店里帮忙。你们知道，我土鳖对兄弟们交代的事一向放心上。天牛大哥一说，我就带了小弟到处去找，好容易看中一只小蛾子，结果——"土鳖一摊手，大伙儿都明白。

"我就那么一说，还真叫你为难了。其实，我店里也不差一个两个小姑娘。所以兄弟你犯不着生气。来喝酒，算兄弟谢谢你。"天牛端起杯。

土鳖没想到天牛不上套，只好也举杯："见外了，我为难什么呀。也就是'受人之托忠人之事'，没办成，心里有些过意不去罢了。"

"这话不对，哪能就这么算了。不教训一下这小子，还以为我们是吃素的！"黄蜂大胆咧咧地插嘴。

天牛不高兴地放下杯子："那你要怎么办？自从得了飞行新秀奖，蜻蜓现在可是红了。轻易动不得。"

上次的"跨世纪飞行新秀大赛"中，蜻蜓可谓出尽风头。他翅膀上像安装了马达似的，每秒振动三四十次，一分钟就飞了2.5公里。一举获得短距离飞行冠军。然后他又参加长途比赛，连续不吃不喝飞行1000多公里，在虫界那叫一个首屈一指。最叫绝的是正当颁奖时刻，一只麻雀突破警戒冲入会场。当时在场的群虫胆战心惊，上天入地，场面一片混乱。

麻雀冲着正平展双翅立在一丛被当作领奖台的鸡冠花端休息的蜻蜓扑了过去。当时还在现场直播颁奖典礼，就看到镜头里，眼看就要成为最短命飞行冠军的蜻蜓猛得拍打前翅，后翅借助在空气中产生快速旋转的小漩涡一扭，突然直入云霄，逃过致命一击。麻雀恼羞成怒追了过去，蜻蜓疾飞。

但是昆虫的飞行冠军怎么比得上鸟类，眼看就要追上，就见堪堪追上麻雀冷笑着将嘴巴张开之际，蜻蜓猛得回转，一下子转到麻雀身后。麻雀不可思议地将嘴张得更大，可她还来不及回身，就见蜻蜓快速后退着飞行而去……

蜻蜓在生死之际的飞行表演通过直播镜头传遍虫界，彻底征服了观众。趁麻雀追他而得以躲在叶子后面、土疙瘩地下的小虫子们更将他视为救命英雄。短短二十秒钟的直播，就让蜻蜓的粉丝一下子激增了30万。一些粉丝还把这段视频命名为"超越死亡的飞翔"，动不动就在虫虫世界电视台点播。这也是为什么土鳖有心报复却不能成的原因。只要蜻蜓拉风地在空中表演飞行，身边就有豆娘之类的脑残粉簇拥着，根本下不了手。

"动不得也要动，没看到那些小虫仗着有了蜻蜓撑腰，都不大买账了吗？上次我从池塘边经过，蜉蝣居然假装没看见我，不向我鞠躬！我不管你，反正我是不会放过蜻蜓那小子的。"黄蜂不满地瞪了天牛一眼。

"是啊，我听说你的场子前段时间被人砸了。这可不是好兆头，当心墙倒众人推啊！"土鳖劝天牛加盟。

"不劳你费心。我的场子好得很。"天牛警惕地望了其他几个。

椿象见此，一脸无辜地耸耸肩。

"天有不测风云，搞点意外还是可以试试的。"土鳖说。

黄蜂同意点头："我有个想法。蜻蜓靠翅膀上的翅痣，保持翅的震动规律性，并防止因震颤而折伤。所以我想到一个绝妙的主意，那就是想办法划破蜻蜓的翅痣，让他从此飞不了。"

"办法不错，可惜近不了身，没用。"天牛也来了兴趣："蜻蜓的视力极好，而且还能向上、向下、向前、向后看而不必转头。最讨厌他那双眼睛，又大又鼓，实在是丑，我看不如请椿象兄弟躲在他必经之地，喷点毒液也许能让他从此成了瞎子。就算瞎不了，暂时失明也让他飞行受到影响，到那时再动手也容易。"

"我不行，不行！"椿象连连摆手，"说实话吧，我的臭味，就是为了吓唬对手，没有任何毒性。"

"切！"其他虫子一起鄙夷地看着椿象。椿象却心里不以为然，真要伤了蜻蜓，他那几十万的粉丝不把自己撕了，只会放屁能保证自己从那些疯狂的粉丝手里逃出吗。

"各位，各位。我听到可靠消息，菜农对最近虫虫世界不正常活动有所察觉，有可能会在近期开展打黑扫恶活动。你们可千万悠着点。别太明目张胆了！"饭店老板小蟋蟀溜进来报告小道消息。

人，那是虫虫们无力抗衡的对手，包间里一时沉默得可怕。

"要想不引人注目，最好是下黑手。比如扮成粉丝靠近蜻蜓找机会下手。"叩头虫小心翼翼地建议打破了沉寂。

"有了，我们这里土鳖的小弟叩头虫，模样俊俏不会引起注意，不如让他装成粉丝悄悄靠近伺机下手。"椿象灵机一动。

其他虫子也觉得可取，只有叩头虫恨不得打自己的嘴，紧张得小腿肌肉直抽搐。

大事既定，虫子们便彻底放松，直喝得酩酊大醉才散去。

第二天土鳖酒醒后心里骂道："古话说的好啊：求人不如求己。早知道还是得靠自己，就不请这帮孙子喝了。"不过他起来后叫来叩头虫和颜悦色地安慰一番，"放心，你的能力大佬们都看在眼里呢。做成这事，你小子飞黄腾达指日可待了！"说得叩头虫挺起了胸，自从晚饭后就一直抽抽的小腿肚子也不那么疼了。

3. 被黑的经历不好受

这天，太阳一直没有出来，天气比往常显得冷了点，蜻蜓立在水边的一根芦苇上。

小灯蛾去河边取水煮茶。她最近迷上了茶饮，讲究用活水煮茶。看到蜻蜓时，她有些迟疑，转念一想，自己有必要怕他吗，于是气鼓鼓地走上前。

一圈已经围了不少蜻蜓的粉丝。蜻蜓懒洋洋地鼓动双翅，因为他的翅膀肌肉在温暖时才能发挥最佳功能，起飞前需要鼓翅生热。就是这样几个热身运动已经让一群小姑娘尖叫连连。"太激动了!""好迷人啊!""我爱你!"

不知道豆娘会不会生气。小灯蛾看着蜻蜓秀肌肉心里发酸，却扯出豆娘为自己开解，眼睛止不住瞄过去。

蜉蝣显得最热情，把一束紫色的鸢尾花蕊送给蜻蜓。接着，其他的粉丝也不甘落后地挤上前。蜻蜓被挤得在芦苇上站立不稳，还好粉丝们拥着他，才没一头栽下去。

蜻蜓努力表现出友善态度，其实已经要发飙了。谁没点起床气啊，何况还是自己状态不是最佳的时候，万一掉下来，丢的可是自己飞行冠军的脸了。

正在这时，蜻蜓突然听到一声尖叫："当心，有刺客!"

血液一下子急速奔涌到翅尖，蜻蜓推开簇拥的粉丝扑腾着飞到空中。就见一只叩头虫戴着一顶可笑的黄帽子，他的手前伸，手里一把亮闪闪的匕首，本来是冲蜻蜓的翅痣去的，因为被叫破，刺了个空。

"啊，居然要伤害我家的蜻蜓! 打死他!"一个声音惊醒了刚刚僵住了一众粉丝们。于是无数的粉拳奉上，叩头虫吓得丢了匕首抱住脚。正在其他人不解之际，他弯成对折的腰猛一挺，身子弹了出去。远远跌出人群，急急爬起来，钻进了树丛。

愤怒的粉丝们还要追，却发现她们的偶像倒在地上。原来蜻蜓刚刚是本能反应，其实血液还没有畅通，危险过去，脱力晕厥了。

蜻蜓被粉丝们七手八脚送去医院抢救。

按下后来蜻蜓因此拒绝和粉丝零距离接触伤透了一帮女粉丝的心不提，小灯蛾目睹一群人闹哄哄离去，心里百味杂陈。

刚刚那声提醒就是出自她的口。她没想到自己会救了一个对自己薄情寡义的家伙。蜻蜓醒来后会怎样？他会不会后悔自己辜负了小灯蛾？

但是她真是想多了，蜻蜓清醒后只是通过经纪人，也是他的未婚妻豆娘带了两盒点心登门表达了一下谢意，连红包也没给。而且豆娘还在新闻发会上暗讽她跟踪蜻蜓。蜻蜓倒是没有说这样的话，只不过通过经纪人，声称保留对意图伤害他的叩头虫的刑事追究。

另一方面，几个大佬都认定是痴情不改的小灯蛾毁了他们精心安排的行动。好在蜻蜓经此一吓后深居简出，偶然出公告前呼后拥明星范十足，再不能多管闲事了，也算阴差阳错不违初衷。于是大佬们也就不追究叩头虫的失手，给他一笔钱，让他到城里去避避风，等过了芒种节再回来。

"你们说我冤不冤！"小灯蛾在"白天不知夜的黑"酒吧拉着每一个愿意听的客人诉苦。

被误会失恋被甩、情难自制的小灯蛾，也在网上争辩了几次。奈何粉丝的力量太大，她的声音就像一粒灰尘掉进河里，连个浪花都没惊动。

她怎么可以公然觊觎大家的偶像？怎么可以害得偶像遇险（真相已经没人关心）？最重要的是偶像现在深居简出，谁也不愿搭理了，不怪她怪谁？你说叩头虫？叩头虫是谁？有《旧情人携恨归，真英雄险遭不测》炒作的噱头吗？

说起来全是泪。小灯蛾现在是众怨所归，都不敢待在家里。因为一小部分"失去理智，但情有可原的粉丝"冲击她的家，一顿发泄，损坏了不少东西，连那两盒小灯蛾没看在眼里的点心都被踩烂了。好在小灯蛾见机快，听到"好心虫"的提醒早早躲进黄粉蝶的酒吧，才免受皮肉之苦。

　　可惜她的哭诉得到的反应，与预期有些出入。比如，"哎哟，可真是。好歹还救了他的命，怎么搞成这样？好好的出名机会给浪费了！你这都是吃了没好好读书，没文化的亏。要是换作我，第一时间就和记者联系，把当时……"或者"这豆娘别看她柔柔弱弱白莲花一样的，也不是善茬。告诉你们吧，当初在飞行学校我就看出她一心想霸着蜻蜓，这下如她意了。"还有人接茬："真的吗？说说看，当初在飞行学校怎么呢？"然后发声人就从"当初啊……"巴拉巴拉，离题万里下去了。

　　"喂，你们到底有没有抓住重点！"小灯蛾捶着桌子，却发现被热烈讨论的虫虫无视，无力地趴桌上呻吟。

　　一杯兑了金银花蜜的薄荷酒递了过来。"新出的薄荷酒，喝了败败火，看你痘痘都出来了。"黄粉蝶交叉了纤细的胳臂笑盈盈道。

　　小灯蛾立刻转移注意力，掏出小镜子仔细看脸上哪里出了痘痘。

　　"没有，你骗我！"小灯蛾找了半天知道粉蝶是逗她，松了口气。

　　"好歹算是知名虫物了，有没有考虑发个稿，题目就叫'虐恋情深，我和蜻蜓不得不说的故事'，副标题就叫'——飞行王子前情虫的自诉'，主打悲情路线。趁现在关注的虫多，印它几十万册，一定大卖，也算补偿自己的精神损失。等你洗白，知名度起来，我的酒吧正好蹭蹭热度。文案都想好了——《风情酒吧，蜻蜓和灯蛾一见钟情》《痴情被辜负，小灯蛾夜夜买醉酒吧》。"

"疯了！"小灯蛾听她眉飞色舞地说了一通，也有些入迷。想想明白后，白了她一眼，"这是你那财迷老公的主意吧？"

黄粉蝶拉她的胳臂："你不觉得很好吗？"

小灯蛾拍掉黄粉蝶的手："好什么？我现在已经惹了一身笑话，还要再把自己丑化一下，扮成一个被弃的怨妇去愉悦别人吗？再说，是我先不要他的好吗？"

"不是丑化，是洗白。你的形象现在也不美啊。再说，谁抛弃谁，稍稍变动一下有什么要紧。在乎这些虚的干嘛？虫生不值得，我们都要学会迁就这个社会。"黄粉蝶苦口婆心地做工作。

"他们怎么抹黑我，我管不了，但是我不能糟蹋自己。"小灯蛾油盐不进。

"就是，小灯蛾不需要管其他虫虫说什么，做自己就好。我知道你心地善良，是无辜的。"突然听到这样无保留的支持，小灯蛾转过脸。一看，酒保白蚁收了一盘杯子站在后面。她的脸顿时垮了，摆摆手："你说我好有什么用。你说的没人在乎！"

"为什么我说的没用？就因为我不是名虫，你就瞧不起我，觉得我说什么都没有虫虫在乎？"白蚁的脸涨红了。

第一次看到好脾气的白蚁生气的样子，小灯蛾有些于心不安，还有些发慌："我，我不是这个意思。你，误会了！"

"你就是瞧不起我！"白蚁一字一顿地说。

看白蚁还是气呼呼的表情，灯蛾嗫嚅道："我怎么会瞧不起你？我自己就是小小虫，不指望，也没勇气成为名虫。你看，眼前就有一个机会，我却不打算抓住。名虫、大明星也是从小小虫成长来的，而且是虫们的拥护和膜拜成就了他们的伟岸。没有粉丝的爱的供养，蜻蜓和我们一样不过是个普通的虫子。现在的他虽然很风光，但是我一点儿不觉得他幸福。因为我知道他喜欢冒险，非常非常喜欢。他说过'飞行是他的灵魂，冒险是他的全部快乐的源泉'。这也是我觉得我们不合适在一起的原因，因为我喜欢的是安定。但是你看，现在他连出门都不敢。也许这是成长改变必须付出的代价，可是我觉得他坐在保安围绕的豪宅里未必会比当池塘边的穷小子快乐。所以你说我矫情也好，我做梦也好，我绝不委屈自己去追求金钱财富。"小灯蛾越说越激动，原本被打击得灰暗的小脸也红润起来，眼睛更是闪闪发亮。

"说得太好了。"白蚁止不住拍手，手里的盘子杯子哗啦啦全掉地上了，吓了大家一跳。

"还真成了死忠粉了。造成的损失，从你的工资里扣！"黄粉蝶瞪了白蚁一眼，拉长了脸气呼呼地走了。

"黑心的资本家！"小灯蛾倒是发泄一通，神清气爽起来，蹲下身子帮白蚁收拾。

"不，不用。我自己来就好！"白蚁紧张地一把抢过小灯蛾捡起的一块碎片。

"哎呀！"小灯蛾猛得收回手捂着。

白蚁登时吓白了脸，锋利的玻璃断口划破了小灯蛾的手！

小灯蛾冲他眨眨眼，慢慢展开手："没有，我吓唬你的。"

看她笑颜如花，白蚁傻傻地笑了。

4. 世界每天都是新的

最不幸的日子会有过去的时候，就和所有的明星会有过气的一天，一个道理。虽然这两者的愿望是指向完全相反的值域。围绕小灯蛾的事态渐渐平息，她又可以回到她温软舒适的家。

小灯蛾一边唱歌一边收拾屋子。屋子给破坏得厉害，黄粉蝶毕竟是好姐妹，不计前嫌，并不因为小灯蛾没有采纳她的计划就疏远了关系，还特意把白蚁借给她做清洁工。

白蚁和小灯蛾经过上次的交锋，关系亲密了很多，虽然不是情侣，却有些惺惺相惜的意思。

"小灯蛾，我把这些烂掉的椅子拿出去丢了，明天带些新的来。"白蚁说。

"你知道我喜欢什么样的椅子吗？可别弄一模一样的来。我想重新开始，刚好把家里换换新。"小灯蛾熟不拘礼地嘲笑。灯蛾原来用的是原木椅，但是她有些腻了，想换一种，只是还没拿定主张。

"没问题。"白蚁的回答也很随意，让小灯蛾有些不高兴。

但是很快白蚁拿来的新家具就让灯蛾眼睛一亮。几张田园风的白色藤椅，有扶手，还给配几个水果色的靠枕。很奇怪的感觉是，这几把椅子猛一看造型很简单，毫不起眼，可再细看就觉得很美观很舒服。靠背的弧度和线面结合都简洁流畅，没有一丝多余的设计，干净轻盈得如同灯蛾优美的翅面。美，美得没有烟火气，却又显得亲切。雪白的椅面上，几只明亮鲜妍的水果色靠枕，放在那儿，任谁看了觉得舒服都忍不住想坐一坐。

小灯蛾就那么做了，她满眼星星地跑上前去，坐下，扶着扶手，舒舒服服地放平身子贴着椅背。咦，背板镂空了，还有可以让她的双翼不至折皱的地方。"啊，我爱死这椅子了！"小灯蛾忍不住闭上眼，在椅子上摇摆。

然后她想起白蚁还在，不好意思地睁开眼，站起身："我有些忘形，主要是太喜欢了。"

"你喜欢，我也很高兴。"白蚁也一脸喜悦。

"白蚁，你的眼光不错！就是——这样的椅子一定很贵吧？"小灯蛾不是不识货，她小心地询问，"太贵，我可用不起的。"她想好了，如果太贵，就是白蚁献殷勤说买了送她，她也不能收。

"不是买的，不要钱。"白蚁红了脸。

小灯蛾诧异地望着他："不要钱？你抢的？"

白蚁不以为忤："我做的，自己做的。"

"真的假的？"看到对方郑重地点头，小灯蛾张大了嘴。她没想到木愣的小酒保还有这样的手艺。

"我喜欢有美感的东西，平时喜欢自己动手做些喜欢的用具。我的愿望是有一个属于自己的作坊，然后用自己的作品布置一个温馨的家。"白蚁说起自己的爱好，灯蛾惊讶地发现自己非常向往他描述的生活。

白蚁心里乐开了花。大家都知道他喜欢小灯蛾，可显然人家一直没把他当回事。现在，小灯蛾终于注意到了他的才华，而且第一次用火辣辣的目光看着自己。虽然他想象这样的时刻很久了，可是真的这样了，他却感觉浑身像靠近了火烤着一般热。此刻他全身的血液到处奔流，急切地要找一个地方喷涌出来，然后这些血液一起冲到翅膀上，他的翅膀前所未有地充满了力量，简直可以把整个大地带得飞起来。

"我看你也喜欢自己动手，你的厨房不少烘焙用具。"他咳嗽了一下努力保持镇定转移话题："我曾经给一家厨具商设计过样品陈列馆，和老板刀螂还成了朋友。他也是个烘焙爱好者，你如果需要，我可以介绍你们认识。"

"刀螂？那个烘焙界的大咖，你居然和他是朋友？"小灯蛾简直不敢相信自己的好运气。

5. 惊喜还是惊吓

果然不要小看任何人，你觉得不起眼的小人物，可能有你想不到的资源。

虫虫界顶级甜品大师的超级高端的厨房里，小灯蛾正在按刀螂大师的吩咐，用他家厨房的烤箱做一个新式提苏米拉。看着平时低眉顺眼的小酒保，从容地坐在吧台旁和主人一起喝咖啡聊后石器时代以来虫虫艺术发展趋势，小灯蛾不禁摇头。

刀螂的厨房经常出现在他主播的美食节目里，那装修配置不用说了。以前只能舔屏的厨房今天居然可以归自己使用，小灯蛾的嘴都要笑裂了。刀螂很客气，所以她一边做点心，一边还有心情分神观察令她眼花缭乱的周围。

亮闪闪的玻璃器皿，盛放着各色调料的罐子，造型讲究的刀具，还有琳琅满目的各种锅具。

"等有钱，我也要把这些工具买全了。"她心里发了第 210 遍誓。然后她又注意到一点。"难道爱好美食的都一样吗？"和小灯蛾一样，刀螂的厨房放了不少绿植，"还是我看了他的节目受他影响？"小灯蛾一边用力搅拌一只明显是进口的玻璃碗里的淡奶油。

刀螂坚持纯手工的制作过程，放着最新款的打蛋器不让用。

"太作了。"小灯蛾心里嘀咕。

厨房很大，可能是为了拍节目好看，还放有一些一看就觉得极有艺术品位的餐具。"这么漂亮是盛食物，还是就为了好看啊？不实用！"小灯蛾心里鄙夷，手里不免疏忽，一个分神，一个晶莹剔透的水晶盘砸到地上。

主人刀螂和白蚁闻声而来。看着地上一堆晶莹碎片，刀螂立刻垮下脸。"太可惜了，这是马陆大师的遗作。我最喜欢的一件作品！"。

小灯蛾惶恐地搓着手："对不起，我，我……"

"不要紧。"白蚁忙握握她的手。他转头对刀螂："要不我来赔吧。"

"你？当然……不要紧。小灯蛾，这不怪你。"刀螂的脸变得飞快。不过显然他还是很肉疼，因为收拾好一切，重新坐下后，他忍不住叹气。

白蚁瞪了他一眼："我说过，我来赔。"

"那怎么好意思，我们是朋友。"不过，他滴溜溜转的眼睛和翘起来的小胡子泄露了他的真实心理，"白蚁你愿意送我一件你的作品，我还是很高兴的。毕竟很久没有见到你肯拿出新作品了。"

他看了一眼一脸茫然的小灯蛾，卖弄地说："他没有告诉你吗？你真是个幸福姑娘。这年头能这么低调处世，认真做事的青年实在找不到几个了。马陆大师是白蚁的叔叔，他教白蚁手艺并一直希望他能继承自己的琉璃作坊。马陆大师一生未婚，作为他唯一的侄子，白蚁是能最完美仿制他作品的。如果他不是因为太固执，放弃做琉璃，改变创作方向，我也不用这么紧张，差点吓坏美丽的小姐。"

"他只是我叔叔，他的事业有他的弟子继承，和我没关系。做琉璃当初是年纪小，没有选择。清冷艳绝风格的水晶制品，我其实不感兴趣，我喜欢木石藤竹这类天然材料的东西。"白蚁难得地露出厌烦表情。相比较冰冷的琉璃，他更喜欢木头带来的温暖感觉。"叔叔一开始也不理解，后来不也赞同我的选择了吗?"

"所以他派人找你，你们和解了。他在生命最后时刻对我说过:'这个孩子不简单。草木精华，这些是自然的馈赠。我花了一辈子才领悟到的，他这么年轻就体会到了。'"刀螂点点头。

"还不够。现在我在寻找如何做出体现自然韵味的生活的器物。它简洁到极致，但又不随意，它的每一个线条都是精心取舍后的唯一选择，它应该是每一生命都能从中体会到美和爱意的东西。"白蚁一边思索，一边比划，他说得很慢，不善言辞的他试图尽可能明白地表达自己的想法。

"极简之美!"刀螂叫起来。

"你说得太准确了! 我就是这个意思。"白蚁擦了把汗，不好意思地看了一旁听得木楞的小灯蛾。

"他是个实干家，真正的艺术家!"刀螂拍拍白蚁的肩对小灯蛾挤挤眼，"其实他完全可以继承他师傅的风格，成为一个富有的人。可是你看，他为了梦想，一直屈身在一个三流的酒吧了打杂，就因为那儿他可以观察不同的人共同追求的艺术美感。他快成功了，我嫉妒他!"

白蚁羞涩地摇头:"你把我说得都不像我了。我打工主要还是觉得这份工作自由，它能让我认清自己是谁。我要做我自己，我的作品也要是我自己的风格，而不是沿袭师傅的。"

回家的路上，小灯蛾许久不说话。在家门口，等白蚁告别时她鼓起勇气说："我以前不知道你有这样的背景，多有得罪的地方请你原谅。"她语气非常恭敬，就是没有一丝温度。

白蚁对她突然的疏远搞得有些慌乱："你生气了，为什么？"

"没有生气，我为自己之前的失礼表示歉意而已。"小灯蛾语气冷冷的。

"我没有要隐瞒大家的意思，只是觉得没有必要说。"白蚁的汗流了出来。

"没必要？当然咯，演戏一样生活多好玩。老板娘会骂你笨手笨脚，老板会扣你工资。其实你根本不在乎。看我们对你呼来喝去，一定觉得我们很可笑吧？有没有一边说'是，是，是'一边心里怜悯我们的自负？"这些想象的情形让小灯蛾更生气了。

"不是你想的那样。叔叔是叔叔，我是我。在你们面前，我没有其他任何身份，只是一个普通的酒保。"

"你普通吗？只要你愿意，随时可以做出一件卖出高价的作品，成为和我们完全不一样的人。"

"我哪有那么神。刀螂夸大其词，可能是希望你重视我。我喜欢你，他是知道的。真是的，让他不要乱说。他完全不知道你是怎样的女孩。"白蚁真的急了，很想揍刀螂一顿。当然最想揍的是自己，自己当时还有些得意，任由他说下去，是个什么见鬼的想法。

"还不知道！不知道他会那样说！你也别把我想的太伟大，

就算没有外面的诋毁，普通女孩该有的虚荣、自私、小心眼、世故，我一样也不少。我缺点多多，你没必要浪费时间。再见！"恼羞成怒的灯蛾一摔门就要赶人。

"等等！让我说完。"白蚁还算反应迅速，推着门，不让她关上："我们一定有误会的地方。我要告诉你，我没有打算戏弄你。你说得对，不要违背自己的心意。我发誓，我要走一条和师傅不一样的路。这一条路很难走，但是我选择了，就不会后悔。在我没有找到自己的路，出一件真正属于自己的作品之前，我会困顿会窘迫，可能一辈子就只能作为一个酒保被人轻视。但是我绝不学蜻蜓，我不想被你瞧不起！"

小灯蛾本来听得有些心动，听得"蜻蜓"二字顿时恼火了："你和他比较，是你自己的事，与我何关。走开！"门"啪"地关上，留下白蚁呆立半晌最后垂头丧气地走了。

五、有情终成眷属

1. 爸妈的最后通牒

天气渐渐热起来，不动都觉得要冒汗。虫虫世界随着婚配旺季的到来，显得不那么安稳，一些爱显摆歌喉的，从早到晚声嘶力竭地唱情歌。一些爱卖弄身材的，没完没了地拉着手跳舞，不到精疲力竭不肯罢休。一股热潮推着所有适龄的虫虫，抓紧这大好时光，完成生命的最高使命。

已经找到中意对象的得意洋洋，似乎自己做了多了不得的大事。已经在婚姻之城中辗转过的，则以一种看尽千帆的神秘微笑，给予那些还被爱情搞得昏头转向的最诚挚的鼓励，对那些不知天高地厚高调张扬的尽可能地包容。而还在转悠在爱情与友情暧昧难定区域的，甚至没有下家的青年男女，要么失魂落魄，对自己，对虫生产生了怀疑，要么自暴自弃以一副"我才不在乎"的傲娇保护自己可怜的自尊。

就这点来讲，植物世界的繁衍显得文明且克制得多了。除了张扬的杨柳，搞了一地飞絮，其他的静静开花，以美好的内在招蜂引蝶。谈成的，像桃李，羞羞答答悄没声地结了一树的果子；没成的，一声不吭地从枝头掉下去，豆田里自我了结的残花一地。不过整个菜园地还是花红锦簇，蜂舞蝶绕，到处喜气洋洋的。

当然任何一派歌舞升平，也掩盖不了一些不和谐的声音。比如蟆蛉向《每日虫报》的记者哭诉，黄蜂在她的巢里留下一群小崽子，把她的孩子祸害了。还有小道消息说鼠妇和女朋友在坡上晒太阳被横冲直撞的土鳖给推倒，骨碌碌滚进水沟，再没爬上来。不过这些跟整个和谐的大环境相比实在算不了什么。

明媚的眼光下婆婆纳和过路黄开得热热闹闹。风鼓鼓的，混合了树叶明亮的脆响，吹着哨子，得意洋洋。

花姐儿挑了一处高高的泽漆草，收拢翅膀停了上去。从这个角度，鲜绿的底子上，无数繁密的紫和夺目的黄织成一条华美的毯子。这条华美的毯子下面，有幽暗的地面，有不测的洞穴，有纵横的迷宫般的沟壑，当然也少不了那些只有虫子们才能辨别的关乎生死的搏斗痕迹。但是现在，花姐儿和小灯蛾只看到炫目的草花的海，那些在阳光下甜津津粉嫩嫩的花儿，展示着这片草地的富足，富足到令每一个本应为生存而奋斗的生命忘怀了充满残酷纷争的生活真相。

花姐儿邀请小灯蛾去郊游，是因为一肚子郁闷。昨天，她爸妈给她下了死命令，不赶在交配的季节结束前把终身大事解决，就直接押赴相亲现场。

花姐儿长相不赖，属于珠圆玉润型的姑娘。上学时也不是没有男孩子递过小纸条。那会儿瓢虫爸妈觉得学习期间不要和男孩子相处以免分心，花姐儿自己是个懒散性子，除了吃吃睡睡，没什么能让她感兴趣，懵懂的爱情之花自然没有孕育出来。等成年了，爸妈条件一列出来——"门当户对"。虽然简单的四个字，却是拦住了不少有自知之明的。毕竟当得起"门户"的都算有些层次了。但有层次的，又被太多适龄的姑娘惦记着，一贯缺少主动精神的花姐儿这会儿就吃亏了。主动示爱是不可能的，眼神又不好，人家对她搞个暧昧她都体会不出来。一来二去就沦落到了相亲大军去了。

"虽然有些尴尬，不过想想相亲也不错。不用打听人家里情况、收入什么的，搞得自己好像很八卦、很俗气。"花姐儿心态不错，"吱溜吱溜"惬意地吸着一串红的花筒。

"可是，听说有些相亲的很势利，对女孩子评头论足。"小灯蛾厌恶地皱眉。

"怕什么，我也可以对他评头论足。"

"把双方的情况放在一起权衡比较，总觉得这样的感情不纯粹，我还是觉得先有感情再谈其他好。"

"那样也有问题。感情好，其他就都能将就吗？如果他爱你，就是癞蛤蟆你也嫁吗？"瓢虫看小灯蛾抖落一地鸡皮疙瘩笑了："所以，什么都不是绝对的。哪怕一开始没有感情的婚姻，我相信，也可以是最后走向幸福的。爱情可以变成亲情，亲情也可以产生爱情。只要品行不坏，找个怎样的都行。"

"你真乐观。"

"不然怎么办？"花姐儿吐出了吸管，"其实我觉得不结婚也可以。反正我可以养活自己。要不是我爸妈不肯，我才懒得去相亲呢。"

"整天迷迷糊糊，你不结婚，阿姨肯定不放心。"小灯蛾想起瓢虫妈妈对花姐儿的抱怨。

"其实我只是不如你会烹饪会打扫收拾房间，养活自己不是我自夸，一点儿问题没有。我捉蚜虫的本事不要太好啊。这片地里，谁能跟我比试一下？"这是真的，别看花姐儿体型浑圆，看上去不大可能会飞的样子。可当她把自己细小精致的翅膀会从锃亮的外套下抽出，疯狂地舞动时，你得承认瓢虫其实是一个技艺精湛的飞行家。也正是因为飞行本领还行，所以才能在园子的各个角落里来去自如，一天捕虫130多只。

"不知道我妈担心个什么，我怎么说也算是菜园的高收入阶层了。我像是需要通过结婚找个饭票的？对了，你怎么不理那个小酒保了白蚁了？是不是觉得他经济条件不好？我现在啊，只要有说爱我，哪怕是没翅膀的瞎子蚯蚓，我也认了！这不没办法吗。"花姐儿正抱怨，一只蚯蚓从泥里钻出来，一边扭动湿哒哒的身子，　边吐出嘴里的淤泥："我听到有谁在说我？"

这么不禁念叨，小灯蛾还傻傻地愣着，花姐儿一把扯住她飞进一丛开着紫花的枸杞丛。

蚯蚓唾了一口："嫌我瞎？没听说我们家这块地面要拆迁了吗？等天牛把转让费给我，我就有钱了。到时候，想嫁给我，我还要挑呢！没两对薄膜翅膀，没腰身的，我还不要呢！"

花姐儿的黑脸更黑了，小灯蛾一路忍着笑和她一起蹑手蹑脚地退出枸杞丛。

和花姐儿分手后，小灯蛾思考着要不要给白蚁一个机会。这个家伙，被小灯蛾抢白了之后居然就不出现了。不知是老实到傻了，还是没到非她小灯蛾不娶的程度。其实小灯蛾对白蚁还是有几分好感的。虽说他有欺骗戏弄自己的嫌疑，但是真如他说的，只是想独自谋生，寻求艺术发展的新路而不得不有所隐瞒，也是可以理解的。

刚刚和瓢虫一起，小灯蛾没有告诉她有关白蚁的情况，一是知道花姐儿要是知道她为了所谓的自尊放弃一个有进取心的青年才俊一定会骂死她，二是她有些担忧白蚁会从此不理她，那样的话告诉瓢虫除了懊悔又有什么价值。白蚁现在是什么情况呢？他还会对自己有好感吗？自己要不要给他点暗示，让他明白自己其实是挺欣赏他的？万一自己主动，白蚁认为自己是因为他的身份才愿意交往，心里瞧不起自己了怎么办？

虽然经历过几段感情纠葛，跟其他姐妹比起来，也算是见过大风大浪的了，小灯蛾却是第一次对感情患得患失起来。今天花姐儿的窘迫让她也有了危机感。是啊，夏天很快过去，像自己这样的虫虫，生命是如此短暂，短暂到不能看到明年的油菜花。她没有花姐儿潇洒，从来没有考虑孤独一生。怎么办？幸福需要自己去争取的。小灯蛾有些焦虑了，她需要冷静地思考今后的打算。因为暂时不想回去，她飞到一丛韭菜地。葱绿的杆子从绿油油的韭菜丛里伸出来，顶着一蓬蓬雪白的韭菜花，像撑着一把把的小伞，米粒大的细小花瓣如霜似雪，洁静而优雅。虽然不喜欢韭菜的呛鼻味道，雪白的韭菜花却可以给了小灯蛾一定的遮掩。她便绕着这些小白伞飞来飞去。

2. 出门要看黄历

"哈哈，天堂有路你不走，地狱无门偏进来。小幺蛾子在老子家门口发呆呢！"一声怪笑吓醒了不知在韭菜地里转悠了多少圈的小灯蛾。从韭菜地旁的水沟里爬出一只土鳖。

小灯蛾暗自叫苦："出门没看黄历，怎么又遇到了这个丑八怪！"刚想飞走，头顶传来一阵嗡嗡声，一只黄蜂在俯视着她。

"让开路！拦着我，想干什么？"小灯蛾鼓起勇气大声斥责。

"胆子不小啊！"黄蜂嘎嘎地笑了，"难怪会坏我们的事。"

"什么坏了你们的事？"小灯蛾左右张望，希望寻找机会逃脱包围。

"上次要不是你多嘴，蜻蜓也逃不掉。现在他学乖了，不肯露头了，让我没机会逮着他削了一顿了。你说，你是不是要对此负责啊？"土鳖哼哼着。

"我不知道你说的什么！让开！"小灯蛾知道没法讲道理。

"性子烈得很呢！"黄蜂看了土鳖一眼，"抓起来，送天牛那儿好好教训一下。"

"听见没，乖乖跟我走，不然别怪我们不懂玲香惜玉，先把你翅膀卸下来。"土鳖蹿上来抓住小灯蛾的胳臂。

"啊！好疼！我跟你走，不要弄伤我！"小灯蛾很识时务地讨饶。

土鳖得意地看了黄蜂一眼。

他们押着小灯蛾往天牛的夜场走去，沿路遇到几只小虫，小灯蛾投给他们求助的眼神，可是对方一见土鳖和黄蜂凶神恶煞的样子，就吓得逃走了。

"瞧那些虫子的熊样，看见咱们还不乖乖让路。"黄蜂得意洋洋地飞在前面。

"那是。"土鳖因为小弟叩头虫不再身边，只好亲自押了小灯蛾在后面跟着，"黄老大，趁今天可得和天牛说好了，生意规模扩大了，得给咱们分成。"

"那当然。蚯蚓、蝉那两家的地穴，不是咱们连哄带吓的，他弄得到手？"黄蜂自信十足，"怎么也要分我们四成，不能低于三成。"

"就怕天牛舍不得。这家伙是个贪的，上次跟他提，就不大想带上我们。"土鳖抿着嘴笑笑。

"他敢！"黄蜂哼了一声，但是想想有些不确定了，"不过，我们也就找地方找人手帮了些忙，管理啊，账目啊，人员安排啊，统统插不上手。实在不行，就一成。只要把菜园周围的都吃下来，一成的利润也不少了。"

"其实夜场我看也没什么，要不是需要他手里的客户源，地方、钱、人手，我们什么搞不定？甩开了天牛，咱们自己也搞得起来。"土鳖目光闪烁地看着黄蜂说。

黄蜂若有所思地点点头："也是。他吃肉，我们尝尝汤，有什么意思？"

"就是，没有胡屠户就要吃带毛的猪不成？"土鳖开心地笑了。

小灯蛾一直焦急地寻找脱身的机会，土鳖和黄蜂她更惧怕黄蜂一些，他锋利的蜂刺可不是摆设。见这会儿黄蜂因为土鳖的话陷入深思，明显放松了对自己的关注，她立刻调转身子飞快飞离两个恶棍。

"糟了，小幺蛾子跑了，快追！"土鳖首先发现。然后他们迅速调转方向紧追过来。

小灯蛾飞行速度远远不是黄蜂的对手，眼看黄蜂气势汹汹而来，就要到了跟前。小灯蛾一咬牙往灌木林飞去。虽然那里光线昏暗、危机重重，但是灯蛾的夜行能力强，应该可以拖延一些被黄蜂追上的时间。

"不要命了！"黄蜂果然没有继续紧追，他定在灌木丛的外围，冷冷地看着灯蛾扑扇着翅膀飞了进去。不一会儿树丛里传来轻轻地撞击声。"啊！"小灯蛾的惨叫声传来。

"蜘蛛老弟，有猎物掉网里了吗？"黄蜂扬声冲黑乎乎的方向问。

"不错，一个小蛾子。黄蜂老大，这儿没你的事了。"蜘蛛从树洞里探出头，看着在网上挣扎的小灯蛾，嘎嘎地笑着。

"可惜了，挺漂亮的小蛾子。老弟你得谢我把她赶到你网上。"黄蜂套着近乎。蜘蛛却不客气："谢你什么？下次你掉网上，我也照吃不误！"黄蜂被这样不识好歹的回答噎得无话可说，只好气呼呼地说："那你好好享受吧，别噎死了！"然后鼓鼓翅膀飞走了。

小灯蛾的一只翅膀被黏糊糊的蛛网粘住，她慌乱地用手去扯，反而也被粘住。蜘蛛远远看着哈哈地笑起来。小灯蛾眼泪都出来了，哀求道："放了我吧！"

蜘蛛鄙夷地望着她："你白痴啊？放了你，我晚饭吃什么？"好在他并没有过来一口咬死灯蛾当下午茶的打算，而是好整以暇地远远望着，不怀好意地看小灯蛾无望地挣扎。他在等小灯蛾精疲力竭，这样他捕食时费的气力就能小些，要知道他还要省下力气修补被这些愚蠢的猎物扯坏的网子呢。

那边小灯蛾的一侧的手脚已经在挣扎中全部沾到网上。她不敢挣扎，又不甘心，只好扇动唯一自由的那一侧的翅膀，并努力避免再被蛛网粘住。她用尽了全身的气力，那些黏而极有韧性的蛛丝被她挣断了好几根，眼看摇摇晃晃就要从网上挣脱出来。蜘蛛不敢在一旁看热闹了，急急过来拿出一捆新的更黏的丝，远远丢过来，套住小灯蛾刚刚脱困的翅膀。他围着小灯蛾转了几圈，就把小灯蛾半天的努力全抵消了。小灯蛾现在被绑得牢牢的，翅膀一点儿也挣不出来了。她放声大哭。

"哭，哭，把脏兮兮的眼泪哭掉些，吃起来也爽口一些。"蜘蛛刻毒地说着。他一边喘气，一边慢吞吞地收拾被小灯蛾扯坏的网线。

3. 患难见真情

"小灯蛾，别怕，我们来救你了。就在这儿！"一只小甲虫飞过来，在幽暗的背景下，她闪亮的黑底红点的甲壳像宝石一样耀眼。然后是一只黄底黑斑纹的黄粉蝶，扑扇着翅膀，背着光投下巨大的阴影，翅膀上的鳞片忽明忽暗。是花姐儿和黄粉蝶！小灯蛾又激动又担心。

"你们都来了，快救救我！"小灯蛾努力蹦跶着，可惜被包裹得严实，只是把蛛网晃荡了两下。

"这是要给我的晚餐添点小菜吗？"蜘蛛舔舔红彤彤的嘴唇，转着身子警惕地注视着她们。

"不能被粘住，得想个办法。"黄蝴蝶小心地上下打量。一阵微风，把她轻盈的身子吹得带向鼓荡的蛛网，大伙儿都叫起来。好在蝴蝶敏捷地一扭身子，飘到了一边。

"我不大容易被粘住，我去把网撞破！"瓢虫看看自己油亮的甲壳，鼓起勇气冲了过去。她鼓着翅膀，靠近时，迅速收敛膜翅，把它们藏到光滑的鞘翅下，纤细的小手脚也紧抱在胸前，利用惯性冲过去。果然蛛网没粘住她，她从网上掉了下来。可惜她分量不够，没把网撞破。蜘蛛一边讥笑一边咒骂着，拿出更多的丝来把小灯蛾绑住，把她绑得结结实实像个袋子，她只能在里面"嗯嗯"地叫，意思是大家不要放弃她。

"我再来一次！"瓢虫花姐儿瞄着蛛网，让开距离，打算加速冲过去。

"当心！"在花姐儿快要冲到跟前时，黄蝴蝶尖叫着。花姐儿有些纳闷，这时候叫什么？给自己加油还差不多。可就在这时候一个大家伙挡在她面前，花姐儿收不住身子"嘭"地撞上去，和那个黑影一起跌了下去抱在一处。等她清醒过来，才看清那个黑影是金龟子！

自从金龟子转而和自己的好姐妹成了一对，花姐儿就很不愿意见到他。没想到这个时候，来了个拥抱。她推开金龟子，皱了眉正要说话。一只苍蝇虎——跳蛛吊着一根蛛丝，在空中晃荡着瞪着她。跳珠打量了金龟子几眼，嫌弃地顺着丝回到树上。

黄粉蝶飞了过来拉起他们："吓死我了，好在你过来了！"她看看花姐儿又看看金龟子，歪歪头，笑了，"以前的事就算了，都放下吧。金龟子你来得好，你个子大，撞开网，把小灯蛾救出来。"

金龟子体型壮硕，他冲上去，轻飘飘的蛛网立刻就撞了个洞。一旁想捞便宜的跳蛛也只能干瞪眼，没办法下嘴。蜘蛛看情形不妙，抱了裹成木乃伊的小灯蛾就想跑，花姐儿跟过来，丢出一个个黄色的液包，砸向蜘蛛。液包破裂，一股刺鼻的味道让所有在场的虫虫都恨不得把昨天的晚饭都吐出来。蜘蛛吃不消，丢下小灯蛾，慌慌张张地跑进树洞，把洞口用青苔烂泥挡上，然后打水洗澡。

小灯蛾被扔在树下，沾了一身的蛛丝和树皮草屑，她还被牢牢束缚着，而且脏乱狼狈。

"得赶快把她弄出来，这儿太危险。"黄粉蝶抽着鼻子，打量周围。金龟子跑过来，身上沾挂着几根蛛丝，样子显得很可笑。黄粉蝶连忙帮他连扯带搓弄了下来。

可小灯蛾给绑得太结实，大伙儿帮着扯了半天，只是把她的手脚解放出来，她的翅膀沾了太多脏东西，不但打不开，还被压得左右摇晃。只蠕蠕爬行。一般情况下，侥幸从蛛网逃脱的，如果时间太长不能清理掉蛛丝，不但可能重新落入敌口，也可能无法进食而力竭饥寒交迫而死。

天开始暗下来，无数令虫虫们遐想的细碎的声音从草根底下，从土洞里，从树顶，从各个角落传来。"天快黑了，你们不要管我，我慢慢走回去！"小灯蛾看着陪伴在身边的朋友，回头望望没离多远的灌木丛，带着哭腔说。

"是啊，聚在一起目标太大！"金龟子看了黄粉蝶一眼，又闭上了嘴。

远处螽斯开始歌唱，然后是金铃子的合唱。现在是夜场生意开始热闹的时候了，可是他们还在这儿冒着危险陪着，让小灯蛾很感动。

"有什么靠近！"敏感的花姐儿突然小声提醒。大伙儿都紧张起来，纷纷在身边寻找合适的地方躲藏。

"老板吗？我是白蚁！"对方见一群虫子纷纷四散，自然明白是防备自己，于是停在那儿说话了。原来是酒吧应该开始营业了，可老板和老板娘迟迟不出现，大家不放心让白蚁出来找找看。

白蚁看到了被裹成一团的小灯蛾，知道她被蛛丝缠住没法飞行后，镇定地说："这问题好办，我来解决。"其他虫虫一阵欢呼，立刻松了口气，然后毫不客气地把小灯蛾交付给白蚁扬长而去。

萤火虫提着小灯，河边游荡。水里不时咕咚一声，不知是哪个倒霉蛋被潜伏的敌人给吞下了肚。白蚁用帕子沾了蚁酸一点点擦去小灯蛾翅膀上黏哒哒的蛛丝，等最后一点被擦掉，小灯蛾跳到空中使劲拍打双翼。感受几乎僵死的翅膀重新充满了血液。恢复知觉时麻麻的疼让她哭了。等她哭完了，她缓缓落下，站在白蚁面前，轻轻说："谢谢！"这是他们不愉快的分手后，她第一次对白蚁说话。

白蚁没有接话，依然不作声地默默望着她的翅膀，似乎在查看那儿是否还有蛛丝没有擦干净。小灯蛾有些摸不透他现在的想法，于是试探着问："你现在还在酒吧上班？"

"嗯。"白蚁回答很简洁。

"对了，我听黄蜂土鳖和天牛联手，似乎要搞大动作。不知道对酒吧的生意有没有影响。"小灯蛾看着木愣愣的白蚁突然想起一个重要的信息，"我要去告诉他们，让他们当心。你可以陪我去吗？"不能继续就不能继续吧，至少还有友谊。

"我还可以喜欢你吗？"白蚁突然问。

"什么？"打算动身去找黄粉蝶，正想着如何说清情况的小灯蛾，被他突如其来的问题搞糊涂了。

"我是说，你可以原谅我的失礼，继续做我的朋友吗？"白蚁说的是上次小灯蛾对他的指责。

"我们一直是朋友。"小灯蛾斟酌着回答。

白蚁脸红了："我说的不是普通朋友，而是那种……"

小灯蛾笑了，她没有说话，只是把手轻轻放到了白蚁手中。

4. 求婆媳同时落水问题的答案

"你要考虑清楚哦，白蚁是大家庭生活。婚后一定要和家族一起生活的。"金龟子吃了一口蛋糕慢吞吞地说。比起黄粉蝶听说小灯蛾接受了温柔的白蚁的求婚后的激动，她要冷静得多，想的也多。"而且，"她搁下银叉子放在茶碟上，"白蚁家族有虐杀伴侣的恶名。虽然我看白蚁不像是会干出这种事的，但是说都原生家庭的影响是巨大的，那样的环境……"她有分寸地住了口，留下黄粉蝶和小灯蛾自己掂量。

"对啊，小灯蛾，你要想清楚了喔。爱情是两个人的事，婚姻就是两个家族的事了。就是两个人也有很多地方互相不适应，需要磨合的，一大家子就更麻烦了。不是谁都像刺蜂那样搞得定难缠的婆媳关系的。"黄粉蝶趁机抱怨，"我和金龟子虽然没有长辈在跟前，少了很多麻烦。可也有不好的，我喜欢散步逛街，他呢，白天要睡觉，晚上倒是劲头十足……说了多少次也不改，这样不合拍，真不知道还有没有必要过下去！"

小灯蛾好笑地看黄粉蝶故作嫌弃的表情："我知道你家金龟子一心扑在店里，忙着赚钱给你花，就不要再酸我了。"

金龟子给黄粉蝶递了杯柳橙汁："如果小灯蛾觉得可以，我们还是应该为她祝福。毕竟幸福既不能等，也不能靠别人施与，需要自己努力争取的。"

小灯蛾点点头："我也是这么想的，虽然害怕大家庭的生活，但我还是愿意为了爱，去面对挑战。可能会受伤，大不了到时候丢开了他。如果不争取一下，我怕将来会后悔。"

"丢了谁？"白蚁走进来，看着吧台前的他们不高兴地说。

"丢了你，如果你将来不爱我的话。"小灯蛾跳下凳子，把胳臂搭在白蚁的肩上。她盯住白蚁的眼睛，笑盈盈地说："我是说，如果将来，你妈妈和我有冲突，你不站在我这边，我就不爱你了，立刻就走。"

白蚁拉下她的手臂，握住她的手："我妈妈不是不讲道理的。"

"可是有时候亲人之间没有绝对对错。就像我妈妈和我爸爸总是争吵，吵到谁也不服谁的时候，他们就让我站队。所以我最怕他们吵架！"黄粉蝶同情地看着白蚁，"真到那个时候，你选择谁？躲开不管吗？"

白蚁还真没想过这个问题，听说那个媳妇和老妈同时掉河里先救谁的问题挺要命，这个也同样难回答呀。"那我应该怎么办？"白蚁很虚心地眼望着黄粉蝶夫妇。

"我不会遇到这个问题。"金龟子笑了，他在地下修炼身体的时候，父母已经不在了，所以婆媳矛盾对他来讲不存在。

白蚁没办法转而继续握住小灯蛾的手："我会努力避免这种事情发生的。我妈很好的，她养大了我不容易，和我一起好好孝顺她，好吗？"

小灯蛾不依不饶："我当然会孝顺你妈妈。可是万一真要发生了矛盾，怎么办？"

白蚁挠挠头："你是个善良可爱的姑娘，我妈也是个体贴温柔的，我不知是怎样的事会让你们吵起来。但我发誓，真有这样的情况，我一定会不让你觉得委屈。"

小灯蛾不好意思非要白蚁毫无保留地支持自己，只好接受了白蚁的承诺。黄粉蝶和金龟子互相看看，耸耸肩。

豌豆花开得红紫芳菲，小灯蛾和白蚁结婚了。虫虫们大多没有大张旗鼓举行婚礼的要求，他们可不像人类那么爱招摇，毕竟聚集，很多时候就是给自己招灾。白天，鸟儿一天几回飞过菜园子，晚上，青蛙蹦来跳去的，净盯着虫虫世界的动静呢！所以小灯蛾的婚事也是从简，连几个姨妈都没通知。地下的世界相对来说安全一些，白蚁热热闹闹地请大家族享用了从黄粉蝶那儿用所有的薪水换来的花蜜。

白蚁是家族聚居式生活。他们建起结构复杂的巢穴，几百万的大家族在里面栖息繁衍都没问题。有四通八达的交通，有坚固又实用的住宅，有各种公用设施，星罗棋布的苗圃。巢穴里还有便利的地下供水系统，用来引取地下水来润湿巢穴，当然也有精良的排水系统。还架起高耸的通风管，利用空气对流来维持巢穴的常温。所以白蚁的巢穴，功能齐全，设施一流，更像一个城市。

小灯蛾和白蚁的家就在白蚁城市的一角，白蚁妈妈整天在家里收拾，根本没有到地面上去过。像白蚁妈妈这类的老一代坚信白蚁只适宜在黑暗、潮湿、常温的环境中下生活，地面强烈的阳光会要了白蚁的命。

"你也不要老往地上跑，就是晚上也尽管少去。我听说有些恶毒的家伙偷偷藏了些太阳光，用黑色的布蒙着，就等虫子们晚上出去，好灭了咱们的种！"晚饭时，白蚁妈妈神色凝重，一本正经地叮嘱。

"藏了太阳光"？小灯蛾没听明白狐疑地看向白蚁，却见白蚁根本没当回事，只顾低头吃着晚餐。虽然结婚没多久，但小灯蛾已经有些了解丈夫的特点，可能是搞艺术的缘故，白蚁是习惯随时进入冥想状态的，尤其是吃饭的时候。所以小灯蛾是不会在吃饭时和他谈话的，尽管她也会为辛苦做出的美食被随随便便地填了肚子而私下发牢骚。

和白蚁生活了这么久的白蚁妈妈当然也应该知道，可是她还是忍不住重复一遍，"你有没有听我说啊？"这次白蚁有些反应，敷衍地点头："我知道了。"

白蚁妈妈有些失望，不是她唠叨，实在是除了吃饭她找不到其他和儿子交流的时间。白蚁的怠懒她当然知道，自己的儿子嘛。好在现在家里多了个可以指导的对象，她转头又盯着小灯蛾，希望得到她的响应。小灯蛾为难地看看白蚁，对方没有接受自己的暗号，只好也跟着点头："我们会小心的。"

"就不能不去吗？地下城多好。什么都有，为什么非要拿自己的生命开玩笑呢？"白蚁妈妈抱怨着，瞪着小灯蛾，"你说，他那手艺本来就不需要到地面去。他叔叔的店本来就是他的，偏不肯要，白送了别人。"

白蚁妈妈抱怨着就偏了方向："我听说你也没什么正经工作。也就在网上卖点自己做的点心。家里不缺你这点儿钱，你不如就待家里，好好打点家务。再者，你原先自个儿冒险就算了，现在结婚了，我儿子和你一起，还冒冒失失的，岂不是要他跟着担心思！"

小灯蛾的脸色难看起来："不是啊……"

"妈！"白蚁终于结束了吃饭时的冥想，适时打断了妈妈的胡搅蛮缠，"我暂时不想开店。"

"你去酒吧，我不反对，也是在地下。要是你愿意，都不用上去，乘电梯就到了。可是你接送她去菜园子里，不就要抛头露面了？那是得担多大风险的事？"白蚁妈妈瞪着小灯蛾。

"如果怕扭了腰，是不是得整天躺床上？有什么好担心的，那么多虫子在园子里呢！"白蚁不耐烦地拿了外套和包，对小灯蛾说："走吧，别听她啰唆，都要迟了！"

小灯蛾抱歉地看了婆婆一眼，招呼一声，跟了出去。

白蚁妈妈乒乒乓乓收了会儿盘子，终于气不过丢下做了一半的家务，坐下来给自己的姐妹打电话："我说什么都不听，白操这份心。……娶了媳妇，对媳妇那个温言细语的，对我粗声大气的。……说其他虫子怎样怎样。你是其他虫子吗？你是白蚁，从小身体孱弱的白蚁！把你拉扯大，容易吗？现在长能耐了，还嫌我啰唆……当着媳妇的面，我没骂他。对，我没有，我知道要给他面子。……可你说，媳妇看在眼里，还会尊重我这个婆婆吗？……是呀，这媳妇也不懂事，不知道劝劝，指不定看我笑话呢！我呀……"

5. 危机四伏

小灯蛾推门进去，发现酒吧里出奇的生意清淡。这种状况已经持续了一段时间了，现在好像更严重了。

"怎么回事啊？"她问做吧台旁发愣的黄粉蝶。黄粉蝶叹了口气，仰头喝了一大口。

"昨天不是还商量着要重新装修酒吧，吸引人气的吗？怎么现在垂头丧气，斗志全无了？是不是你的设计出了问题？"小灯蛾问慢吞吞擦着酒杯的白蚁。

白蚁连忙澄清："我的设计怎么可能又问题。是——"他看了黄粉蝶一眼，欲言又止。

"是我认错了人！"黄粉蝶"砰"地把杯子砸到桌上，吓了小灯蛾一跳。然后小灯蛾才知道，原来刺蜂带着一帮伙计转场到"舞动乾坤"了。

"司仪、驻唱、伴舞，还有提供酒水和西点的，全被她挖走了。那边在搞开业酬宾，我们这里要搞关门大吉了！"黄粉蝶哭丧着脸，"我认错了人，还以为她是个够义气的。没想到——"

"不对呀！"小灯蛾疑惑道，"上次我告诉你，黄蜂、土鳖要和天牛合伙搞大型夜场，你还说不怕，他们搞他们的集团化路子，你们和刺蜂搞特色服务，夜场蛋糕这么大，谁也没法全吃下去，总有机会。怎么这会儿功夫，刺蜂就投奔他们去了？她不是在你这儿占股的吗？"

"刺蜂骗了我们。我去看过了，她把我们的点子偷了送给黄蜂了，现在她在那儿占股。我们这儿她看不上了！"金龟子从外面进来，解开外套，喝了一大杯冰水。

"她不是和绿蝇为了你们和那边闹翻了吗？势不两立啊！"小灯蛾还是不明白。绿蝇和天牛的小弟椿象可是死对头。

"天牛也被他们阴了。"金龟子冷冷地说，"现在是黄蜂、土鳖、刺蜂携手拿下了'舞动乾坤'，天牛、椿象已经被赶跑了。黄蜂是老大，土鳖是参谋，刺蜂现在负责运营是主管，绿蝇当了保安队长。我才知道，原来黄蜂和刺蜂是表兄妹，有了刺蜂，他们就可以甩开天牛自己干了。我们被刺蜂捅了一刀元气大伤，天牛可是被打劫得一丝不挂！"金龟子还有心情开玩笑。看来，别人的更加不幸才是治疗不幸的良药。

"啊，我上次就感觉他们鬼鬼祟祟的，竟然做出了这样的事！整个一个黑吃黑！"小灯蛾回忆起当时的情况。可惜自己当时心慌意乱，没仔细思考他们的对话。

"咳咳，她就是瞎比方，说天牛呢，没别的意思！"白蚁使了眼色，小灯蛾才明白自己刚刚的语病。

"没啥。"黄粉蝶见怪不怪了，"我们还是想想今后怎么办吧！再不想个招，就真被挤兑得么地方站了。"

等到黄粉蝶和金龟子交流了重新营业的"舞动乾坤"的情况，小灯蛾和白蚁也觉得情况相当严重了。首先，黄蜂他们吸取了金龟子的做法，在地宫上大做文章。他们用连哄带诈的方式拿到了蚯蚓和蝉的地穴，把它们打通后又做了改动，那规模肯定是直接碾压了一般的夜场。其次，在经营上刺蜂把一大批这边的熟手挖过去充实了那边的人手，而且经营手段上，自己这边完全没有优势可言了。最后也是最重要的是客源，损失严重。黄蜂土鳖混社会久了，谁都要买几份账，只要其他场子没有压倒性的特色，就没有理由不选择他们的场子消费。

"也就是说，要有让虫虫们非选择我们不可的理由就可以继续经营下去。"小灯蛾总结了金龟子两口子的情况分析。可是，什么才是自己才有的独一无二的呢？四只虫子一起托起腮，沉思起来。

"欢迎光临！"迎宾小姐金铃子客气的招呼传来，然后是花姐儿咋咋呼呼的声音："自己人，欢迎个什么！免了免了！"

等花姐儿出现在众人面前，才后知后觉地问："店里怎么那么冷清。你们怎么啦，都霜打了似的？"可是不等人说，她又开口，"算了，我先说一件更重要的事！跟每只虫都有关系啊！"

花姐儿说的是，菜园里最近虫虫的婚恋活动频繁，引起了园子主人的担忧。据说，明天会有飞机来菜园子洒农药。"大伙儿当心，明天千万不要出来！"她一口子说完，拿起果盘里的一颗早熟西红柿嘎吱嘎吱地啃起来。

这可是比酒吧歇业更大的事，黄粉蝶、金龟子连忙和还在店里的店员交代，又打电话给所有能通知到的亲朋好友。白蚁虽然住在地下，也起身通知大家族，明天严禁出门采集树叶之类的食材，防止中毒。

小灯蛾的蛾子家族虽然多，但是他们都是晚上才出来玩耍，所以如果是白天喷药灭虫倒是没什么了不得。但是蛾子家族没有储存习惯，如果第二天去园子里吃沾了药的菜就麻烦了。所以想想小灯蛾还是给几个姨妈尺蛾、夜蛾、麦蛾通了消息。还有个舅舅黄尾巢蛾住得远，没通上话，但也给留了话。姨妈们倒是不急不躁，对虫虫来说，没经历过一两次灭顶药雨的虫生是不完整的，她们知道小灯蛾刚刚成立亲，还顺便表示了祝贺。

打完电话，从小没母亲照顾但婚姻得到长辈祝福的小灯蛾心里还是热乎乎的，她想起那边"舞动乾坤"开业一定聚集了很多虫虫，心里一紧，张嘴问："要不要通知那边，明天要洒农药的事？"看着其他人奇怪地看着她，小灯蛾支吾着，"不说一声的话，会，会死很多虫的。"

金龟子和黄粉蝶的脸色有些难看，瓢虫花姐儿摸着自己的手不说话。

白蚁拉了拉小灯蛾。小灯蛾还是说："其实，我觉得我们虫虫自己要友爱。虽然我们之间也有纷争，也有杀害。但是这个世界从来都没有说不需要哪种虫虫。有句话叫，世界因丰富而多彩。虫虫的生命那么短暂，每一个努力压制别的虫子的虫虫，其实都只不过希望好好地过这一辈子。只要不是你死我活，为什么不能给别的虫子一点活路呢！"

花姐儿点点头："人类老喜欢说平衡，可他们自己是怎么做的？滥用农药，整个弄得乌烟瘴气的，所有的虫子都遭殃。让我们自己解决争端多好。"

黄粉蝶讥诮地笑笑："我们？是都由你们瓢虫蜻蜓之类的家族来解决吧！"

花姐儿不说话了。谁不知道，瓢虫小时候就是个剽悍妞，其他虫虫小时候没少被祸害。

金龟子拍拍手："小灯蛾说得有道理。都是兄弟姐妹，这时候应该放下成见，共同渡过难关。看他们明天稀里糊涂倒了一地，我们心里也不会好受。这样，花姐儿和我一起去通知他们，其他人赶紧散了，回家去。"

大家同意金龟子的建议。确实，他们去通知是再好不过。花姐儿虫界女汉子的身份加上她和人类亲近的关系，她说的话，应该在其他虫子面前有一定可信度。如果金龟子单独去只怕要被认为是散播谣言，砸场子来了。而且他们两个皮糙肉厚的，也扛得住门口保安的推搡。

只是黄粉蝶的眼神为什么有些怪怪的。

六、新纪元的到来

1. 婆媳大舌战

第二天小灯蛾和白蚁在家密切关注情况。白蚁妈妈挺高兴，觉得是自己的劝说起来作用，本来还打算和新媳妇斗斗气的也忘了，只管做些好吃的端给儿子尝尝。

"现在撒药都用遥控飞机了！"白蚁看着电视直播直咂嘴。

"作孽啊！儿子，我跟你说过吧？上次你台湾远房叔父的乳白蚁一大家子就被用药害了。一大家子，百万来虫口呢！"白蚁妈妈插上话了。

"妈，我跟你说，过些天又到了分群的时候了。这回你可要听我的，咱们分出去。树大招风，蚁群大了，也招祸。"白蚁趁机告诫妈妈。白蚁妈妈蔫了，她还是舍不得离开舒舒服服住了大半辈子的白蚁城。跟新蚁群出去，一点点重建一个城市，那多辛苦啊。

"奇怪，怎么还有这么多虫子没得到消息！"看着没有避开农药，落在菜根下的虫子，有些还在痛苦地扭动，小灯蛾说不出什么滋味。她打了个电话给瓢虫，才知道他们昨晚根本就被拦在外面没能通知到里面的。

"太混账了!"白蚁安抚地摸摸小灯蛾的头。

"那些都是白天出来找吃的虫子!"小灯蛾难过得把头搁在白蚁肩上。

"还好，我们白蚁有自己的苗圃。"白蚁妈妈看了一眼电视得意地说。她说的是白蚁喜欢把一些枯叶木皮培养出菌类来解决粮食问题。

"这倒是个好办法。"小灯蛾附和着说。

"所以，你嫁到我们家，真是你运气啊。"白蚁妈妈一点儿也不客气，"不然现在你就可能饿死。还好……"

心里正烦躁的小灯蛾忍不住辩驳："那不见得，我白天睡觉晚上出来就是了。"

"那也不行啊，晚上人类再洒农药呢? 人啊，最是喜欢斩尽杀绝了。你是年纪轻，没见过多少世面，凡事不知道想个周全。要说还是我们白蚁聪明能干……"白蚁妈妈还想巴拉巴拉，小灯蛾已经推开白蚁，走进自己的房间带上门。

"你看你媳妇，我还说着话呢! 这是甩脸子给谁看啊!"白蚁妈妈瞪着房门，拉着儿子愤愤地说，"我姐妹早就说过，小门小户的不能找，没规矩。你这媳妇我都不敢介绍给我的姐妹认识，这动不动就发脾气，不给人家笑话少家教!"

"说谁呢? 有什么当面说，背后嘀咕算什么!"换了衣服准备回地面看看的小灯蛾，刚好听到这一句。熟悉小灯蛾的就知道，别看她好像不在意从小没妈妈照顾，其实最不爱听"家教"这类的。

"怎么我说不得自己的儿媳妇？"背后说人被当面抓包当然有些尴尬，白蚁妈妈也被顶得下不来台，"你不看看你怎么做的！你家没有教你对长辈说话要客气？"

"我家只说家人要互敬互爱，从没教过，媳妇对婆婆要恭敬，婆婆对媳妇只管训斥不用客气的。"小灯蛾一句不让。

白蚁妈妈气得无话可说，只能对儿子发脾气："你瞧你找的好媳妇！就是要气死我啊！"

白蚁为难地冲小灯蛾挤眼："怎么跟妈说话呢？妈是长辈，教训几句应该，妈是把你当家里虫虫才这么说的。"

小灯蛾火大了："你爱被训是你的事，别拉上我。再说，她训我是不把我当外面的虫子。我对她怎么就不能像她那样不见外，而要注意，要客气呢？这不是双重标准吗！"白蚁一下子哑口无言了。

白蚁妈妈见儿子拿不住媳妇，忍不住又跳出来："哪家媳妇像你这样没大没小的！"

"哦，我到你家，就为小了？那谁大啊？你做婆婆的大？你做丈夫的大？"小灯蛾很生气，"我结婚是因为白蚁说爱我，会尊重我，不会委屈我。如果这份爱，要我低头服小，我宁可不要！"说完打开门，飞了出去。

"我说一句，她能回十句。动不动拿不过了吓唬人，这还是过日子的样子吗？辛辛苦苦把你养这么大，就指望着有一天儿子媳妇孝顺自己。你现在是娶个媳妇回来气死我呀！你能不能收服你媳妇儿呀！"白蚁妈妈掏出帕子擦起了眼角。

"哎呀，妈，你少说一点吧。"白蚁头痛了。白蚁妈妈眉毛竖起来了，白蚁立刻一边嘀咕一边往工作室跑："我还有个作品要赶紧弄出来，早催着要了，我这记性，差点忘了。"也"啪"地关上门。

2. 飞蛾扑火

空气中弥散着药味，那些植物，洋白菜、芫荽、生菜依旧绿茵茵喜气洋洋的，他们是体会不到虫虫们的悲切的。小灯蛾缓缓地飞着，耳边依稀是被药倒的虫子的呻吟。一只小卷蛾跌跌撞撞地飞着，可怜的小家伙饿坏了，忍不住吃了沾了药的苹果叶子。小灯蛾正要上前，一条黏答答的"绳子"飞过，小卷蛾一下子失去方向，扑腾了两下就被一只蟾蜍甩吞甩进了肚子。

小灯蛾连忙退后，缩在一棵秋葵的后面，嗫嚅着："你，不能吃——"

蟾蜍鼓着眼睛瞪她："怎么，你有意见？不服气，我吃了你！"

小灯蛾摇摇头，叹口气："没事儿，你继续吃吧！"她飞走了。

远远听到蟾蜍突然慌乱蹦跳的声音，然后是一阵干呕——怎么会没事呢，这一天他应该吃了不少中毒的虫子，这时候难受了，很正常啊。

天色渐渐暗下来，萤火虫却没有如往常提着灯笼出现。那些喜欢用魅惑的声音召唤爱情的蟋蟀、金铃子都哑了？又或者死了？不，他们不会都死了。虫虫的生命是顽强的，他们应该是被吓坏了，暂时失去了歌唱爱情与幸福的情绪。时间会洗去血迹，也会冲淡记忆，也许过了今夜，就会忘记屠杀重新为生命欢歌。

小灯蛾来到池塘边，水面蒙上了一层油膜，那也是农药。油腻腻的水面没有了往日的光泽，死气沉沉的，虫子和鱼都失去了踪迹。黑沉沉的水底，看不清，水底的生命损失了多少。她的嘴巴很干，但她忍住喝水的欲望。等等吧，等到了明天，药性就会散去很多，还有夜晚的露水，也会冲走部分药。况且，生命是强大的，虫虫们也适应了一些农药的毒性，不然真的一点儿不碰沾了药的蔬菜，虫虫们怎么能一代代活下去。等等吧，等到明天就好了。

没有了食物的身体好像特别容易冷，血液也流得慢了很多，身体变得僵硬，大脑也昏沉沉的。小灯蛾知道对自己来说，现在最明智的做法是回去，向婆婆认个错，然后喝点热汤，睡上一觉，等明天的到来。但是她的情感显然比理智更不易驯服。

夜已经黑了，天空无数闪闪发光的星星。星白雪灯蛾就是喜欢明亮的东西，尤其这样寂寞感伤的夜晚。于是她一点点拍打着翅膀想要飞到天上，去触碰那些可爱的晶亮的东西。可是天是那样高，她越飞越觉得空气稀薄，气都喘不过来，而且露气打湿了翅膀，沉甸甸的，几乎抬不起来。终于她累了，收拢了翅膀，就这么从空中栽了下来。

"咦，那是什么，好美，好温暖！"在天旋地转的下落中她突然看到一束光。这束光印在她的眼中，可能源自少女时代，不，更可能是源自婴孩时的一种美好体验就此被唤醒。有一个神秘的声音告诉她，她应该去寻找、去拥有这光！

于是，小灯蛾被一种神奇的力量支撑着，在空中调整了姿势，义无反顾地向着那束无限美好无限憧憬的光飞去。

一路上有如穿行在梦境，身体说不出的轻盈，翅膀不停扑打却毫无倦意。

身边不时有其他飞虫，或前或后地同样欢欣鼓舞地飞着。明显壮大的飞行队伍，让小灯蛾既喜悦又有些迷惘。

"飞啊，飞啊，向着光明！"数不清的飞虫加入进来，他们的翅膀不停扇动，偶尔相撞，发出噼噼啪啪的声音。

梦呓一般的夜啊！小灯蛾抑制不住地兴奋，更用力地拍翅。快了，快了，就在眼前了！

"停下，你听到没有！"是谁在呼唤？呼唤自己吗？小灯蛾困惑地努力扭头，却被一只大蛾子撞到，一下子收不到去势，从空中跌落下来。

小灯蛾拍拍身上的土，周围是茼蒿汁液饱满的叶子。虽然晚上看不出那份葱绿水嫩，但是肥厚的叶子触碰到的那份沉甸甸的质感，无疑诉说着它的可口。小灯蛾的肚子咕噜噜地响，她凑近想咬一口，一股刺鼻的药水味，立刻把她逼了回来。农药！她混沌的大脑稍稍清醒了些，抬头看向上方被茼蒿叶子遮挡的天空。

她看到的天空只有一隅，但是也足以让她明白无数满溢着激情的虫子正狂欢一般飞向某个地方。怎么回事？我像是也打算去什么地方的？小灯蛾站起来，踮起脚，打算飞上去看明白。

"不能上去！听不到我在喊你吗？还好掉了下来！"白蚁从天而降，气喘吁吁地落到她面前。

"大伙在干什么？"小灯蛾扶着他的胳膊，这会儿她忘记了不快，很高兴有一个可以靠一靠的肩膀。

"那是黑光灯。"白蚁拉着她从茼蒿地里穿行，极力避开前方的死亡陷阱。

黑光灯，是利用大多数趋光性昆虫喜好 330—400nm 的紫外光波和紫光波的特点，设计的诱杀装置。特别是鳞翅目和鞘翅目昆虫如飞蛾、蝗虫、螳螂、蚊蝇等虫虫，对这一波段更敏感。飞蛾扑火的愚钝，就是这样上演的。光波 360nm 的黑光灯，挂在高处，飞虫们寻光而去，撞到透明的挡虫板上。幸运的还可能飞走，倒霉的就掉下去，经过下方的漏斗被收进最下面的袋子或者瓶子里。大多数夜晚出行的虫子都无法抵挡这种紫外线光波的诱惑，虽然昆虫界联盟每年都要普及对黑光灯之类危险品防范的知识，但是还有很多虫子明知危险却难挡诱惑，最终无法脱身。这和人类虽然知道黄赌毒的危害，却依然有前赴后继的一个道理吧。

感觉走到了安全地带，小灯蛾不会再受黑光灯蛊惑，白蚁才松了口气，和她一起爬上一棵黄瓜藤坐下休息。

白蚁在黄瓜藤间东嗅嗅西闻闻，最后小心地挑了一根被叶子遮盖的嫩黄瓜，扳了一截递给小灯蛾。小灯蛾饿坏了，二话不说吃了起来。等她吃饱了，舒舒服服地地打了个嗝，躺倒在一朵花瓣上，手托着脑袋，看着天空说："好了，现在想说什么，说吧。"

"我是要跟你说说。我妈虽然啰唆，但这回她到没说错。白天喷药，晚上点灯，人类做事总是一股劲儿，希望将虫子一网打尽。所以她说晚上更危险，催我出来找你回去。"白蚁慢条斯理地说，"都住一个屋的，她还不是希望我们好。都说'家有一老，如有一宝'，她说的一些也是经验，你能听就听着。让她高兴高兴。"

小灯蛾好久不说话，白蚁推了推她，她才闷闷地说："我当然知道，她没有坏心。可是我就是觉得她针对我，对我有意见。"

白蚁笑了："当然有意见了。"见小灯蛾不解，他说："你想，自己养这么大的儿子一下不再属于自己一个人的，更愿意听媳妇的了，她心里能痛快吗！"

"那她也不能刁难我啊。我还委屈呢，一个人到一个陌生的环境，一点儿不适应！"小灯蛾嘟起了嘴。

"所以要大家体谅一些啊。"白蚁拧拧她的脸，"她年纪大，思想一下子转不了弯，我们年轻，吃点亏，多让着点。"

"凭什么年轻要让着呀！"小灯蛾已经被说服了，还撑着不松口。

"凭我爱你，你也喜欢我啊。"白蚁的嘴巴很甜。

"我知道。可你妈不喜欢我，在她眼里我是你们家的外来人。被她嫌弃，我们在一起不会幸福。"小灯蛾苦涩地说。

"她是不适应。别把自己当外人。我们在一起就是为了要过好日子，很长的好日子。这个家以后就是我们的，谁也改变不了。"

"那你妈再说那些伤人的话怎么办？我受不了她说我没家教！"小灯蛾还是很苦恼。

"我已经跟她说了，她再骂你，就没有儿子了。"白蚁无所谓地说，"我一直想搬出去住，她再骂你，我们就走。"

"这么牛？你妈一定气死了。"小灯蛾突然有些同情白蚁妈妈。

"我跟她说，'你儿子不能没有她'，她骂我没出息。"白蚁厚脸皮地说。

小灯蛾不过意了，她拉起白蚁："算了，还是先回去吧。这么晚不回去，你妈又该担心了！"

白蚁开心地跟在后面，他觉得刀螂这回总算靠谱了一回，支的招很管用。拿"搬出去住"吓唬一下，妈妈果然妥协让步；放下身段哄一哄，老婆果然心软回头。

3. 柳暗花明

经过清洗后的菜园一度风声鹤唳，愁云惨淡，夜场的生意也一落千丈。但是活着的还要活下去，饭得吃，夜生活也得继续。被黄蜂等虫子接手的"舞动乾坤"又热热闹闹的了。金龟子和黄粉蝶的"白天不知夜的黑"也得想办法扩大营业吸引消费者。

这天，几个好朋友又聚在一起，一起出谋划策。

"帮着想想办法！"金龟子冲小灯蛾和花姐儿说，"有用的话，我把店里的收入分三成给你们！"

"你倒是大方，"黄粉蝶瞥了他一眼，"再这样下去账目都亏损了。"

"做生意要有大气度才做得好。有时候一个好点子就可以起死回生。她们虽然不懂经营，但只要有点子，就可以作为技术参股。有了有用的点子，就有盈利，也才有分红。不然，亏损下去只有关门了。"金龟子苦笑。

"我们在这儿帮着想主意可不是为了入股。"花姐儿大大咧咧地挥挥手，表示不同意，她可不在乎金龟子的家产，"我们不过是想看看，能不能帮点忙。"

小灯蛾看看白蚁，又看看其他人，笑笑："是啊，还不定能不能帮到，就说什么入股，分红的，别让人笑话了。"金龟子的提议倒是让她有些心动。虽然愿意相信白蚁的才华，但是那毕竟还是将来的事，老话说的好"放到口袋里的才是你自己的"，过日子到底手头宽裕点好。只是花姐儿说得那么大方，小灯蛾也只好跟着豪爽了。

"我们本来都签约了红蝉，也就是刚刚组建不久的红娘子乐队。我和金龟子预测她们会在暑伏爆红，趁现在她们刚出道酬金还不高签下，将来一定稳赚不赔。"黄粉蝶夫妻果然有商业头脑，这些天看似蛰伏，却是悄没声地做了这件事。

"红蝉啊，据说她们跳舞唱歌时，身上会分泌一种蜜露，甜丝丝的，没几个虫虫不着迷的。"天生不能拒绝甜味诱惑的白蚁很兴奋。

"你很喜欢是不是？"小灯蛾拧住白蚁的触角。

白蚁心想这不是事实嘛，却不敢这么说，连忙摇头讨饶，

"可惜，虫算不如人算，她们的主唱昨天也中招了，唱了一晚上，嗓子受伤严重，暂时停了一切商演。"黄粉蝶一脸懊恼，她是真没辙了。

说起悬在菜园旗杆上的那盏黑光灯，所有的虫虫都静默了。那就是虫界的达摩克斯之剑啊！不对，还要可怕，是相当于在菜园子上空丢下的原子弹才对。但是，有什么办法呢？这是虫虫世界无法改变的人祸，和惊蛰那天下成汪洋的暴雨一样只能受着。好在现在对黑光灯有了足够的警觉，从防灾小组统计的数字来看，黑光灯对菜园地昆虫的杀伤力已经有所下降。

"我听说黑光灯是一种特制的气体放电灯，用一段时间会衰减，所以过不多久就不要担心了。"花姐儿透露的信息让压抑的气氛纾解了些。

"还是不说了这个了。"白蚁瞧着小灯蛾的脸色有些难看，也

是希望将功补过，体贴地提出换个个话题。

小灯蛾握握白蚁的手，意思：表现不错，暂放你一马。但是一瞬间，她做了个静一静的手势，她突然想到了什么。

"等等——"黄粉蝶连忙让大伙儿暂停说话。

过了会儿，小灯蛾不负黄粉蝶希望地露出笑脸："我想到一个点子。"

小灯蛾考虑的是娱乐场比的就是吸引"虫气"，请漂亮的蝴蝶姑娘跳舞也好，找体香特别的女子乐队也好，都是在引诱本来就喜欢在夜晚蠢蠢欲动的虫子来释放本能。黑光灯也是利用虫子们天性爱光，才对虫虫痛下杀手。如果不是下面是死亡陷阱，黑光灯那是比任何姑娘的小蛮腰和体香更受欢迎的呀。如果能弄一盏黑光灯放在"白天不知夜的黑"，那么"虫气明星"都得俯首称臣啊！

小灯蛾说完，得意地看看，发现大伙儿虽然目光闪闪，却没有叫好的。半天，黄粉蝶咂咂嘴："好是好，可没办法做。就和从天上弄个星星下来一样不靠谱。"

"用荧光，萤火虫行不行？看上去差不多。"白蚁说。

"白痴啊！萤火虫是冷光，不然，你跟着萤火虫的屁股飞啊！"小灯蛾不客气地打击。

黄粉蝶忙拉拉她，让她注意在外给丈夫点面子。

小灯蛾跟着解释："我们虫虫只对紫外光波和紫光的光波敏感。人类叫它不可见光波。黑光灯就是专门刺激我们飞虫的视觉神经。神经系统受到刺激，我们的翅膀和脚就像不受控制似的，要往那儿去！"小灯蛾自从上次险些中招丧命，特意苦学，搞清了黑光灯的原理。

"变危机为先机！老婆，你真聪明！"白蚁适时舔狗。

"看来必须是黑光灯了。可从哪儿弄黑光灯呢？而且就是送一个，我们也不会用啊！"花姐儿还是怀疑可能性。

白蚁又提议："蜡烛行不行？火光大家不是也喜欢吗？我知道哪儿有蜡烛。"白蚁家的一条地下通道就在人类仓库的下面，常清点里面的物资。

"蜡烛不行，地下缺氧，还是灯靠谱些。"金龟子一直沉思不语，可是一说话却让大伙觉得他是很支持小灯蛾的想法的，而且雄心勃勃地真打算这么做了。

"既然想做，思路又有了，就看看我们差什么，大伙儿怎么解决。"小灯蛾兴奋了，搓搓手，不客气地把白色桌布当写字板，做起规划来。没有笔，她从门外向阳的坡上扯了一棵商陆，也叫"墨汁树"来。这棵早熟的商陆，枝干上已经挂了一串乌黑的果子，它的汁液和墨汁一样，干了以后会变成红色。她就在果子上戳了点口子，在桌上写写画画。

雪白的荨麻桌布被糟蹋，黄粉蝶心痛得直抽抽。花姐儿却不厚道地格格地笑了。

"灯，怎么解决？"在"灯"字上圈了一下问。

金龟子看向花姐儿，人类对瓢虫还是另眼相待的，她是可以飞到人类活动区域，还能全身而退的少数昆虫。而且她还不招鸟类，这点即使蜻蜓也不得不佩服。打听人类的消息，公认非瓢虫莫属。

"这个不能用新的灯，功能太强。我知道人类会把衰减了的旧灯丢在垃圾场，我们用那个最好。不过要看准时机。每天上午他们会清理垃圾，早茶后就会用车运走。"花姐儿介绍。

"到时候想办法调开人类驻地附近的麻雀和喜鹊，再避开人类的交通线路，应该可以弄一个旧灯的。"金龟子很笃定地敲敲桌子，"这个解决了。"

"还有电。人类用的电线，电池。"小灯蛾在"电"字下边拉出两条线，写上"电线"望着白蚁，"电线我想你可以搞定。从人类房屋地下截一段电线，没问题吧?"

白蚁家族什么都敢咬，搞一段电线，真不是难题。白蚁点点头，领下了这个任务。

"电池我知道哪里有。"眼看问题一一解决，黄粉蝶有了信心，"人类用过的那个蓄电池，就扔在池塘边，发酸的药水流了一地。难闻得要死!"

"电池不可以乱扔，对环境污染很严重!"花姐儿愤激地说，"人类自己的电视上经常说，环境是大家的，破坏了很难恢复。可人类知道归知道，宣传归宣传，就是不好好做。一点儿没有公德心!"

"哎，谁叫人家实力雄厚呢!不过，这次他们的乱丢，倒是给我们一个机会，那个废电池，我们改造一下，就提供一盏灯的电量应该可以用。"小灯蛾写下"电池"，把写的外面划了个大圈，拍了一下画得密密麻麻的桌布，"现在材料是没问题了，就剩组装起来，我们需要专业支持。"

"哦!"一连串的挫败的叹气。这才是最大的问题好不好。

"不要泄气啊，刚刚你们不也觉得是天方夜谭吗?都到这一步了，再想想谁会组装。"小灯蛾给大家鼓劲。

"也许，也许——"花姐儿期期艾艾地望着大家，"我知道有个家伙，可能有办法。不过，也不一定，我要去问问——"不等大家追问，她退了几步，飞了出去，一边飞一边叮嘱："不要指望一定成啊——"

望着花姐儿跌跌撞撞的身影飞去，小灯蛾笑了："这丫头心里有鬼。"

黄粉蝶被讨论的形势弄得七上八下的，一会儿欢欣鼓舞一会儿又觉得希望渺茫："到底行不行啊？"

"我看行！"小灯蛾以自己对花姐儿的多年了解说，"你看她什么时候这么不确定过？'那个家伙'，哼，我看多半是被折服了。"黄粉蝶点点头："是啊，有些神魂颠倒的样子。"

金龟子打断两个闺蜜对花姐儿感情问题的八卦："我们先准备起来，不管有用没用，总要试一试。"

白蚁立刻响应："我去找帮手弄电线，其他的，你们能搞定吗？"

"没问题！"虫虫们一起回答。共同的目标，让所有的虫子一下子有了奔头，酒吧里一股欢乐的骚动。

4. 没有勇气是不行的

装配黑光灯的器材的搜集和运输因为事先做了充分论证，所以整个过程基本顺利，没有遇到太大的意外，就是几个独角仙搬蓄电池瓶时角度没掌握好，砸中了看热闹的一只蜗牛。那家伙的壳瘪了一块，让金龟子赔了一笔钱。

没等大伙儿把东西收拾好，事实上也没办法收拾好，花姐儿带着神秘的后援到了。那个被寄予厚望的神秘家伙，原来是一只蚰蜒。

蚰蜒竖着两条长须子，扎着花头巾，厚厚眼镜，淡淡地笑着，很有几分流浪艺术家的范儿。

"我很佩服各位的想象力和行动力。以我的学识认为，这个可以有！"蚰蜒的话为他赢得了一片掌声和欢呼声。他举起两排手，做了个静止的手势，"还是让我看看，东西怎么样。"

他打量了拿来的东西，说蓄电池已经不能用了。

大家脸垮下来，还有比白忙活更泄气的吗，何况还付了给蜗牛的医药费。

蚰蜒伸出七八只手捋了捋触须，避开花姐儿可怜巴巴乞求目光："不过，不要担心，我有更简单的做法，保证大家就地取材，用上更合适的电源。"

蚰蜒的解决方案似乎有些儿戏，居然是找一个土豆来。根据蚰蜒从书上看来的知识，土豆可以发电，有数据证明一颗土豆接上两个金属片和电线就可以使黑光灯发亮，最大可以保证一个夏天的用电量。

白蚁按要求找了所需的材料：一块丢在厨房角落的还没发芽的土豆，一块锌片，一块铜片。什么物理化学原理说了半天不明白，蚰蜒简单地解释就是大伙儿需要的电，会借助于土豆的帮助从锌片上传到铜片上，经过灯时让它发亮。

不管黄粉蝶是如何将信将疑，事实胜于雄辩，黑光灯闪烁了几下，真亮起来了！被丢弃的黑光灯的效力用来酒吧助兴那是绰绰有余。"醉光"的头号虫虫——小灯蛾立刻跳上桌子翩翩起舞；酒吧的歌手纺织娘姐妹红娘和绿娘眼神迷离，头靠着头开始唱歌；定力不足的侍应生蛾蚋立刻把持不住围着灯拍手又跺脚。鼠妇不属于鞘翅类也不属于鳞羽类，黑光灯对它没什么效用。他拍拍这个拉拉那个，笑话其他虫虫的醉态百出了。

"怎么样？够有学问吧？我说过除了他，没虫虫弄得起来。"瓢虫悄悄地和忍不住用脚在地面打拍子的黄粉蝶耳语。

黄粉蝶点点头："看上去是个腕儿。你从哪里拐来的？"

"什么拐来的！在水渠那儿看他差点掉水里，帮了一把。聊几句觉得是个有大学问的。"瓢虫花姐儿瞄一眼虫群中的蚰蜒，小脸顿时黑里透红了。

"怎么样？这回有没有可能？"被塞了两鼻孔薄荷才清醒过来的小灯蛾过来挤开了黄粉蝶，"那边叫你，去忙你的，我来给花姐儿好好把关。"

"他知识渊博，性格开朗，就是长的不咋样，老被误会。"花姐儿很爽利地回答。

"性格开朗？"小灯蛾看着坐那儿笑笑，不加入欢笑虫群的蚰蜒狐疑地问，"好像岁数也大了好多。"

"不怎么大。主要是书读得多的不爱咋呼，显得老成。他性格很好的，我问他东西，他从不嫌烦。特别热心——这不我一说他就来了。他是没说喜欢我，可也没讨厌我。他说没谈过恋爱，对感情比较随缘。他随缘，我就主动点好了。我喜欢和他在一起的感觉，轻松愉悦，觉得自己被关心在成长。"花姐儿满不在乎。

"天啦，是你在追他？"小灯蛾不能理解好朋友的倒追行为。

"好雄虫也是稀缺资源啊，不要追吗？幸福要靠自己争取。既然他又没有爱上别的雌虫，那我就要抓住机会，让他爱上我。姐妹们，好好珍惜和我说话的机会：蚰蜒说'读万卷书不如行万里路'，想趁还走得动到处走走，我打算跟他一起外出看看。"花姐儿主意已经拿定。她要面子没好意思对好朋友直言，其实蛐蛐是被她追得没脾气了，才答应让她跟着，算是给相互一个了解的机会。

"你陪他去四处流浪？"小灯蛾已经被惊呆了。

"是啊。我要和他一起去外面看看。我长这么大还没离开菜园地过呢！'读万卷书不如行万里路'！"花姐儿已经满是憧憬的神情。

小灯蛾突然不想劝她慎重考虑一下了。一个女孩愿意陪一个还不能给自己承诺的雄虫去流浪，也许只有真的遇到了爱情才能有这样的勇气。她又看看蛐蛐，他是一个成年的虫子，他明白自己在做什么。他看花姐儿的眼神是温和的，虽然看不出太多喜悦，但是既然答应带上，就会明白自己担上了什么责任吧？这也许就是花姐儿所期望的，在平静的相守中，培养出有温度的情感啊！

"嗨！你们都在，我正好有话问你！"黄粉蝶挤过欢乐的虫群，到了她们身边，一副兴师问罪的神情。她刚刚趁空问了蛐蛐，发现只是自己的闺蜜满眼星星，男方却一副事不关己的样子。等她再撺掇金龟子留蛐蛐在店里帮忙，留在菜园地发展，互相帮衬也好，不料蛐蛐居然说打算四处逛逛。还说，光阴易逝，不容蹉跎，他马上动身周游世界去。黄粉蝶顿时焦躁了。

"那个蛐蛐说和你只是普通朋友？"黄粉蝶压住了怒气先探探花姐儿的口风。

"是啊，不，也不对。我们比一般朋友好一点。先别发火，听我说完。他是我遇到的最成熟最有才华的男子。我很庆幸，他来到菜园先遇到的是我，而不是其他妖妖娆娆。所以，即使他现在还不爱我，我也要抢占了他身边的位置。他走到那儿，我就跟到那儿。我会让他知道我的好，他的第一个女朋友只能是我。"花姐儿豪迈的宣言让黄粉蝶彻底晕了。矜持呢，女孩子的矜持哪去了？

"如果他最后抛弃了你怎么办？"黄粉蝶不客气地说。小灯蛾虽然觉得这话太刺耳，但是还是没有制止，她也希望瓢虫考虑过这种情况。

"那也没什么。我小时候老被那首童谣吓醒——'花姐儿，快回家。你的房子着火了，孩子没人问'。后来我想通了：房子真着火了，救也救不回来。将来的事由将来的我解决，如果因为害怕可能没有结果就不敢迈出这一步，我现在就会怪自己。所以，不要劝我，知道自己在做什么。"花姐儿抬头看看蛐蜒。

小灯蛾惊讶于花姐儿异乎寻常的勇气："都说爱情使雌虫犯傻。我以为自己已经够傻了，傻到觉得婆婆会像亲妈一样痛自己。你傻得还厉害——从前那么骄傲的花姐儿，现在放下身段到这种地步！"

花姐儿倒是信心满满地："这可不是傻，这是付出才有回报。爱情不是让你轻贱了自己，好的爱情应该是励志的。看，我现在被蛐蜒的才气倾倒，小宇宙也因此爆发。我在努力，努力让他认识到我的优秀，努力到让他觉得放弃我是愚蠢的。我报名了尺蠖的瑜伽班，现在一天只吃三顿，每天飞两万公里，别用那样的眼神看我，要在夏天正式到来前瘦身成功，不这样不行。"

"想着征服男人倒是比整天惦记着吃出息多了！"黄粉蝶开玩笑，然后又正色道，"去吧，生活是自己选择的。不过，还要提醒你，也提醒小灯蛾。爱情婚姻都是对虫生的挑战，没有不遇到困难的，有想得到的，也有想不到的。但是只要不认输，就没有

幻HUAN

过不去的坎。"

她看了小灯蛾一眼，意有所指："千万不要自以为是。你选择了怎样的路，就要对自己的选择负责。夫妻应该是一个团队，要团结你身边的虫儿，什么时候都不要恶言相向，他是你的伙伴，依靠，更是责任！别听人家瞎说什么夫妻就是互相欺负。齐心协力，经营好自己的家才值得骄傲。"

小灯蛾吐吐舌头，然后想起一个要紧的事："你爸妈知道你的打算吗？"

"知道。不过女儿长大了总要有自己的生活，他们开始也不赞同，可我态度坚决，他们就默许了我的选择。说，出去见识见识也是好的。"花姐儿也有些难过，"我爸偷偷找过蚰蜒谈过。他们都不告诉我，我也就装着不知道。我爸说，蚰蜒也是很有主见的，要我在外不要任性，要学我妈体贴些。我妈说，蚰蜒不喜欢说讨喜的话，但是实在，就跟我爸一样可靠。我以前觉得我爸妈的感情不温不火挺没意思的，现在才知道那是细水长流的感情。"

"现在是朋友，将来是伴侣。相信你会得到自己想要的爱情的。"小灯蛾轻轻抱了抱花姐儿。

"我不在的时候，有空帮我去看看我妈，陪她说说话。"花姐儿说。

"我倒是想去，就怕你妈'咔嚓'咬我一口。整个菜园地就你这个根正苗红的益虫，居然和我们这些害虫混在一处。"黄粉蝶笑了，"所以想孝顺，早点把那个蚰蜒搞定，拐了回来定居，照顾你爸妈去！"

七、菜园子的未来

1. 化敌为友还是趁火打劫

恐怕是书斋苦学太久了，静极思动，又或者被瓢虫爸妈盯得有些心烦，蚰蜒急着去实现他被耽搁下的周游世界的计划。花姐儿来不及参加酒吧重新开业的酒会就匆匆作别。白蚁和小灯蛾作为股东正式加入酒吧。黄粉蝶夫妇还是酒吧的总经理，主管内外业务，白蚁继续当酒保，兼职大堂经理，小灯蛾则负责后厨兼糕点师。

黄粉蝶在下午来借果汁搅拌器的知了大婶耳朵边这么一嘀咕，连广告费都没花，"白天不知夜的黑"有了绝对犀利的新玩意儿的消息就传了出去。黑光灯的吸引力绝对没话说。虽然有诋毁者说，黑光灯对虫虫是致命的，甚至引来了虫虫治安大队一番突击消防检查，但是愿意在有限的虫生探寻未知世界的虫虫还是很多。天还没黑，酒吧门口就挤满了来一探究竟的。最后只好提前开门营业。说实在的，对于涌入的虫流，小灯蛾他们是有心理准备的，毕竟被打压得太憋屈了，谁不希望整出点震撼性的东西来亮瞎前段时间说他们怪话的家伙的眼。连鼠妇兴奋地迈着小短腿跑前跑后，给坐下来等看黑光灯出场的客人端饮料，递瓜子水果什么的。

"客流量嗖嗖地就上去了，没正式开始狂欢，营业额已经是过去几天的总和还要多一倍！"借口帮忙送点心从后厨跑来看看风头的小灯蛾，一边帮手忙脚乱的白蚁开洋酒瓶子，一边偷眼看电脑上统计数据。

"我们赚大发了！还好金龟子仗义，最后还是把股份分给了我们，连花姐儿和蚰蜒的那份都没少。"小灯蛾想想就开心，这下白蚁妈妈和家里的其他亲戚该对自己刮目相看了吧。

"等有钱了，咱们也开个店。就卖你的家具和我的茶点，走精品路线：要有书，有咖啡、爵士乐，小资一点，有格调一点……"小灯蛾美滋滋地谋划着。

白蚁苦笑："希望能快点，整天这样忙着账目和应酬，真担心我脑子里的艺术细胞被钞票挤没了。"

他们正小声谈话，突然虫群一阵骚动，有虫子挤了过来。白蚁忙过去："诸位不要急。先找位置坐下，黑光灯开光仪式马上开始——"他的话被卡在喉咙里。

来的是刺蜂和绿蝇。

刺蜂打量周围，似乎对她可耻背叛行为全不在意。她对酒吧新陈设很感兴趣。"这些都是你设计的吗？太有艺术品位了，真不愧是马陆大师的传承。不，不对，风格不同。你已经摆脱了他的影响，看得出你就要超过了他。啧啧，你过去太低调了，也是我们有眼无珠呢！"刺蜂恭维着白蚁，眼里满是钦慕和错失机会的懊悔。

白蚁显然不是她的对手，脸发红小手开始冒汗。

小灯蛾不耐烦地插上去："我们也没看出你是这样的忘恩负义，酒吧还给了你股份呢！真瞎了眼！"

刺蜂被抢白得一时语塞，不过很快调整过来，重新露出八分牙的笑容："恭喜你啊，找了白蚁这么厉害的青年才俊。我早说，你是有福气的，就绿蝇那点本事，也就我这样的没出息的才配他呢。"她这么说是发现绿蝇偷偷看了小灯蛾一眼。绿蝇偷看被刺蜂逮着了，扭扭脖子，嗡嗡哼了两声以示反驳。

眼看时间不早了，虫群喧哗更大了。白蚁问："你们是来单纯看热闹，还是有什么事?"

刺蜂看看左右的闹哄劲儿，直截了当地说："我们是过来帮忙的。"

小灯蛾不可思议地望望她："你真好意思说。当初你们什么没说卷了帮手跑路，把酒吧害惨了。现在看我们搞出了好东西就跑来说帮忙。有你们这么厚脸皮的吗?"

刺蜂优雅地一摆手："事情已经发生，说多少也没意思。过去的就让它过去，今天我们来，是因为你们需要我们帮忙。你想，你们这一搞，黄蜂他们的场子生意就被抢了，他们还不急红眼。没有我们，特别是我家绿蝇的帮助，你们搞得定吗?你们搞的黑光灯，我们也很有兴趣。只要让我们加入，和黄蜂的交涉我们来搞定!"

小灯蛾的脸白了，花姐儿担心的事来了。以前和天牛对立就是靠的绿蝇一帮，后来他们一起投靠了黄蜂，酒吧就等于没了靠山。

"他们今天会来捣乱?……"小灯蛾担心地望望门口，又望望黄粉蝶的办公室。

"当然，土鳖已经和黄蜂说了，如果你们不和他们五五分成，或者两家合股，他们就来砸了场子。"刺蜂笃定地说，"所以，你们不选我们，只怕损失更大。"

小灯蛾的心已经乱了，她气愤地看着一脸自信的刺蜂和满脸不在乎的绿蝇，不知说什么好。

"你们应该和金龟子或者黄粉蝶谈，这事他们做主。"白蚁倒还镇定。

小灯蛾这才觉得奇怪："对啊，你们没找他们谈？哈，我明白了，他们一定是拒绝了你们的提议！你们想让我们说服他们。"小灯蛾看着绿蝇不自在的表情，越发确定了自己的判断，心中大快，"哈哈，这么说，他们不能原谅你们的背叛？那就不好意思了，我也没立场劝他们再让你们回来。毕竟，做朋友，最要紧的是讲义气不是？"

刺蜂不悦地提高了声音："小灯蛾，做生意呢，最重要的是审时度势。黄粉蝶显然太意气用事，做为朋友，你最好还是劝劝她认真想想我们的建议！喏，我的名片，上面有我的电话，在黄蜂来之前，还有机会！否则——"她哼了一声，招呼绿蝇就要离开。

"不看开光仪式就走了吗？是蛞蝓长老亲自主持呢。"一个愉悦的声音传来，是黄粉蝶。

"如果不是改了主意，我看什么开光仪式就免了吧，只怕没看到开光，看到的是流血。"刺蜂冷冷地说。

"等一下。我和金龟子有话要送给你。"黄粉蝶笑盈盈的，眼睛里却冷冷的，"你在我们最需要的时候离开了，就不配再得到我们的友谊。上次就和你说得很清楚，哪怕一拍两散，我们也不可能让你们回来趁火打劫。至于黄蜂，告诉他，少想着欺负虫子，不然来了后悔。"

刺蜂气急败坏地走了。

2. 蛊惑虫心的演讲

小灯蛾对黄粉蝶竖起了大拇指："真解气！不过真不用担心吗？你好像很有底气？"

黄粉蝶笑了："我们本来是去槐树市找了天牛，和他联盟的。

毕竟大家都是吃了黄蜂他们的亏不是。不过，现在我们还有更好的帮手。"

没等黄粉蝶满足小灯蛾的好奇心，一阵高于一阵的欢呼声，吸引了所有虫虫的注意。

虫群让开一条通道，金龟子和浑身涂满黏液的蛞蝓长老缓缓走来，一直来到了酒吧中心的高台上，黑光灯的开光仪式就要开始了。黄粉蝶连忙过去，丢下了没解开疑窦的小灯蛾两口子。

"虫虫世界的兄弟姐妹，请听我说——"蛞蝓长老蠕动着身子，挡在灯前，"听我说一说。之前，金龟子夫妇找到我，希望我来给大家讲几句，我还有些犹豫。但是他们的诚心打动了，他们说虫虫世界不能再混战下去。昨天我门前的葡萄叶子有了一丝枯黄，秋天的气息已经到来，短暂美好的夏天即将过去。对于大多数虫虫来讲，生命之花离陨落也就不远了。我们还在为一点点小利你死我活，这是何等的短视啊。所以金龟子夫妇呼吁虫虫们放下恩怨，欢聚在这里，一起享受和太阳月亮一样美好的紫外光波。是这个词儿吗？对，紫外光波。从有生命以来，虫虫们就追寻这光，因为它是爱，是希望，是种族延续，是虫虫们活着就应该追求的生命价值。生命生而平等，生而为虫是我们的骄傲。但是可恶的人类，却不这么想，自以为高贵的他们发明了黑光灯，这是对虫虫尊严的践踏！"

蛞蝓长老的话让很多原本兴高采烈的虫子低下头，进而啜泣起来。

"我们没有能力去和人类抗衡。但是我们心中有一个信念，那就是粗野蛮横的人类一定要为他们对虫虫的不尊重而受到天谴。事实上，田地贫瘠正是他们不尊重虫虫世界生态法则、物种平衡，粗暴地用农药干涉物种矛盾的惩罚！兄弟姐妹们，你们听我说：预言早就指出，人类将会用傲慢为自己的掘墓，虫虫们只要坚持，终将迎来明天的太阳和月亮！"蛞蝓长老的话给了大家信心，在场的虫虫们纷纷噙着泪彼此握手鼓励。

"未来终将属于虫虫，虫虫不死！"金龟子带着大伙儿呼喊起口号。场面热闹而庄严，小灯蛾也激动地跟着喊。

接着蛞蝓颤巍巍地按下电钮，蚰蜒所说那些看不见的神秘的电子通过插在一个新鲜的土豆的电线游往黑光灯，然后那盏看似不起眼的铁疙瘩，闪烁着亮了！台下一直屏住呼吸看着这一切的虫虫们，先是一阵不由自主地惊恐后退，然后一起发出一声喜悦的叹息纷纷簇拥到台下，仰望着黑光灯。

蛞蝓长老在人们的欢呼声中走下高台，被负责迎宾的纺织娘姐妹带到后面休息室了。

金龟子接过话筒继续说："紫外光波从前一直掌握在人类手中，成为助纣为虐、戕害虫虫的工具。今天我们把它弄来，放在这儿，一是用它给大伙儿带来快乐，二是希望用它来昭示大家，虫虫不是任由人类摆布的。我们可以做出黑光灯，这是属于我们自己的好的黑光灯，它不是外面那盏坏的黑光灯。它标志着我们有能力，可以捍卫自己生存繁衍的权利！"所有的虫虫似懂非懂地跟着点头。

金龟子扫视了一下下方的虫子："所以，我建议让这盏黑光灯成为虫虫独立和自由的象征，它神圣不可动摇。只要它在这儿，人类就不能任意屠杀虫虫，虫虫也不会互相争斗。它就是我们的神圣的和平之灯！大家说，好不好？"

下面不知是被他的演讲，还是被黑光灯照得如痴如醉的虫虫们一叠声地叫好。于是金龟子宣布，"好的黑光灯"落户酒吧，狂欢夜正式开始。

3. 从天而降的舅舅

小灯蛾和黄粉蝶拍红了巴掌。"他说得真好，是不是?"黄粉蝶得意地问。

"如果顺利的话，'好的黑光灯'的位置是无可动摇的了。金龟子在鼓动人心方面真有一套。"小灯蛾也不住赞叹。

"不过我还是奇怪，黄蜂怎么没来。我刚刚没能专心听，一直担心来着。"白蚁不合时宜地提出疑问。

黄粉蝶笑笑指着外面："他们来了，只是没有办法进来罢了。"

小灯蛾拉着白蚁跑到外面，就见黄蜂和土鳖被五花大绑，丢在一边，他们的那些小喽啰丢了一地的棍棒，垂头丧气地被天牛押着蹲在酒吧的洞口，任围观的虫们嘻嘻哈哈地指点。曾经被土鳖欺负，女朋友因为被撞倒不知滚哪里的鼠妇过来踢了土鳖一脚："现在你还能欺负我吗? 叫你欺负我!"

"这也太邪门了，天牛把他们全制服了? 天牛不是被他们欺负得夜场都拱手相让了吗?"小灯蛾有些理解不了。

"好了，别踢了。"一个大汉把还在发泄怒气的鼠妇拎起来，丢到一边。小灯蛾望着大汉，有些不敢相信。

"舅舅，你，你怎么会在这儿?"那是她舅舅，虽然只是很小时候见过，但确实是她舅舅，黄尾巢蛾!

小灯蛾的蛾子家族有庞大到令人心惊的种群，有十五万之多，比蝴蝶家族还要庞大。除了远在马达加斯加的多尾凤蛾一家，是出了名的不好惹（有毒）外，居住在南方的舅舅黄尾巢蛾也厉害，他可是黄蜂的克星。所以他出现，黄蜂就彻底蔫了。

"你姨妈给我来信，我才知道你结婚了。最近天气不错，就想来看看。"黄尾巢蛾拿下头上的草帽扇了扇风。

"我去接天牛，遇到舅舅，就顺路接来了。舅舅知道了我们这儿的事，主动说他可以帮忙。风尘仆仆的，连水都没来得及喝呢！"黄粉蝶端了点心饮料出来递给黄尾巢蛾和天牛。

小灯蛾因为与母亲不亲——毕竟很小母亲就丢下她不知所踪，和住得很近姨妈尺蛾、夜蛾、麦蛾几个都少有来往，对这个素未谋面的舅舅更谈不上多亲近。不过好歹人家千里迢迢地来，又看在自己面上出手帮了大忙，怎么也要好招待。于是不等酒吧打烊，就被老板特批，带着舅舅回家聚聚。

小灯蛾本来打算带舅舅去自己的旧宅住下，但是舅舅却不赞同："你结了婚就要以现在的家为家，怎么能去原来住的地方。走吧，我刚好和亲家母亲近一下。"

一来就教训上了。小灯蛾和白蚁偷偷做鬼脸——舅舅果然不好惹。

白蚁妈妈虽然迫于白蚁的立场，不得不忍着对媳妇的不满，但是心里到底不痛快，听说小灯蛾的舅舅来做客，立刻打起十二分的精神。

"我们回来了。"白蚁一进门就给妈妈介绍，"这个是舅舅，从台湾来的呢！"

"亲家舅舅来了，稀客稀客！快里面坐！天热吧，我去给你们拿饮料。"白蚁妈妈招呼着。

小灯蛾跟着想在牛肝菌沙发坐下，却被黄尾巢蛾叫住："让你婆婆坐下陪我说说话，你去倒点茶来。"

"她哪知道——"白蚁妈妈说了一半，又打住了，转头对小灯蛾说，"冰箱里有冰镇的果露。"她真就坐下和黄尾巢蛾聊起来。

小灯蛾还是第一次认真查看了一番婆婆的厨房，以前婆婆没打算把自己的阵地交给她，她也不稀罕，根本没打算接手。沏好茶，她端着杯子和果盘，放在茶树菇做的茶几上。

黄尾巢蛾点点头："这孩子懂事能干，一点就通。亲家婆婆别宠着她，都结婚了，还当自己是客人咋行呢?"

"我就怕她刚来，不适应，没敢把家务全部交给她，打算着一点点放手。"白蚁妈妈笑着接过小灯蛾递来的茶，"这个家是我和他爸一点点建起来的，但今后总归是他们当家，家里的大大小小总要交到他们手上，事情也得由他们自己来做。"

黄尾巢蛾点点头："可不是吗。做长辈都是这心思，把孩子们扶上马，送上一程，能放手了，他们能独当一面，我们就放心了，虫生就没什么遗憾的了。"

"是啊。前些天说以后要搬出去到新城，我还真舍不得。不过后来我仔细想想，他们说的有道理，老城是不如新城有发展前景。想明白后，我心里又高兴又难过。高兴是他们比我有眼光，难过是他们这么能干以后就没我什么事了。不过，还是高兴居多。谁不巴望孩子过得比自己好啊?"白蚁妈妈接过白蚁递来的纸巾压了压眼角，拍拍儿子的手。

"是这个理呢! 我为什么来呀，就是想替她妈妈看看。孩子过得好，也算替她了心愿，她能放心了。"黄尾巢蛾看看白蚁，又看看小灯蛾。

"我妈妈，她——她不是不管我吗? 我还小的时候，她丢下我，没见她不放心啊？现在我大了，有了自己的生活，她反而不放心了?"小灯蛾难得地尖刻。

从灯蛾记事起就没见过父母，父亲在她出生前就去世了，母亲生下她也不知去向。黄蜂还会喂自己的孩子，蜘蛛也会查看自己的孩子，就她妈妈心大，只管生不管养。大家都说蛾子是因为孩子太多，顾不过来，干脆包一拎离开家去过自己的清净生活了。既然母亲根本不在乎自己，自己也用不着惦记着她。所以她刻意忘记母亲，忘记独自长大的心酸。

"傻孩子，我知道你这些年一定怨你妈不管你。其实你误会她了。她那是逼你早点独立，快快长大呢。"黄尾巢蛾叹惜道，"你应该知道，我们蛾子的寿命都不长。你妈孩子生得多，伤着身体，离开家不久就病重去世了。她对我说，如果你结婚了，让我来看看你。你过得好，就替她告诉你，她爱你；过得不好，就让我帮帮你，说一声是她对不住你。"

黄尾巢蛾对白蚁妈妈说："我今天看到她一切好好的，替她妈高兴。在家里您是长辈，见多识广的，我家小蛾子如果有什么地方做得不对的，你多教教她。孩子从小没娘指导，可怜呢。"白蚁妈妈连连点头，看向有些愣怔的小灯蛾的眼里也充满了慈爱。

黄尾巢蛾又从行李箱里拿出一块帕子给小灯蛾："你妈的遗物，你收着吧。"

小灯蛾终于"哇"得哭了："我以前居然一直错怪她，就觉得自己孤零零的好可怜，就没想到她有她的难处。我是不是太蠢了？我就不配有妈妈爱我！活该我孤孤单单的。"

白蚁轻声安慰她："我们都不是神，难免有错了的时候。别伤心，你还有我。我会照顾你，照顾一辈子!"

白蚁妈妈瞪了他一眼："也别忘了还有你妈，你也要照顾！不然我明天也走了，你就后悔一辈子了！"又过来拍拍灯蛾的头，"丫头，什么孤孤单单的，胡说些什么啦！你还有我们呢，我们是一家子，会一直在一起。"

"嗯，我们是一家子，我会和白蚁一起孝顺你，妈妈！"小灯蛾拉住了婆婆的手。

"真好。我们小灯蛾找到这样的老公、这样的婆婆，是她的福气啊。"黄尾巢蛾笑眯眯地说。

"有你这样的舅舅，才是她的福气呢。媳妇啊，回头好好敬几杯酒谢你舅舅。"白蚁妈妈算是服了这个笑容可掬的亲家舅舅了。

黄尾巢蛾住了些天，帮着天牛给金龟子黄粉蝶的场子清理了一些想捣乱的。黄蜂和土鳖算是彻底死了报复的心，因为黄尾巢蛾说回去后就让自己的儿子过来。

4. 危机意识

金龟子在把"好的黑光灯"作为全菜园地虫虫世界的精神坐标后，就隐隐以菜园子虫虫世界的领导者自居。现在"白天不知夜的黑"酒吧蒸蒸日上，一手创建了酒吧的他却完全不管了，整天和蛞蝓长老聚在一起讨论虫虫世界的历史、未来。引领虫虫们走向团结、奋进的发展道路成了他今后生活的全部追求。可能都这样，穷小子追求财富，而钱多得不是问题时，虫生目标就变成了追求精神层面的富足了。

"是时候在菜园地树立一套安管警戒体系了，这样才能保证'好的黑光灯'在虫虫世界不可撼动的地位。"金龟子摩拳擦掌，

"等小黄尾巢蛾来，一切都要搞起来。人类为什么能从进化中抢得先机，就是他们早早发现一套完整的社会体系，或者说社会秩序的重要性。"

"对蜂巢社会经验的学习和整理工作要抓紧进行。"蛞蝓长老点点头。

"我知道你打算请蜜蜂做政务指导，可是白蚁家族这方面不是也很有成熟的经验可借鉴吗？"隔着纱窗——蒙的纱是蝉特意表示心意献上的蝉翼，金龟子指指在吧台前忙着的白蚁。

"白蚁太柔弱，黄蚂蚁黑蚂蚁我也不建议你考虑。知道为什么吗？"蛞蝓老奸巨猾地摇晃着脑袋，"他们都太专注于自己的种族，繁衍速度也太快了。而蜜蜂不同，他们被驯化久了，骨子里的驯良，让他们能很好地专注社区服务，而不是其他。"

金龟子似懂非懂地点头。

蛞蝓意犹未尽："可惜你不喜欢人类的下水管。不然你和我一样到那里闭关学习一段时间，会让你领悟到很多。阴暗的下水管放大了多少人类世界不轻易外传的知识啊！不管是夺权还是争爱，听一小会儿就会让你茅塞顿开。有些自命清高的可能会觉得脏了耳朵，这样的虫子一辈子干不成事！为什么？再金贵的屁股也需要上厕所。千万不要轻视下水管。毫不夸张地说，马桶下水道里藏着的，都是制胜法宝啊！"

蛞蝓摇头叹息，感慨万千的神情让金龟子心动不已。

他们正出神，"嘭"的一声响，透过窗纱一看，是黄粉蝶和小灯蛾拖着一桶面粉经过，撞着了一根柱子。

"他们在嘀咕什么？马桶？"小灯蛾有些不明白蛞蝓大师奇特

的癖好。

"鼻涕虫呆的地方不就那样吗?"黄粉蝶对蛣蜣真不满了,直接称他鼻涕虫了。"金龟子现在被他洗脑了,昨天还商量着拿酒吧的赚的钱做什么'虫虫自由运动'基金。我不乐意,就骂我没见识。以前他从来不骂我的。"黄粉蝶有些委屈。

"活该挨骂!你看你现在好歹是老板娘了,反而没以前出息了。舍不得吃,舍不得穿的,活儿还自个儿干。让我也跟着受累!"小灯蛾揉揉酸疼的手腕,不明白从前理想就是嫁个有钱人的黄粉蝶,真有钱了反而比自己还节俭。

"那不是因为觉得每一分钱都来得不容易吗。可能当初和金龟子创业吃了不少苦,什么都计算着花,习惯了。现在让我大手大脚,就心疼得不得了。"黄粉蝶苦笑,"他也说我没出息!"

"那你可要当心。男人的嫌弃可是变心的前兆。我可看到你家金龟子招了不少帮手。蜗牛,住建部部长;屎壳郎,财务主管;还有什么蜜蜂,是政务助理,据说以后还会派大用处。"小灯蛾眨巴着眼询问地望着黄粉蝶。

说起来都是股东了,可是她两口子占的份额太小,酒吧集团现在大小事务还是金龟子说了算。白蚁又是除了他的艺术工作室其他都不感兴趣的,只有从黄粉蝶这儿了解了解。

"我也搞不清他的想法。我发现我们现在聊天的机会都没有了。他和老鼻涕虫恨不得同吃同住,谈不完的话,都还有那个蜜蜂也跟他们聊得火热。我想在旁边听听,学着点儿,可听不到一会儿,就犯困。他就说,这些你不用管,你现在负责打扮得漂漂亮亮就好。你说,他是不是嫌弃我了?"黄粉蝶一脸担忧。

"也是,都没共同话题了,连我都觉得你应该有点危机意识了。

你去报名'太太学习班'可好？"小灯蛾当然要为好姐妹思量。

"我去过了。都是教化妆礼仪什么的课程，也试着上了一节体验课。可是我这肤色，这体形。我们粉蝶天生的比不了凤蝶、蛱蝶的。人家那姿态，我投胎几辈子也做不出来啊。他说，我现在最重要的是漂漂亮亮。他如果真的变心了，我该怎么办？"黄粉蝶哭丧着脸。

小灯蛾也迷茫了。

5. 相别又逢故人来

黄尾巢蛾要走了，小灯蛾和白蚁去机场送他。在候机厅遇到一群小虫在接机，原来是蜻蜓和豆娘参加国际飞行花样赛回来。

蜻蜓的身体状况不如从前，最近没有什么好成绩，这次勉强得了个前十。但是他的粉丝"甜蜜"们还是热情地给他打气叫喊着"我们永远爱你"。

小灯蛾看看虫群中的蜻蜓，他闷头走路，偶然也抬头笑笑。粉丝眼里可能觉得这样的蜻蜓有的是明星的呆萌可爱，越发尖叫。小灯蛾却看出了他的落寞。

白蚁见小灯蛾盯着蜻蜓看，不满意地甩开她的手，一会儿又抓住，咬牙切齿地说："有什么好看的。等着，总有一天我也会这么风光的。"

小灯蛾看着他："风光真的好吗？可能就像我们现在这样，才是好。"

白蚁觉得她在安慰自己："女人不都喜欢有地位的男人吗？如果不是因为成为大师，才能让你感受万众瞩目，我现在就回去接手了叔叔的作坊，立刻让你过上好日子。"

你是为了我才委屈自己的吗？小灯蛾皱了皱眉想张嘴，黄尾巢蛾拉了她一把："好啊！男人就该为了自己爱的女人奋斗！"

等白蚁张罗着递行李过检查时，黄尾巢蛾趁空对小灯蛾说："每一个人都在奋斗，为自己奋斗，也为家人。我知道你有些担心将来。是不是既然将来我们都会死，就不要活了？为了将来活得好一些，现在更要好好奋斗。你也要努力啊，不然会被甩到后面的。"

小灯蛾眼睛一亮，想到了黄粉蝶："舅舅，我该怎么努力？"

"傻子，当然是赶快生孩子啊！老公不要你了，你就把爱老公的心放爱孩子上。不爱了，也不稀罕。不过这也有个坏事。生了孩子，可能就顾不上夫妻感情，让老公在外面寻找婚外情。所以你光顾着生也不行，应该是生，抓紧生，但不能生太多。对了，你们是打算先要小灯蛾，还是先要小白蚁啊？可要商量好了。"黄尾巢蛾一本正经地大声在机场进行分析。

白蚁回转过来听到，笑嘻嘻地看着小灯蛾。

小灯蛾腾地脸红了，她觉得舅舅是故意说给白蚁听到的。

小灯蛾还在尴尬，黄尾巢蛾的班次到了，急忙告别。想到这一别可能就再也见不到了，小灯蛾对这个才认识又要匆匆作别的舅舅，心中不舍，眼泪涌到了眼角。

"啊，小灯蛾啊，我那块手帕哪去了，快还给我，我要擦擦眼泪！年纪大了，爱激动！"黄尾巢蛾的话让小灯蛾蒙了，她迷迷糊糊地掏出黄尾巢蛾给她的那块妈妈留下的手帕："这，这块吗？不是妈妈留给我的吗？"

黄尾巢蛾接过很响地醒了下鼻子，有些不好意思："我有没有说过，我还是南方话剧团的业余演员。这块帕子是我灵机一动加的道具，效果不错吧？"看着眼中冒火了的小灯蛾，他连忙收住得意洋洋的表情，"除了这块手帕，我说的其他都是真的。真的，我保证——啊，我得走了，你们要好好的，记得早点生孩子——"他挥着手帕退进检票口，消失在小两口面前。

小灯蛾和白蚁面面相觑，然后一起笑起来。虽然搞不清黄尾巢蛾到底那句话是真的了，但起码送别的伤感彻底没了。

"我听到的是有人打算生孩子了吗？"一个熟悉的但不应该在这里的声音猛地响起，吓了小灯蛾一跳。

"花姐儿，你怎么回来？"小灯蛾跳起来。想搂着瓢虫的脖子可真艰难啊。

"别，别，当心点！"蚰蜒着急地想推开小灯蛾，他疯狂地挥舞手臂，那些本来就难数清楚的细胳臂细腿，上下一起蠕动，看得虫虫眼花。

"哈哈，小灯蛾，离我远点儿，别撞着我。我怀孕了。"花姐儿抬起小得几乎看不见的下巴颏。

旁边蚰蜒终于镇定下来："她怀孕了，我们赶紧回来。我已经写好了一整套育儿计划，我要把我的儿子培养成世界上最聪明的蚰蜒，我没有完成的梦想就靠他来实现了。"

"等等，说好的，一半的一半，不然我不生！"花姐儿跺脚。蚰蜒无奈地让步："好好，你别激动！生一半小蚰蜒，一半小瓢虫。"

花姐儿转头对看得目瞪口呆的小灯蛾两口子："不好意思啊。他就是这么个性子，估计以后眼里就他的孩子。有了孩子，世界都可以不看，立马就回来了。"

"别在这儿站着，回去吧。你们有车的话，刚好带我们一程。

我已经跟爸妈说了，马上补办一个婚礼。不能让咱孩子将来觉得委屈。"蜻蛉催着直撇嘴的花姐儿离开，于是一行虫子立即打道回府。

一路上蜻蛉每到一个弯道都要愁眉苦脸地提醒白蚁慢点儿别颠着孩子。这孩子还没出世就成宠娃狂魔的架势，完全颠覆了小灯蛾两口子从前对他老浪子形象的认识。

小灯蛾告诉花姐儿菜园地的近况，花姐儿声音大了些："什么？金龟子嫌弃黄粉蝶了！不行，我得找他去，就算他成了菜园地的首任总统，咱们姐妹也不是任他欺负的。"

"小声，小声，千万别激动，对孩子不好！"蜻蛉苦着脸劝慰。

"我能不激动吗？金龟子他现在了不得了，就要丢了糟糠妻。从小玩到大的姐妹被欺负我能不激动吗？你有办法没？"花姐儿把问题踢皮球给了蜻蛉。

"这事儿，我清楚。我不早告诉你，金龟子不惜代价弄黑光灯，还搞成'好的黑光灯'和'坏的黑光灯'，其志不在小吗？"蜻蛉直了直身子，微微一笑，终于恢复了点"世外高虫"的形象。

"这是真的，蜻蛉跟我说过，金龟子这样搞下去，很可能成为菜园地的第一任总统。"花姐儿从旁证实。

"金龟子也就是有个蚰蜒给他做参谋。蚰蜒那一套，我清楚，金龟子是不可能全盘接受的。'月光下舞者'的骄傲——这是金龟子家族的美誉，让他无法走蚰蜒从阴沟洞里琢磨出来的那条路。要我说，蚰蜒话术不错，但格局不值一看。嗨，你能指望一只鼻涕虫有什么眼界。根据我从人类纸堆里淘来的经验，想做大事，还得走堂堂正正的道。靠小手段上台，初期看似形势喜人，但是一旦大家明白后，一定会觉得受了愚弄，反弹后果严重。所谓'成也话术，败也话术'，受累在后头呢。"蜻蛉说得头头是道。

白蚁听得入神，车撞到一个小土疙瘩，狠狠颠了一下。虽说没有造成不可估量的后果，已经够让蚰蜒大惊失色，他坚持剩下的路程另外叫救护车来接他们了。

6. 机会留给明天

挥手告别花姐儿，小灯蛾和白蚁觉得他们不用急着回去，就停了车，躺在七月被明媚阳光照着的草地上发呆。一朵朵的白云悠悠然地飘过，留下片刻的阴影，让之后重获的光明显得更加可爱。小灯蛾拉着白蚁的手闭着眼，感受着风吹过翅膀带来的微微颤动。

"蚰蜒还没有说黄粉蝶的事呢！"小灯蛾说。

"以后会有机会的，把机会留给明天。"白蚁回答。

"对啊，明天的事明天解决。"小灯蛾点点头，想想又说，"花姐儿都有孩子了，我们是不是也应该快点了？"

白蚁懒懒地说："我无所谓啊。反正白蚁家族的孩子是要送到育儿园统一抚养的，你们蛾子也是不看重亲子关系的呀。孩子不会影响我们的生活。"

"还用传统的养育方式？你看蚰蜒那么重视对下一代的教育。"小灯蛾嘀咕。

"传统还是新式，选择不重要，重要的是为什么要和别的虫子一样呢？我们不是蚰蜒，我们生的只可能是白蚁或者灯蛾。你觉得白蚁和灯蛾用蚰蜒的方法教育会适合？"白蚁不以为然地舒展开身体，"所以顺其自然吧，过好自己的生活才重要。"

小灯蛾突然觉得心安了："你说的对，那些乱七八糟的想了干嘛，没人要求我们对世界和平负责，子孙后代也不应该由我们负责。我们只要对自己的生活负责就好。"

"就是啊。所以不要觉得你老公不如别的虫虫。那些弯弯道道，你老公嘴上不说，心里明白的！"白蚁搅过小灯蛾的腰。

"哪儿啊，我一直觉得你是最好的。"小灯蛾看着白蚁不信的眼神，"我说真的，咱们三观相符，都没有征服世界的野心。我们知道自己要的是什么，自己简单，也不喜欢给对方压力，这样最好。你我适合你，你也适合我，所以这样最好！我说的错不错？"

"不错，我的老婆怎么会错呢！"白蚁呵呵笑了。两只小虫头靠着头，在阳光下闭上了眼。

躺了没一会儿，小灯蛾想起白蚁娇嫩的皮肤不经晒，拉过一张菜叶遮他身上："晒黑了就不好看了。"

"不用。"白蚁坐起身拉下菜叶，"你闻到了水汽的味道吗？"

他们一起望向天空，太阳周围不知什么时候聚起大片的云，一些厚重的云层正从四周向太阳悄然包围。空中隐隐有了风的气息，木槿花的花瓣一齐抖动，如纷飞的彩霞。菜园地的上空，太阳虽然还明亮，但是光芒已经被遮挡了不少。

白蚁拉着小灯蛾坐上车赶紧往家赶。

夏天的天气变化就是快，就在白蚁发动车子的功夫，太阳已经不见踪迹，转眼天空就暗下来。他们向白蚁巢疾驰而去。田埂下的金龟子的酒吧亮起了灯，在昏暗中显得微小如一粒豆种。那是黑光灯的光吗？那些虫虫们精心打造的地下宫殿，会在这场来势汹汹的大雨中保存下来吗？

在黑沉沉的乌云压来之际，喧嚣的菜园地一下子静寂下来，比最黑的夜晚都要静默，连那个一点点热就抱怨不停的知了大婶都没了声音。无数的生命在静默中急急慌慌地寻找栖身之所。来不及藏好身子的，只能等待着命运的雷击。

一只尺蠖刚一拱一拱地挪到一棵红苋菜底下，却发现那儿已经被一只蜗牛占着了。它敲敲蜗牛的壳，想问问你都有房子挡雨干嘛还和自己挣地盘。但蜗牛缩着脑袋不理它。这个小驼背只好深一脚浅一脚地继续找个牢固的地方。他看到一片桑叶，打算到下面藏好，刚进去被一只象鼻虫粗暴地丢出去。好在虫虫们一代代不但传承了对厄运的基本的应变能力，还传承了不知道是不是积极的心理素质：只有强健的并且足够好运的虫虫才能活下去，并有资格繁衍下一代。尺蠖光光地立在一块土块上，绷紧了身子，心中呐喊：暴风雨，来就来吧，看看谁是被眷顾的那一个生命的传承者！

"夏天马上要过去了，这是菜园地的最后一场雷阵雨吧？只是不知要有多少虫虫捱不过，丧命于今天呢！"小灯蛾变了脸色，抱着膝蜷起身子，"在强横的自然面前，虫虫的生命何其脆弱。真不知他们还要争什么？相亲相爱地过完虫生不好嘛？"

白蚁什么也没说，他只想赶在大雨前到家。白蚁巢有最精确的防水系统，即使发生意外，还有一帮严阵以待的工蚁全力以赴地第一时间把积水排走。第一次白蚁对自己的家充满自豪与热爱的强烈情感。这个时候，只有家才是安全的，只是凝聚了家人的爱铸成的巢才是即将到来的汪洋中的唯一希望。至于其他，等暴雨过去再计较吧。

星白雪灯蛾的故事到此告一段落，各位亲，你们还满意吗？

（完）

嗨，吉他

一

KT23-20357 号房和"蚂蚁城"其他工房没什么大区别，4平米的空间，只有一扇电子门和外面相通。没有床，米洛认为没有必要，这里尽可能多的堆满了大大小小别人看来都是破烂的玩意，中间一张大圈椅子占据了很大空间。米洛臃肿的身子几乎和这椅子连成一处，除了必须的排泄，他很少离开这把椅子。椅子前面的墙面是互动显示平面，几个窗口显示着不同的内容，有两个是游戏，有星际移民联盟的新闻，还有几个窗口，当传来有客来访的电子提示音时，被他隐藏了。他看了看显示，伸出左前肢的中趾按下按钮打开门。

门平滑到墙后，一个十三四岁的瘦削少年提着差不多他身高的食盒艰难地从摞到顶的杂物堆中挤到米洛身边。米洛抽动他扁平的鼻子："真好闻啊。"他挪动堆在面前的游戏盒、存储条给食物放的地方。送餐少年把"大洋城苏太太"字样的大盒装的糊状食物和袋装的干货放到桌上："先生，请您在这账单上签个字。"米洛艰难地转动头颅，衣褶勒得他肉团状的身体很不舒服，他费了半天劲才用他三根钩状指骨握住笔，在收据上签了字："还用这么落伍的确认？要跟你老板说说！嘿，你小子听到没有？"少年正趁机好奇地打量满墙满架的垃圾。"哦，我会说的。"他当然不会说，老板苏太太才不理会呢。用电子确认那就什么都瞒不过税务官了，那要多交多少税呀。这些移民既然只吃得起大洋城这样的外卖，那就要按她苏太太的规矩来。

米洛见少年心不在焉的样子，嘟起嘴，很快又开口道："嘿，你不是第一次来送餐吧？你是叫……""迦农。是的，先生，我第三次来。"迦农麻利地把收据收起来，又在手腕上的联络器上按了几下，表示这一单已经完成。

"迦农，你帮我把门后的垃圾扔了好吗？你瞧，我忙着。"迦农很爽快地应了声，这样挪不开身的主顾他见过多了。他利落地把堆了一摞的空食品盒搬了扔进门外十米不到的垃圾搜集管道里。

这会儿功夫米洛也吃完了一份混合了绞碎了肉末、胡萝卜和土豆的美食泥，他肥硕的身子满意地在椅子里挪动了两下，椅子发出可怕的吱嘎声。见他心情很好的样子，站在一旁的迦农指着墙上一样古怪的东西问："先生，您这是什么？好像是件乐器？"

米洛眯眼看看，示意迦农拿下来。很轻，中间空的，有几根金属线，他用趾爪触了触，那东西发出声音，吓得他差点松手，还好迦农接住了。米洛定定神："哦，这可是个好东西啊。它怎么在这儿……我想起来了。"他挪动了一下，"这是一件纪念品。是我家很久以前，还是在移民前，从地球带来的。那可是段好时光啊，虽然环境真的很糟，但也有好的一面，就像乐器，不是只有艺人们才可以拥有的。"

少年专注地看着他，点头鼓励他继续说下去。

"音乐啊，艺术啊，普通人都可以享受。他们学习，演奏，那时不是特权。人人只要愿意，都可以掌握。"迦农问："不是说，平民如果愿意也可以和艺人阶层的人一起参加考核的吗？"米洛笑起来："平民有几个可以和大人物坐在一起的？音乐啊，绘画啊，这些艺人们的技术越来越和平民没关系，我们平民也不感兴趣。移民到蚂蚁城，我就是把它作为纪念品带来的，没其他想法。'要求平等，反对特权'，这些我可不感兴趣。"他不自觉地回了一下头。

迦农早注意到他正在玩的一款游戏就是被禁止的"自由战士"，不过他装着没看到："它真的可以演奏音乐啊！"他对米洛手里的乐器更感兴趣，眼睛闪烁着光芒。米洛看到他欲言又止的样子嘎嘎地笑了。他六根趾爪在上面胡乱划弄，发出奇怪的声音。"比'塞壬乐团'乐者的歌声都好听。"少年真诚地赞美。"乐者？据说乐者的歌声之美超过了鸟儿的基因，所以不用改良。"米罗说。少年心不在焉地点头，眼巴巴地望着他的手。

米洛终于递给他："你试试。"迦农的眼里简直燃起火来："我可以试试？"米洛笑了："不给你试试，我担心你小子那天偷偷来掐死我。"

少年嘿嘿笑着小心翼翼地依次摸过每一根金属线，这奇怪的乐器发出美妙得难以形容的声音，比他听过的任何一个女性的声音都要动人。迦农觉得自己的心又痒又酸，他激动得泪光闪闪。

米洛所有所思地望着他："你会音乐，你见过那个……""乐谱。"迦农替他说出来，"有一位客人在店里吃饭留下一本书，上面写着'乐谱'。后来他一直没再出现。苏太太给'塞壬乐团'的人看过，他们认得是乐谱，可他们也不会。我请老板娘把它给了我。""她答应了？""开始没有，我答应用一个月的工钱抵。"米洛"嗤"的一声笑了，他端详了自顾摸索的少年，声音突然冷淡下来："小子，你该回去了，你出来有一会儿了吧！"

迦农也注意到了腕上闪烁的传呼器："啊，是的。"他赶紧放下那奇妙的乐器收拾食盒："ST47-30411，YT23-56155，这一片还有两位客人等着呢！"他跨出米洛工房的门，回首招呼，"感谢您对大洋城的惠顾！"他的目光从米洛脸上很快划过，极快地瞥了一眼米洛手中的乐器，小小的身影消失了。

二

"大洋城"坐落在密密匝匝升入高空的聚落式住宅区也就是俗称的"蚂蚁城"的23入口平台处。这是"蚂蚁城"最好的地段，因为这儿穿过一片戈壁不远处就是巨大的拟生态区。而那个充满原始和神秘的生态区可不是一般人可以进入的，据说那儿的环境和7亿年前的地球差不多，那儿的人大多是原人。他们脆弱的身体和那儿的环境倒是相得益彰，还需要大量的星际警卫保护。从移民初，虚弱的原人利用了经过进化更能适应星际生存的土著对他们处境的同情，专事艺术和思想的创作，久而久之居然堂而皇之地拥有了这个世界的话语权。现在大家普遍认同掌握了艺术的原人是这个世界的被尊敬的阶层，而低一等的改良人自然成了平民阶层。真不明白其他进化人为什么看出这种不平等却任由它存在。

　　流浪艺人达达尼斯坐在大洋城嘈杂的大堂二层靠窗的一个狭窄的位置，目光阴郁地望着高高屏障外面看不到尽头的黄色戈壁。几条蜿蜒的路基上有车来往，那是那些爱好制作机械的平民的。如果联盟的客运列车或是穿梭器要用路基，这些车就只能在戈壁上颠簸了。"爱好，在职责分明的移民时代真是件奢侈的事啊！"达达尼斯喝下一杯黏稠的黄绿色液体，眉头皱紧了，"怎么会有人喜欢这样的东西，这能叫食物吗？就为讨好连咀嚼都懒得花力气的家伙吗？"邻桌两个正咂嘴满心欢喜的虫人显然认为受到了侮辱不满地瞪他，有一个站起来，肉乎乎的身子颤动着："愚蠢的人，食物就是食物，不然你吃它做什么？"隔了一条过道的几个颜色鲜明的小姑娘咕咕地笑了。戴了大洋城鲜红头盔的甲人挤过来："怎么啦？吃好了赶紧走，其他人等着位置呢！"他不客气地把两个虫人从位置上拎起来，利落地收拾位置，然后把一对嘟嘟囔囔的夫妇让到腾出的位置上。虫人还要抗议，被他抬起的黝亮的胳膊吓得噎住了，老老实实地从旋转电梯下去了。甲人冲一直看着这一切的小姑娘们笑了笑，神气地整理一下头盔走向下一个卡位。小姑娘们窃窃私语："那个流浪汉怎么回事？""他是艺人，流浪艺人！你看到他膝盖上的东西吗，那就是乐器。""艺人不都是住在那边的吗？"说话的人冲外面歪了歪嘴"所以叫流浪艺人啊。不要惹他，快吃啊。"回答的人显然也是一知半解，很快扯起其他话题。一会儿传来格格笑声，只是偶尔瞥过来的眼神多了几分敬畏。

　　达达尼斯扔下汤勺和不知为何物的食物，胡乱地抹一把嘴，起身离开。他走下旋转楼梯时没有像别人那样左转而是走到一幅招贴画前停下，那上面印着一只烧得通红的大螯虾："还是那样的食物诱人啊。"他似乎在回味，等到周围没人，他往图上的鲜艳虾螯上按下，画框滑开出现了一道门，他很快闪身进去。画立即合拢，一切如初。

甲人端着狼藉的食物盆过来，看看鲜红的螯虾，又看看自己硬壳状的身体愤愤地嘟起嘴。厨房的门打开又关上，一股烟雾跟着冲出来，苏太太从那儿走出来挥手拂去烟雾："还不赶紧送去洗！罗罗·陈，傻站那儿干什么！等着把你烤成大虾送桌上去吗？现在起码有 1500 张嘴在要吃的。天啦，你还不赶紧去！"罗罗·陈起气得脸红了"我抗议！"苏太太笑了："这下更像了！去吧，明天给我看看有没有章鱼人来求职，厨房太缺人手了。"她心情愉悦地按下开门键，"大家盯着点。"她腰肢一扭，消失在门后。罗罗·陈哼了一声，往厨房旁边的清洗室去。

昏暗的房间不知哪里的灯亮了。传来一声叹息："你还睡着了？"苏太太单手推着门，睥睨着杂物间中间那张沙发床上的人。达达尼斯轻笑了声："是啊，你这儿总是让人觉得放松。"苏太太慢慢走到他身边："说吧，你来做什么？"达达尼斯苦着脸："艾荷，你还认为是我的错。"苏艾荷转过脸看着他："难道不是？你把他从我身边带走。他完全可以在这儿做个普通人。我有钱，他就在这儿简简单单的，快乐的生活有什么不好？"达达尼斯摇摇头："你知道他不可能甘于做一个普通人，原人流的血让我们从来不甘做普通人。你又不希望他被改良。"苏艾荷鄙夷地打断他："改良，你也相信这样的谎言？像外面那些可怜虫，做一个每天只知道吃的肉虫，还是几乎没脑子的甲虫？"

"每一种技艺都很有效用，这样便于他们找到用武之地。就像只知道吃的肉虫，起码很安全。"达达尼斯平静地说。

苏艾荷刻薄地撇嘴："是对联邦来说很安全吧？想想为什么大家叫这儿'蚂蚁城'，选择改良的都像蚂蚁一样卑贱的活着；没有欲望，没有激情，没有创造！细致的感触，丰富的感情，统统舍弃了！"

达达尼斯说："你说得不完全对。他们有情感，有追求。起码你外面那些伙计听到你这么说会很生气。"

苏艾荷忍不住反驳："那些思想情感都弱化了，弱化了，好不好。只有人，才保有那些丰富的情感。"

"人要那么多情感，只会自寻烦恼，有那么多，多得要命的需要照顾的情绪。所以你才会担心他，才会这么不开心。"达达尼斯一阵见血的话让苏艾荷流下泪来。达达尼斯挽住她，让她把头放在肩上，轻轻拍打着。半天苏艾荷哽咽着："他还好吗？""他很好啊。是他自己的选择。"

苏艾荷推开他走到一边："不说他了。你今天来想干什么？"

达达尼斯目光如炬地望着她。苏艾荷弯弯的眉毛渐渐蹙起来："你，你来是为了他？"她不确信地等着达达尼斯回答，后者但笑不语。

"原来又到了分离的时候。"苏艾荷苦笑。

三

厅堂里拥挤的人流不见了，到处是静静等待收拾的碗盆。罗罗·陈和其他伙计正吃力地搬运成筐的垃圾。苏太太从卧室出来，她华丽的丝绸睡袍跟这杂乱的一切很不相称。"迦农呢？他在哪里？""他不在，还没回来。""他今天要求多送几家。""对，对，他今天回来有些晚了。"几个伙计七嘴八舌地回答她的询问。

苏太太火了："为什么他需要多送几家？我们店里有人嫌活儿多了吗？看来我需要重新招收些不爱偷懒的人了。"几个大个子都吓得低下头。圆圆和宋思几个负责接待的小姑娘互相看看说："我们查过了，他已经全部送到了。应该在回来的路上了。"苏太太望着她们："确定？五分钟后不回来，就报警。"正在这时，眼尖的宋思一指外面："看，他回来了。"

不会儿，迦农的身影出现在门口，他进来，放下一摞的空食盒抬头看见一屋子人都看着他，不由怔住了："怎么啦？"苏太太哼了一声，回头就走。其他人也散开忙自己的事。

宋思小声说："担心你呢！怎么这么晚？有没有遇到麻烦？"迦农摇摇头："没有。S区有一群蜥蜴人在抢劫，我跑开了。"

宋思啐他："还说没有？下次让瑶叶把她的单骑借你，有电击装置的，安全些。"圆圆吐了吐舌头："我是不敢独自出门的。瑶叶因为没钱，只能接受甄选的结果成了蛙女。真是最倒霉的基因，除了跳得远，没什么用。而且，还要经常清洁皮肤。不是生在音乐城，哪里有洁净的水给她浸泡身体。上次她就是买了便宜的泡澡液泡出一身疙瘩被那帮蜥蜴人拦住，耻笑了一通。不明白怎么会有蜥蜴人这样的，联邦法不是不允许做这样的改造人的吗？"两个女孩子当中，宋思显然老练些："总有些想轻松生活的下贱人，还有想轻松赚钱的医生啊。"

圆圆开心地说："我也有钱啊。我要选个好看的基因，这样我可以把钱花了穿漂亮衣服，听音乐。"宋思也叹气："音乐，我有好久没听到了。我想去音乐城生活，因为要赚钱，我好久没去玩了！记得我以前也想去‘塞壬乐团’的。可惜没有名额。谁规定的乐团人数？这儿的虫子都不喜欢音乐，想想改良以后我很可能和他们一样，就想喊救命！"

"所以我将来不做虫子！做虫子喜怒哀乐太简单，音乐可就欣赏不了了。"圆圆指指迦农，"你要加油哦。"

"你们又在说虫子什么坏话！"罗罗·陈凑过来，"我们也有自己喜欢的音乐好不好！""那能叫音乐吗？都是单调要死的一个音好不好！"宋思不放过嘲笑他的机会。

"别说甲人、虫人，就是鸟人、鱼人也好不了哪儿去。音乐是特权阶层喜欢的玩意儿，对我们这些平民没有用！联邦的大人们给我们分配的那些音乐足够了。"罗罗·陈不以为然。

"那就是为了安抚虫子烦躁情绪的好不好？当然还有那个愿因——"宋思愤愤道，"在原人眼里，除了他们，其他都是蝼蚁一样的虫子。只要我一天是原人，就一天不能割舍对音乐的美妙感知！太不甘心了！"

他们在争执时，迦农的眼神迷离，神思明显不在这儿。宋思回头看到了他："迦农，你在想什么？"圆圆笑笑："我知道，迦农在想怎么不做改良人呢。迦农也喜欢音乐，他还有一本乐谱呢！"

宋思问："是苏珊娜·塞壬给的？"迦农窘迫地摇头。

"你看得懂吗？"圆圆适时解围。宋思对苏珊娜的敌意，即使是粗线条的圆圆也能感觉到。

迦农点点头，"有一些看得懂。"

"听说只有艺人才看得懂。"宋思很惊异，"迦农，你一定有艺术的天分。""说不定他是哪一个流浪艺人的私生子哪。"罗罗

·陈不怀好意地笑了。

迦农的瞳孔收缩了一下，握紧了拳头。

另一个伙计又说："可不是，看他细胳膊细腿的，整个一个纯粹的原人。不过，到了这里，就只能和我们一样，等着十八岁正式成为一个平民。他难道还有机会做艺人吗？""那也不一定，他有音乐天赋，加入流浪乐团应该可以。只要迦农做乐者，他还是有机会保留原人的身体的。"圆圆为迦农声援。

罗罗·陈不屑道："流浪乐者没有固定收入，又不被上层接受。风餐露宿，就为了那看上去和上层一致的身体？还不如我们这些改良人。我看一个平民，硬要保留无用的身体就是虚荣！"

"胡说些什么？干你们的活去！"苏太太换了身衣服出来。罗罗·陈看看苏太太的原人身体，翻翻白眼让到一边，装着认真地擦桌子。其他人也蹑手蹑脚地散开，苏太太喊住迦农说："还有你，以后 K 区的外送，你不要去。"

"为什么？"迦农反应很抵触。苏太太抿了一下嘴："不为什么。"见迦农直直望着自己又说了句，"不该你觊觎的东西，不要考虑。"迦农怔住了，他低头望望自己，然后明白什么似的。"你监视我！"迦农腾地跳起来，小小少年的脖子都红了，大家吃惊地望着他。

苏太太好像没有料到他的反应，眨眨眼："我没有必要。"迦农一副不依不饶的神情："那你怎么这么说？"他伸手撸手腕上的联络器，"是这个是吧？你用它监视我！"迦农气乎乎地掰开联络器丢地上。

"是米洛先生。他说你对他家的乐器表现特别的兴趣。联邦鼓励检举那些不安分的人。你知道，平民是不可以希望拥有乐器的。"迦农低下头。

罗罗·陈同情地把螯臂搁到他肩上："别小看肉虫人，联邦允许他们吃吃喝喝不干正事，是有理由的。他们成天在网上游荡，很多是阴谋家。"被苏太太瞪了一眼，赶紧溜到一边。

"放弃吧，从你的梦里醒过来。我收留你，是可怜你，可不是要因为举报花费一大笔罚款的。"苏太太不为迦农的沮丧所动。

前台的章鱼女吉琪安呼唤苏太太去核对账目，众人散去。

等苏太太忙完了，迦农迟疑地走过去，垂着头站那儿。苏太太不理会他，迦农把收据和掰开的联络器递给她。苏太太也不接。迦农鼓起勇气说："苏太太，我错了，请你原谅我。"苏太太这才抬起头，却问了句不相干的问题："你怎么知道那东西是乐器?"

迦农有些愣神，然后说："我在《乐谱》的封面见过。就是你给的那本。""不是我给的，是你自己硬要买的。"苏太太口气很不好。然后她平息了怒气，悠悠地叹了口气："它叫什么? 你知道吗?"迦农望望她晦暗不明的脸支吾了会儿轻轻说："吉他。"

苏太太身子退缩到后面，像是要把自己藏起来："吉——他——"她低声重复，"吉他呀……还真是，躲不掉。"幽幽的嘟囔几声后，苏太太坐直了，用冰凉语气说："迦农，你最好祈祷米洛先生没有发现你是个没有身份信息的人。要是他把你的情况报告给移民局，我们都有麻烦。"

四

清洗间摞得半人高的碗碟中间，迦农垂头丧气地正在把一筐筐的瓶子、盆子送进清洗箱。有四只手臂的矮个伙计图图埃手忙脚乱地把从出口处的不同餐具分派到三层不同的输送带上。头顶传来"嘎"的一声轻笑："图图埃，你现在一定觉得不如当初选择做出八条手臂的，是吧？"迦农和图图埃一起抬头看，**蝙蝠人**何赛罗鼓动着两只肉质的翅状手臂，从屋顶看着他们。"何赛罗，你什么时候偷偷溜进来的，又盯着哪个客人了？我们老板娘可不欢迎你来，看见又要轰你了。"图图埃腾出一只胳膊去擦额头的汗，结果差点没接住一只盘子，还好何赛罗展开肉翅接住递给他："她轰我？不怕我盯着大洋城，把她的底掀出来？"不过他还是小心看看四周，毕竟记者这职业是挺不受欢迎的。

图图埃虽是个老实性子，看他心慌却强自镇定的样子也不厚道地笑了。

"只要没有顾客投诉，老板娘就不会生气。我很小心的。"迦农笑笑把机器的速度调至最慢，这样他们可以轻松地交谈。

"你们这些记者到处去窥探人家的秘密，巴不得天天出乱子。监控没看见你吗？该死的监控，需要它有用的时候就不灵光了。"图图埃龇牙。

"监控就是监视你们的，让你们不能偷懒，怎么可能监控我这样的上层人物。谁不知道大洋城鱼龙混杂，正需要我这样能干的深入险地，探寻真相，弄个独家报道。"何赛罗从屋顶溜滑下来，在剩菜间扒拉着，"这味道不错，是老板娘的手艺。你还没回答我的问题啦，图图埃。"他把黏糊糊的手指放嘴里吮了一下。

"谢谢你关心，我觉得这样挺好。八只？像章鱼小姐那样，收入虽然比我们多一些，但不能挺直腰坐，也是很累的。"图图埃说。

"累？恐怕是那样章鱼小姐就绝不能和你结婚。因为同型改良人后代的基因不能复原的可能性是百分之三十。她不会冒这个险。"何赛罗狡诈地盯着图图埃。后者惊慌失措："你，你说什么呀？哪，哪有的事？章鱼小姐，我……"

"我上次可是看见你送她回家的。你还没有俘获得她的芳心？她拒绝了你？依我看，八只触手的女人也没有什么可爱的，腰肢在哪里呢？毫无女性美，不要算了。"

"你胡说什么！再没有比吉琪安更可爱更能干的女孩了，等她赚够了给她母亲换器官的钱，我们就结婚。"图图埃着急地争辩。

"啊哦，结婚——"何赛罗抓住了关键词，意味深长地瞅瞅他，"这真是今天得到的最好的新闻了。图图埃，我要把它作为《移民快讯》的头条发出。"可怜的图图埃脸色都变了。

迦农忍不住插嘴解救这个可怜人："何先生，你今天在我们店得到什么独家消息了？"何赛罗不满地看着他："没有什么特别的，除了关于你的。""关于我？你也听到米洛先生的指控了？我想我很快会被老板娘赶走的。"何赛罗笑笑："作为一名资深的新闻工作者，连续三届'咄咄怪事'最高奖得主，我要告诉你，小家伙，永远不要相信你看到的。要用这儿看。"他眼疾手快地从迦农手里搬运的顾客吃剩的盆子里挑出一颗丹果放进嘴里。

图图埃吃惊："嘴巴怎么看？"何赛罗吐出果核砸到图图埃的脑门上："笨！这儿！"

摇晃几下身子："做了一天的偷听者，也要好好放松一下了。去哪儿呢？咪咪城，还是……"

迦农忍不住问："你刚刚说关于我的什么，可以告诉我吗？"

"不能！"何赛罗一口回绝，"首先保守秘密是新闻人的操守，其次你会给我足够的钱买这个消息吗，再说我还不能确定这个消息的真假……我只能告诉你，你有麻烦了。"他陷入沉思，然后突然笑了，"作为对你小小心灵的安慰，我可以送另外一个你绝对喜欢的消息给你。要是你花五基尼购买的话？"迦农犹豫了："它真值五基尼吗？""绝对值！尤其是对你！""好吧！"何赛罗很快地从迦农手里接过钱，塞到自己的口袋："听好！'塞壬乐团'很快要来了。""真的！"迦农和一直侧着耳朵听的图图埃一齐叫出来。"千真万确。我在入口处看到他们。现在估计在找住处。"说完，他推开门一鼓翅膀无声地飞了出去。

"哦，你这个骗子！这算什么新闻，大家很快都会知道的。"图图埃为迦农抱不平。迦农说："算了，也就五个基尼。啊，'塞壬乐团'来了！这真是今天听到的最叫人高兴的事了。"图图埃也高兴起来："你又可以见到苏珊娜·塞壬了。"迦农苦笑："难道，我表现得这么明显吗？怎么人人都知道。"图图埃咻咻笑着开动机器到最快速，低头忙碌起来。

迦农机械地搬运，眼神却渐渐放空，只是嘴角还噙着一丝笑意。

五

大洋城的旋转门被推开，白色寒气鼓荡翻卷着扑进来。隐约中进来的几个人褐色和赭红色的衣袂翻卷，传来金属片撞击的脆响。先进来的是俊朗的蓄着络腮胡子的大汉，然后是一个小姑娘搀扶着目光犀利的老人，一个惨白皮肤的神色怏怏的高个青年扛着两个大包袱。最后进来的是一个姑娘，大约十六七岁，金色的卷发，湛蓝的眼睛和抿紧的红唇使得她的脸显得更加白皙。她进来后站立那儿，脸上露出沉静而显得与年龄不相称的微笑。

"苏珊娜！"静静站立在门口的大洋城众人中爆发出一声尖锐的呼唤，然后一个瘦弱的身体扑向她。苏珊娜绽开笑容，抱住他："你好，迦农。"众人这时一同发出笑声。

"我们有多久没有见面了，图昂·塞壬？"苏太太披着羊毛披肩神情倨傲。身材魁梧的图昂·塞壬故作沉吟："好像？一年了吧？"苏太太哼了一声："我说过，这儿就是你们的家，为什么还要找别的地方住？塞壬乐团名气大了，大洋城待不得了。"图昂·塞壬皱皱眉："如果有合适的地方，我还真不愿意住这儿。"看到苏太太的眉毛扬起来，他又说，"你知道我不是个能负责的男人，你又不可能扔下大洋城跟我走。"苏太太怒笑起来："去死吧，你！"她转身走开，一边说："迦农，你带他们去后面的仓房，收拾一下，三个男的住那儿。罗罗·陈，这几天你回去住，把监控室腾出来给苏珊娜姐妹。"

迦农说："我那儿可以还住一个人。"苏太太回头问："那么，大卫跟你住？"惨白皮肤的大卫·塞壬和迦农对看了一眼，一同摇头。他们自从第一次见面就打过一架，视彼此为仇敌。"要不我和安安住迦农那儿，他住监控室。这样也方便些。"苏珊娜提议。红头发的安安扶着她点点头。苏太太盯着迦农看看："好吧。罗罗去厨房看看还有什么吃的，端过来。"罗罗·陈高兴地应了一声，大卫说："我也去。"图昂·塞壬点点头，于是他们一同走开。

迦农把姐妹俩的东西搬到楼梯下的小隔间。迦农把一张简易挂床从墙壁上放下，安安让苏珊娜坐下层，自己爬到上床收拾。

迦农站到门口，苏珊娜笑笑："怎么不坐下来。这本来是你的房间。"屋子很小，她拍拍自己的身边，"来，这儿坐。你怕别人说什么吗。"迦农腼腆地挠挠头在她身边坐下。"那本《乐谱》你看明白了吗？"她一边自顾收拾一边问。

"差不多了。如果有乐器操练下，我想应该没问题。"

"你找到乐器了吗？""它就在那儿，它属于——一个虫人。第一次看到，我就认出了它。今天我终于忍不住提起它。他让我摸了摸。那种感觉，苏珊娜，你没法想象。"迦农的声音渐渐激动起来，他转过脸看身边的少女。

后者带着一丝微笑："我能想象，通过你的描述。"迦农怔了半晌，叹了口气："可我不知道怎么才能让他……唉，怎么说呢……苏珊娜，我把一切搞砸了。他察觉了我的意图。我已经够小心的，但他还是察觉了，他向苏太太告发了我。"他平躺了下去，神色抑郁。

"想得到一个乐器不是件可耻的事，毕竟有了它你就有希望脱离命运，保留原人的身份。迦农，永远不要放弃希望。你不是说要把握自己的命运，绝不屈服吗？别泄气，会有办法的。"苏珊娜安慰他。安安也从上铺探出头，眼巴巴地望着他们。

"迦农一直是我认识那个勇敢自信的孩子。我记得我们刚认识那天，你问我怎么能唱出如此好听的声音。"苏珊娜微笑着回忆起当时的情形。他们的乐团在演出时，发现一个流浪儿跟着走了很远。老团长斯综·塞壬问他喜欢音乐吗。迦农扑闪着睫毛听着，耳朵悄悄红了。"迦农，你记得当时你说了什么吗？你说，你的心听到了音乐的召唤。你要说你要做艺人，而且是艺人中的佼佼者。你那时连艺人首先得有一个属于自己的乐器都还不知道呢，可你就有这样的梦想。迦农，你把我吓坏了。一个平民，一个不知自己从哪里来的流浪儿，居然要拥有音乐的技能，还……"苏珊娜咳嗽了两声。

迦农连忙给她倒了杯水，苏珊娜早年唱得太卖力，伤了嗓子。迦农等她平息了说："那么，你现在知道他是在说大话了。"苏珊娜摇头："你知道，我从来没有轻视你的意思，我们是朋友。我是羡慕你——我只是会唱而已。如果有一天我不能唱了，那些改良了鸟类基因的人轻易就能超过我……你不同，你有天分。你真的是奉音乐之诏而来的，你居然能识谱。说实在的，我，有些嫉妒你呢。"她的脸色有些发红。

迦农握住她微微发颤的手："别这样说自己。你是最好的，最好的歌者。我从来没有听过那么美妙的声音。你是用心在歌唱，而不仅仅用发音器。第一次听你的歌，让我明白，这样美妙的声音，我爱它，我要认识它，我也要创造它，不仅仅从这儿……"他的手指轻轻点在苏珊娜颀长优美的颈脖，"这就是我的梦，倾其一生也要做下去的梦。"安安望着他们，笑了。

"对了，有件好事情要告诉你。"苏珊娜露出喜色说，"那位教我唱歌的艺人了，我感觉到他的气息，他应该在这儿。"迦农问："来蚂蚁城吗？我真希望也能遇到他。"苏珊娜点头："他是一个好人。如果他教你，你一定会早日实现自己的梦想。安安，"她抬头，"把我教你的那首歌唱给迦农听听，怎么样？"安安羞涩地笑笑，然后坐直了身子，闭上眼。等她张开眼睛，那种腼腆局促的神情不见了，小姑娘的目光像穿过大洋城穿过拥挤芜杂的蚂蚁城，到达一个常人无法企及的世界。火红头发的小姑娘开始唱歌，她平凡的小脸此刻变得圣洁无比，纯粹空灵的乐音从她嘴里悠悠发出。苏珊娜和迦农在听，外面其他人也停下手里的事专注地听。

罗罗·陈推开门走到散发着寒气的路上，回首大洋城变得晦暗的招牌。虽然人工技术早已能完全满足照明需求，但是出于对传统的尊重，移民时代一直遵循白天夜晚的区分，蚂蚁城的管制时间到了，户外的世界陷入一片模拟夜晚的昏暗中。这也是蚂蚁城的治安最为混乱的时候。

两个虫人匆匆路过，一个说："我好像听到塞壬歌声了。""我也听到了，说实在的，真不错。让我想起土豆泥的味道了。"另一个说。

他们走远了。罗罗·陈嘟囔着："土豆泥？贪图口腹感受，真是低级。可音乐是我们这些平民该考虑的吗？塞壬一家活该饿肚子。"他掏出一把代食药丸塞到嘴里，咽了下去。"看看，多省事、多方便啊！回家，回家！我要改进一下腹肌练习机，下次一定要被警卫队录取，不但大有前途，还可以教训那些乱窜的家伙，让他们对罗罗大爷毕恭毕敬。"他一蹦一跳地走到街边，骑上行驶机车离开了。

六

"过去的事，是误会。既然你答应每周免费送，我不介意把它给你玩玩。"米洛大口吸蔬菜泥，"还可以加些咖喱，那样味道更好。我母亲在世时，她喜欢放些。她是个善良的女人。现在没有那样的好女人了。"蔬菜泥有些烫，他脖子上的六个毛孔全部张开，排出一股热腾腾的雾气。浓郁的经过身体加工过的菜味实在说不得好闻，正在把吉他往袋子里塞的迦农呛得咳起来。

"我还以为你再也不送这片区了。"虫人的小眼睛挤在肉堆里，狡诈地转动着，"保留原人身体，值得吗？一阵电子风暴就会把你摔得鼻青脸肿。"米洛用趾爪戳戳迦农胳膊上的一块淤青。

迦农抱着吉他避开去："只有原人才可能理解艺术，我喜欢音乐。先生。"米洛重复："喜欢？把钱都用到可笑的爱好上，你会后悔的。一个流浪儿，不能靠艺术吃饭。只有那个阶层的人才能无忧无虑地搞音乐。"

"我可以参加塞壬乐团。我可以养活自己。""像乞丐一样生活吗？年轻人。我听说那个阶层也有人头脑发热，希望把音乐带给平民，就像我的祖先还在世时那样。可现在你看有几个艺人在平民中的？"

"我知道有一个，他教苏珊娜唱歌。"迦农大胆地反驳。"你说的是那个傻瓜。"米洛吧嗒他的大嘴。

"你见过他？""很多年，那还是我刚到移民星球。那是我还没做改良手术，还是一个和你一样的漂亮小伙子。他看到我带的这把——"

"吉他。"迦农提醒他。

"对，吉他。他说可以教我。我拒绝了。平民只需要理解和接受，不需要艺术。艺术只会让人胡思乱想。"他指了指屏幕冲迦农笑，"你有个奢华的爱好……记得下次带些调料多的来。另外别让那些游荡的蜥蜴人看到，他们可不会放过任何破坏的机会。"

迦农开着借来的单骑，车后放着那把得来不易的吉他。他过一会儿就忍不住回头看一眼，满脸幸福。沉浸在幸福中的孩子不知道生活就是用来打击人的。米洛的提醒像个诅咒，从旁边突然窜出几个蜥蜴人，他们挥舞着长长的尾巴。迦农闪避不及，从车上摔下来，吉他发出一声响，他顾上不疼痛，急忙打开看。

蜥蜴人被声音吓住愣了会儿，不过很快又围了上来："小子，那是什么古怪的东西，这么宝贝它？"迦农说："你们不会感兴趣的，它是用来演奏音乐的。"

一个蜥蜴人用手触碰了琴弦，"砰"的一声，让他吓得大叫起来。"可怕的音乐，毁了它，我们不需要音乐！"七八个蜥蜴人围了过来。迦农惊慌失措，抱了吉他夺路而逃。蜥蜴人叫喊着很快追了上来。

在摔了几跤后，精疲力竭的迦农终于爬不起来，他眼里又是绝望又是愤恨。他缩在角落，拱起身子，极力想保护吉他。可面对来势汹汹的蜥蜴人，他无法周全，身上很快被重重地踢了几脚。一个蜥蜴人掰开路旁的栏杆，拿起一根狠狠向迦农砸去。就在这时，有人大喊："住手！"

蜥蜴人回头一看是一位流浪汉。流浪汉慢慢走近，大家看清他浓密的头发和发亮的眼睛。蜥蜴人面面相觑，终于有人发问："你是谁？想干吗？"流浪汉说："我这儿也一件乐器，你们要不要一起毁了。"他拿出衣服遮盖着的一样东西，"这是提琴。"

流浪汉全身洋溢着一种说不出的力量，他把提琴支在颌下，开始演奏一首曲子。这是一首欢快的曲子，听得人心里暖洋洋的，好像有什么东西从灵魂深处被唤醒，急着要表达要宣泄。蜥蜴人禁不住手舞足蹈。等流浪汉一曲终了停止演奏，他们累得满头大汗："可怕的音乐！""但是你们很喜欢，不是吗？"流浪汉微笑。

蜥蜴人并不蠢，他们转动着眼珠悄声嘀咕："这就是艺人吗？""联邦法规定，不得冒犯艺人。""艺人都有魔力，我们惹不起。快走吧。"蜥蜴人伸出细长的舌头舔舔身上的汗，瞪了迦农一眼，然后一甩尾巴，很快消失在黑暗中。

流浪汉走近迦农，迦农这才从迷醉中清醒过来："你就是流浪艺人，对吗？"流浪汉点点头又摇摇头："他们现在不许我用'艺人'这个称号，就叫我流浪乐者吧。称号算不了什么。"迦农又问："你认识苏珊娜·塞壬？你教过她唱歌？"后者再次点点头。这下迦农的眼睛放起光来："那么，您，您能不能教我音乐？我，我有一把吉他！"

流浪汉皱皱眉："谁知道你这乐器哪里来的。偷来的？也许也是抢来的，所以那帮蜥蜴人才找上你。"

迦农着急地辩解："不是。吉他不是偷来，抢来的。是我换来的。"

"换？你这样的小孩子有什么？"迦农舔了舔嘴角流出的血："是的，我有。我在大洋城打工，我用在那里两年的打工工资换的。"流浪汉点点头："你在那儿打工，一直在那儿。"

迦农有些困惑："您说什么？"

流浪汉收回沉思："你用两年工资换了吉他。那么你用什么作为交换让我来教你呢？"迦农的脸红了："从我记得起，我就在那儿。第一年管吃管住就行了没有工资，所以我只有一点儿收入。……已经都换了这把吉他了。"

流浪汉板起脸："你知道我为什么教苏珊娜·塞壬吗？因为那次我病得要死，是他们救了我。流浪乐者也要吃饭，我不能白

幻 HUAN

教你。"迦农思索了会儿:"如果您同意,我可以跟着您,给您做事。"

流浪汉嗤笑:"您能干什么?再说我一个流浪汉,又不是艺人大人,要什么人跟着。"迦农的脸发白,他不知如何是好。

流浪汉缓和了语气:"你告诉我,你为什么要学音乐。你是不是满脑子浪漫想法,认为会了门乐器,就可以走上通向上层的道路。我要告诫你,那是不切实际的幻想。即使是最高贵的艺人家族,也只有一个孩子可以选出学习艺术。而除了要接受严格的教育,还要接受磨砺。如果达不到要求,也只是做普通的工作,最多做个传艺人。普通人想学音乐,想成为艺人,无异痴人说梦。"

迦农低下头:"我知道成为艺人很难。但是,我不试一试怎么甘心。我听说许多年前也有一个平民最后成为艺人。""但是他得不到上层的承认,永远只是被推拒在音乐圣殿之外,一辈子做一个流浪艺人。"流浪汉目光炯炯地盯着迦农。

"但是他的学生有一个成为了了不起的艺人。""他?嘿,他有艺人的血统,所以也没什么了不起。而且他也没成为最了不起的,他没有创造力。成不了艺术家。"迦农眨眨眼,艺术家,这些离他太远。"总之,如果你以为会一点乐器就可以改变人生,我不能给你那样的承诺。"流浪汉冷冷地说完,拔腿就走。

迦农跟上去:"如果我说我不想改变处境,你一定不会相信。但我要说,即使音乐不能改变我的处境,我也要学。因为它已经改变了我的生活。"

流浪汉转过头看他。迦农迎着他审视的目光:"我对音乐完全无法抗拒,它注定要在我的生活中留下什么,不管是什么,哪怕是伤害,我都不会拒绝。您不肯教我,我对它的爱也不会变。

你可能觉得可笑，但我觉得就是那样：我就是为了爱它才来到这个世界；我所受的一切，都是主宰音乐的神对我的考验。"

流浪汉望着他："你知道你在说什么吗？"迦农轻声然而坚定地说："我为音乐而生。"

流浪汉终于露出一丝笑容，他伸出手慢慢地放在迦农肩上："我想我们可以认识一下了。我叫达达尼斯。""我猜到了是您……"迦农开心地跳起来。达达尼斯笑了："'为音乐而生'，多少年没听到这样的话了。小子，我是为你而来啊。"他止住迦农疑惑的眼神，"来吧。让我们去找老板娘，她要重新物色个伙计了。听着，跟着我，要做的事不比当伙计少，而且做不好，我会……"迦农欢呼着打断他："没问题，我一定让您满意。"

七

联邦与放逐之地的东部边界很好界定，一条巨大的峡谷把它们分割开来，泾渭分明。这条被称为"绝望之地"的峡谷，汇集了纵横交错几十条小峡谷，连绵数百公里，没有人烟。峡谷内没有生机，因为它本来就是暗元时代差点毁灭了人类的战争的产物。难以计数当量的爆炸不仅覆灭了那个存在于虫人传说里的旧王朝，也毁灭了当时最大多数的人口，更在这个星球上生生撕开一个口子，让滚烫的岩浆和无数放射物质携手让那个曾经生命种类繁多的世界彻底灰飞烟灭。作为战争直接爆发地的大峡谷——原来的帝都，更是留下的致命致残的物质，到现在都让幸存的生命不敢涉足，联邦在这儿都不用设常备军。

在峡谷最窄处，有一座数十米高的悬索桥承载着两个世界的联接而又背离的使命。桥下是沟壑纵横的峡谷，遍布灰黄的荒凉的原野，一条窄窄的红色溪流挣扎着消失在远方。这一切预示着放逐之地的凋敝与凄惨。

"那边就是放逐之地？"迦农问一旁的苏珊娜·塞壬。时隔三年，当年的青涩少年已经初具青年人的体格，不算健壮，但是挺拔的身姿，清秀的面容还是赏心悦目的。

苏珊娜看了远处一眼，点点头。他们坐在一辆大车上，空间局促，从驾驶座往后，车前半部分放着两张对坐的长座位，后面是餐厅兼收纳、夜宿的地方。开车的是大卫，另外三个年轻人着一张可折叠的桌子坐着。迦农和苏珊娜坐一边，迦农对着他刚谱好的乐曲弹奏吉他，苏珊娜试唱歌词；安安坐在对面，在琢磨他们的新演出服。说来奇怪的是，不知天高地厚的迦农想偷偷教乐团的人识谱，但是其他人就是学不会。他们称看到《乐谱》就眼睛发花还头晕。

"果然，艺术城的大人们才有资格学习艺术。"图昂嘲笑道。他是跟着老爹学萨克斯演奏，靠的是口口相传的技艺，也不能看《乐谱》。"凭什么一个不知哪里来的小子可以看得懂？"大卫在无数次尝试失败后愤愤地说出大家的心里话。

"算了，迦农也是好意。这里面肯定有什么我们不了解的秘密。"苏珊娜给窘迫的迦农解围，"比如迦农说不定有艺人的传承，他记不清的来历里，也许就有他出生高贵的证明。而我们没有，所以我们只能是乐者。"说完还调皮地眨眨眼……

放弃教授大家学习谱子后，迦农转而和大家探讨如何改进原有的曲目。

联邦对乐团有严格的规定，只允许传唱规定的曲目，新曲目不经审核是不可以传唱的。毕竟在这个世界，只有音乐城的大人们才有资格，也有这个能力为平民谱写乐曲。而对音乐的理解和享用正是这个移民世界等级划分的主要依据，所以任何想在音乐领域有所突破的行为都视为对艺术城领袖地位的挑衅，是要受到联邦法规制裁的。虽然联邦出于对音乐的尊重，对到处乱窜的流浪乐团还是比对一般的平民算得上优待，但联邦的音乐管理局每年都会把一些不听话的人发送到放逐之地——那些罪大恶极、社会祸害才会待的地方。但是，加入乐团不想接受改良的青年人每年都有一大把，乐团数量也越来越多，生存的压力还是让人不惜铤而走险，在乐曲的旋律和歌词上做些手脚，美其名曰根据观众特点"改进"曲目。比如在蟑螂人聚居的乡间不妨厚重低沉一些，这些清道夫受不了惊吓；在富有的城市，为迎合好逸恶劳的虫人就要力求耳目一新，以争取更多演出机会。塞壬乐团虽然有两个女孩金嗓子的加持，也不敢托大，平时也做些钻音乐管理局检查漏子的"改动"。以前靠老斯综，后面他身体不行了，乐团很是低迷了一段时间，好在很快又有了迦农的加入，"改进"曲目的重任就交到了他手里。

迦农和苏珊娜不时对乐曲和歌词提出意见，他们说着说着就头靠在一起，偶尔因为汽车摇晃轻轻撞到一起，就抬头相视一笑。一种只属于他们两个的亲密气氛，让安安摸了摸鼻子，终于起身坐到了开车的大卫身边，而那两人还浑然不知。

"怎么啦?"大卫问，但不等回答就从后视镜看到那两个人，怒气就上来了，不由哼哼着，大力扭动方向盘。车子剧烈摇晃，苏珊娜一个没注意"哎呦"一声摔倒在伸手扶她的迦农怀里，羞急得咳嗽起来。而那边吉他因为他的放手，"咚"的一声响撞到了车底。

"怎么又咳嗽了，下车我去买醴果给你吃。"迦农耳朵也红了，急忙扶她坐好。

"太贵了，不要。你的吉他，快看看碰着没有。"苏珊娜拒绝了，掩饰地拿起吉他查看。这是她第一次端详迦农的乐器，因为一般来说，乐手的乐器大多是家传或者老师将自己的相赠，毕竟在以艺术为尊的时代，这些乐器都是身价不菲的宝贝。像从前塞壬乐团最珍贵的乐器就是老斯综·塞壬的萨克斯，他不能演奏后传给了图昂，为此大卫还很生气了不短的时间。而除了萨克斯，乐团里苏珊娜和安安还拥有一对铃鼓，这些足以让塞壬乐团在装备上超出一般乐团很多。像迦农这样从米洛手里仅仅用两年工资换得的，实在太过便宜，也只有从地球移民过来的败家子才会如此低廉地出售。

这把来历特别的乐器有着顾长的琴颈，线条优美而又略带古拙的琴腰，顺直流畅的纹理闪着莹润的光泽。苏珊娜忍不住在那六根金色的琴弦上拨弄了一下，吉他发出清松脆滑的音响。苏珊娜不由睁圆了她的美丽眼睛："迦农，这把吉他真是卖给你了，而不是借给你？这好像纯——呃——"她想不出那个说法了。

"是纯木板的，"在美丽的姑娘面前显摆是每个正值少艾的青年无师自通的技能，迦农也不类外。"这材料也只有传说中的地球才有，而且它是纯手工制作的古典乐器，即使是在那个世界，也只有大师才能拥有。古典吉他，和小提琴、钢琴并列三大顶级乐器。我师傅说，它价值连城，我是捡到宝了。"

他这么一说，苏珊娜不敢再拿手里，连忙递给他："天哪，你怎么随便放在手边，该收起来才对。不对，你得给它寄存在联邦银行才对，那儿有警卫。"她不放心地看向窗外，即使戈壁上一片茫茫除了他们车队空无一人，她心中依旧不安。

"放心，知道它价值的人不多。再说，师傅说这样的宝贝越用越音色越好。经常弹奏，随时让吉他各部分充分震动，这是保养吉他的最好方法。你听，它的音质多美：低音浑厚，中音醇正，高音清亮！"迦农信手拨按琴弦，"这是颤音，滑音，最妙的是这个——震音！"随着他的右手手指翻转扫过琴弦，一串音符跳跃着涌出，不要说苏珊娜就连坐在驾驶座的大卫和安安都心如鼓点震荡起来。

迦农看了苏珊娜一眼，略一思索，拨弄琴弦，以轻快而带一丝忧伤的旋律，弹奏起一首舒缓人心的乐曲。

"是新曲子啊，没听过？迦农什么时候谱的？难道是他现编的？……他也太厉害了吧！"安安坐直了身子，吃惊地张开了嘴。大卫的目光在闪过无法掩饰的惊艳后转为阴沉。他垂下目光，嘴巴抿得更紧。

图昂听着后面的乐声通过后视镜看了看睁着眼睛大力呼吸的老人叹了口气："如果不是那位，我不会冒风险接受他的加入。不该出现的，总是让人不安。想想以前我什么也不怕，那是因为有你在。你在，我觉得心里安定。轮到事事都要我自己拿主张，我就变得胆小了。何况你现在——希望一切平平安安。下一个镇子，尽量停些日子。"

斯综摇摇头："不需要考虑我。你记着在这个乐团里，迦农替代的不是我，你才是。他是一个易数，好坏兼有。你为乐团着想是对的：做团长的，得对所有人负责。不过团里除了我们是父子，其他人都没有密不可分的关系，不能要求他们一条心。说到底都为了养活自己，为了保持原人形貌。他们看重尊严，对艺术有敬畏更有倚重。这些你拿捏好了，才能把人心聚起来，不然——"他没有说下去，图昂了然地点点头。

在父子俩静默中，吉他的声音再次传来。迦农的演奏极具表现力，他们都听出了那份情窦初开的隐秘欢欣与忐忑。老斯综蹙起眉，"怎么能做到这样的？这是个怎样的人啊？"

八

车队来到一个叫莫斯的小镇。图昂和镇长，一个改良出壮硕四肢和复眼的中年男人交流了片刻，得到可以停留了几天的许可。

"我们可以借用镇上的大礼堂表演。"图昂告诉乐团成员，"但是不得演出和宣传与联邦法规相抵触的内容。"他后面这句话把几个人刚刚到嘴边的欢呼生生压了下去。

"这是一个谨慎的人。"苏珊娜冲迦农苦笑笑。

"那多可惜。只演奏经过联邦审核的乐曲有什么意思嘛？而且我们大家一路上看不出迦农的新曲子多受欢迎吗？要我说，我们改动一下，不那么明显。或者在哪些老掉牙的曲子中夹杂些，应该——"安安眨巴着眼睛提议。三年过去，那个青涩的黄毛丫头已经脱胎换成长成一个明眸皓齿的女郎，性格也活泼了不少。

"能够改良出双属性的都不是简单人，光那双复眼就足以说明，在他眼皮下耍花样，不容易。"大卫摇头。他还是那么肤色惨白，对迦农的态度也没有改善："没有必要为某人冒险毁了乐团的前途。上个月我遇到何赛罗，还记得他吗？就是那个到处挖新闻的记者。当然他现在可不是小记者了，他是新闻管理官了。

他跟我说，有人盯上了我们。"

"我怎么不知道？你在哪儿遇到他的？"安安怀疑地看着他。

"这个你就别问了，反正消息绝对可靠。人家是看在熟人的面子上才透露给我的。"大卫局促地避开众人审视的目光。

"说到这个，我想起来，你们记得上次在蚂蚁城Y区，我们演出时，来了不少有钱人吗？"苏珊娜说。"当然记得，那天我们得到的小费特别多。"安安点头，一脸兴奋。说到这里，大家的脸色也愉悦起来。

"还不是因为那天我们演奏了好几首迦农的新曲子吗？特别迦农最后用吉他演奏的《天籁》，那是多么轰动。要我看，就算是艺人也未必都能有这样的演出效果。可惜了，迦农没有生在那边，只是个平民。"说到"那边"时，安安冲某处撇了撇嘴。

"就演老的节目肯定不行。现在谁不知道老节目没人气，哪个乐团真老老实实地按联邦规定演，吃饭就成问题了。"乐团的主心骨图昂思索着，"老斯综身体不好以后，我们乐团走了一段下坡路，好容易迦农的加入才又有了起色。所以有些险还是要冒的。只要没有人检举——"他转头看向苏珊娜，"镇长那边，要不你再说说看，能不能睁一只眼闭一只眼。"

苏珊娜的头低着，金色的长发随着她的呼吸微微颤动。

"我去行不行？"迦农小声提议，"我去跟镇长谈谈？"

"嗤！"大卫斜了他一眼，"你去？真把自己当人物了，你算什么，镇长会愿意见你？安安去都比你有用。"

迦农的脸涨红了："为什么非要苏珊娜和安安去？不能有事，把女人推出来！"他望向图昂，希望他说几句。可是图昂咽了几口唾沫，为难地转过头。

安安赔笑道："迦农，没事的。这么多人要吃饭，斯综老爹还病着要调理。有些人就是嘴上占占便宜，不会真怎么样的，我们虽然不是艺人，但是好歹是乐者啊！"

迦农的眼睛里冒出火来："我宁可不演，也不要女人出头！"

大卫也火了："你了不起，你不用吃饭。想想要不是塞壬乐团收留你，你还在大洋城洗盘子呢！你以为你写了几个曲子就能跟你老师一样有希望成为艺人了？呸，你跟我们一样不过是乐者罢了。要不是乐团里老爹老了让出了名额，你连做一名乐者的资格都没有！我劝你安分一点，不然做不了乐者，你就只能放弃原人的身份，去当改良人了。"

"大卫，好好说话！"安安没想到谈话突然升级为争吵，吓得脸都白了，她求助地看向图昂，后者正望着外面似乎根本没听到眼前的争吵，她只好又看向苏珊娜，而她依然低着头。"我去找老爹！"她刚跳起来，却被人拉住胳膊。

是苏珊娜。苏珊娜站起来，拍了拍衣裙："大卫，我知道你不喜欢迦农，但没想到你心思这么龌龊。"她迎着大卫愤怒的眼神，轻笑，"以前我以为你因为我关心迦农而嫉妒，所以处处针对他，我还心中抱歉。现在我知道我没有看错人！你说你遇到了那个蝙蝠人，你为什么不说你是在哪里遇到他的？"

说完，她转身走出了客栈，留下脸涨得红紫的大卫。

"在哪儿呀？"安安的注意力被转移，追着大卫问，转头发现苏珊娜不见了，追了出去，"你去哪里？等等我。"

苏珊娜和安安回来时，带来了出人意料的好消息，螳螂人镇长不但改口同意他们加一些新编的节目还提出到时候会带几个朋友去捧场。"艺术是高雅的，应该允许它展现自己多姿多彩的可能。能够有机会欣赏那些大人们才能欣赏的创新作品，是我的荣幸。"镇长真诚地说。

"太好说话了。还有会不会有阴谋？"苏珊娜带着几分轻松的慵懒和大家交流，"他所说的朋友。那人什么身份？是不是那个'朋友'给他暗示，他才转变了态度？"

"是的，开始他还不想见我们。后来不但答应见我们，还特意跑到门口来接我们进去。我打听过了，镇长家里刚刚来了一位了不得的贵客。是不是这个贵人，觉得无聊，想听点新鲜的。不是说，艺术城里的大人们最喜欢做联邦法规不允许的事吗？"安安补充她得到的小道消息。

图昂开头因为刚刚勉强苏珊娜的事还有些尴尬，这会儿认真听了两人的话，也慎重地思忖起来。"是因为有人要听我们的表演，这个滑头态度才有了转变。大人物是不会欣赏只配给虫子听的音乐的，我们就没有必要藏着掖着了。迦农，把你的手段都拿出来，让那些眼睛长在头顶的大人见识一下。"

"太好了，我可以唱迦农写的那些新歌了！我可喜欢了！"安安首先跳起来响应。

"可是，动静太大，会不会让音乐管理局注意到？"苏珊娜有些不安。可是没有人把她的担心放在心上，乐团太需要一场真正的演出来赢得丰厚的赏金充实早已干瘪的钱袋。

九

图昂没能在镇上如计划的那样都逗留，不出意外地收到一大笔赏钱后，他就带着乐团匆匆离开了。对其他人的询问，他只是支支吾吾说是想赶到蚂蚁城，看看能不能请苏太太帮忙找个医生给老爹看看。私下里他跟老爹坦白了自己离开的原因。

那天他们果然见到了镇长和他的"朋友"。看到镇长在一个年纪不大的人面前毕恭毕敬，他们确认了这果然是来自音乐城的大人。这位年轻的大人，穿着浅紫银边的长袍，显然对音乐很精通，他对乐团的违规行为视而不见，饶有兴趣地听了乐团的演出，对迦农尤其感兴趣。在欣赏了迦农成名作《天籁》后，详细询问了他创造的灵感从哪里来。迦农难得遇到志趣相投且年纪相仿的，也很有交流的热情。要不是镇长的复眼已经闭了一大半，他们说不定还要聊下去。最后年轻的大人询问了乐团接下来的路线，表示要不是还有要务，一定会考虑同行，多享受几次音乐的洗礼。迦农得年轻大人的邀请，有空去音乐城一聚。

图昂得到年轻大人丰厚的赏金后，又去拜访了一下镇长，很懂事地抽了一半赏金作为对他安排的酬谢。镇长一扫之前的困意，健硕的手臂亲热地拍打图昂的肩，直接把没经过身体改良的乐者给拍趴下了。

镇长歉意地让图昂缓一缓第二天一早再回去。就在图昂在镇长家柴房辗转难眠时，他听到两个人的对话。

"你让他来音乐城找你，却没有告诉他你的名字。你是忘了，还是不希望他真的来？"一个中年人的声音。声音不高，语气也很平稳，那份淡淡的讥诮却让见多识广的图昂一下子汗毛竖了起来。

"对不起，大人，是我的疏忽。"这是那个镇长的贵客，年轻的大人的声音。他对中年人的谦卑而隐忍的姿态让图昂的心都要停止跳动了——还有一个地位更高的人。他为什么藏着不露面？

图昂想起演出时，他留意到年轻大人的身后有一个全身藏在斗篷和兜帽里的人站在一群警卫中间，当时他以为是个随从，只是看一眼就过去了。现在看来，他还是警惕不够。

"你在怕什么？怕他知道了你的名字，就会想起你是谁，就会谈到达达尼斯，那个你不愿想起的人？你的格局这么小，真叫我失望。"中年人的声音冷冷的，图昂觉得没有吱声的年轻大人应该和自己一样被这话冻住了。

"还好，你没有完全不认她，你的母亲，她到底是——但是你上次拒绝和她相认，她会很难过。你还是不明白一个优秀的艺人，不能放弃什么。"中年人叹了口气，语气缓和了些，"考察结束去蚂蚁城，看一看她。你如果早点领悟……也许就不会只是嫉妒他了。"

"谢谢大人，我明白，你之前说过，我的音乐缺少感情，他的音乐里有。"年轻的大人说得很艰涩，浓浓的委屈失意让图昂吃了一惊，他们在说谁？

两个神秘的大人后来没再说什么离开了，他们一定以为当时在作为客房的院子里只有他们。图昂等第二天镇长送走了客人，没人注意到他才悄悄离开。他把偷听到的这些和老爹一说，老爹沉默半晌问："你后悔我让你保持原人身份，做一个为生计奔波的乐者吗？"

图昂没想到老爹问这个，他摇摇头："有人觉得保持传统是一种虚荣，我年轻时也许也有这样的原因，可这些年过来，我越来越清楚，我很骄傲我可以保持传承。"

老斯综·塞壬露出欣慰的笑容："那就等着吧，看看音乐之神到底要我们做出怎样的努力，来敬献我们谦卑和虔诚。"

话虽这么说，老道的斯综老爹还是建议乐团尽快赶路，早点到蚂蚁城落脚，那里毕竟是移民的聚居地，对流浪乐团的态度友好的人，万一有什么情况，也能得到帮助。

"我老了，不要为了我耽误大家。"老斯综嘱咐图昂，"该演出还是要演出，出了什么事也不要怪迦农，他是无辜的。"

在后面几个镇子演出时，那个年轻的大人没有出现。图昂觉得他大约是去做那个中年人说的什么考察了。但是那个身穿斗篷的神秘大人却跟随在乐团身后，连乐团的其他成员都注意到了。在经历了紧张不安后，大家也就麻木了，要是得罪了音乐城早就得罪了，不如该干什么就干什么吧。

乐团慢慢靠近边境，过了前面的那片戈壁，就踏上去蚂蚁城的辖区了。

峡谷那边的放逐之地到底是怎样？那些被放逐的人们在那片土地上过得怎样？视野中那里也是一片荒漠，黄褐色的大片的平原一直伸到天边，彤色的天幕下闪着电子风暴的白光，充满未知的恐怖。

坐在第一辆车上开车的图昂收回目光继续漫不经心地扫视前面简陋的路面。突然他眼神一紧，不敢置信地看着远处——一队联邦军人拦在前面。

两辆车先后在阻拦者面前停了下来。车上的人一个个狐疑地跳下车，被荷枪的警卫驱赶着往前。

这群人中间围着一个人，警卫们簇拥着他，保持着高度警戒。在距离还有差不多十米时，塞壬乐队的成员被拦住了。"你过来!"一个警卫对面面相觑的众人一挑枪口。

终于搞清是对自己说的迦农还在狐疑，就被推搡到前面。

一排警卫退开，迦农看到了那个人，他背对着人群，似乎在出神地眺望峡谷。赭红色的崖壁密布了无数黑色的阴影，显得既壮观又苍凉。一身暗紫色长袍外罩黑色披风，在这样的背景下，有种说不出的神秘得令人窒息的味道。但是迦农很快就不紧张了，他认出那就是那个尾随他们走了几个市镇的大人物。

塞壬乐团走的是流浪巡演的路子，所到之处差不多都是不起眼的小镇，像蚂蚁城大洋洲这样能提供现成演出地是很少的。他们的观众也不过是只能无所事事不求进取的平民，能够跟着音乐扭一扭吼一吼就算理解了音乐之美。虽然偶尔有自恃身份的富人和地方势力会邀请他们登门，但那也是装点门面居多。塞壬乐团虽然受欢迎，大家老说，听了他们的歌睡得香——有听着听着睡着的，也胃口好——吃了一半跑去买吃的也有，可是真正听出意思的很少。但是最近，迦农发现有一个神秘人频繁出现在他们演出之时。面具和带锥帽的斗篷把他藏得很深，但是他身边目光犀利的警卫，还是透露出这是一个不能得罪的大人。

这个神秘人每次听他们的表演都很认真，而且显然是懂音乐的，因为他总在乐团演奏到得意之处抬起头，目光灼灼。对方想干什么？这些天大家一直猜测这个神秘人物的身份和目的。

"不管是谁，都是我们得罪不起的。"图昂·塞壬咬着指头，"不管了，是福是祸都是躲不过的。我们演我们自己的。"

这个神秘人在跟了乐团八场后，突然消失。大家还很奇怪，想不到又出现在这儿。

他终于露面想说点什么了吗？可为什么不是找身为团长的图昂，而是自己。迦农很奇怪。

"大人，他来了。"有警卫在陌生人耳边报告。那人转过身，于是迦农可以清楚地看到他从锥帽露出的脸，戴着银色眼罩，苍白而削瘦，嘴唇紧紧闭着。迦农知道他在打量自己，不由挺直了身子。陌生人不做声地一步步走近迦农，在他面前停下，藏在暗处的眼睛闪着副人的光。迦农也毫不示弱，似乎想用目光与对方做抗争。

"你是迦农，达达尼斯的学生，现在在塞壬乐团当乐者?"陌生人终于缓缓先开口，虽然是疑问口气却是不容置疑。有趣的是，他的语调里有一种奇特的旋律，这在迦农耳中是那么明显，是一位造诣很高的大人呢！迦农警惕地望着这个浑身洋溢着说不出威严而优雅的陌生人："这些都不是什么秘密，我很想您早点告诉我，像您这样的大人物到底想干什么?"陌生人似乎叹了口气："性子还是急，八年了也没有改变。"

这话让迦农的眼睛瞪大了："你知道我来这儿八年，你是怎么知道的?"迦农只记得自己流浪到大洋城，三年后达达尼斯带他四处流浪，而他得到老师的同意在图昂·塞壬的父亲——团里的老乐手，生病后到塞壬乐团帮忙也不过是半年前的事。

陌生人并不理会他自顾说："你还有一个月满十八岁，到那时你就要面临人生的选择。"

迦农更吃惊了，他悄悄望自己腕上的铭牌。

这铭牌每一个人都有，上面刻着出生时间，以及籍贯等重要身份信息。可迦农的铭牌虽然有出生时间，籍贯什么的却不知为什么被削去了，而他也对自己出现在蚂蚁城之前的情况一无所知，以至他一直被视为黑户。自己从哪里来? 怎么会没有过去的记忆? 为什么自己表现出和别人不一样的对音乐的狂热? 为什么老师说他是为自己而来？这些困扰自己的问题，达达尼斯不愿解答，出于对老师的敬重，他也就再没提起。

联邦规定所有平民在 18 岁都要确定自己将来的发展道路，也就是完成改造。改良人身体机能更强大，更胜任联邦设定的社会角色。是做一个甲人，还是虫人，可能是一般人在成年前的烦恼，但是对迦农而言，他烦恼的却是如何避开这个选择。

陌生人笑了，露出整齐洁白的牙齿："我知道你不甘心做个改良人。"迦农挺起胸膛："我已经申请做乐者了，将来我还会通过努力成为流浪艺人。我做得到。"陌生人摇摇头："我听过你的表演，我知道你很有才华。但是如果你不做进一步努力，你就不可能有提高。你需要突破。"迦农这下能确定站在眼前的是一位真正的艺人，从艺术城来的大人。

"在一个不懂欣赏音乐的平民世界做个流浪艺人，那样只会埋没你的才干。你应当到艺术城来深造。你有没有想过，也许有一天你会成为能够创造音乐的音乐大师。你会在艺术城获得成功，你将会在最负盛名的'星光之夜'展示你的才华。在万众瞩目中，恢弘也好柔美也好，音乐如水倾泻，敲击每一个聆听的耳鼓，灌注进每一个高贵的心灵。你会戴上象征缪斯的羽冠，那可是所有艺人至高无上的荣耀！"陌生人目光灼灼地盯着迦农，"我不仅相信你能成为艺人，更相信你能成为大师，前提是：你听我的！因为只有我可以真正帮助你！"他伸手去握迦农的肩。

迦农专注地听着，似被他的话语蛊惑，眼里露出异样的神采，但当陌生人靠近时，他清醒了，退开一步避开了对方的手："你能帮我？你比我的老师达达尼斯更优秀吗？"他审视了对方又说，"也许吧。因为你是从那边来的。"

陌生人露出古怪的表情："达达尼斯，跟他比？哼，曾经有人说他将是有史以来伟大的艺人之一，但是他放弃了这个可能。他一定没有告诉你，他其实是被赶出了艺术城而成了一名流浪汉的吧。胡说什么艺术要……"陌生人突然停住捂住嘴咳了一下，"我可以自负一点说，在艺术长老院，我还是可以说一点话的。你不要担心没有一流的老师指点你。"

迦农很可惜他之前的话没有继续下去，他一直好奇老师的过去，苦于老师不愿谈起。他摇摇头："我不知道你是谁，但我谢谢您的好意。"陌生人有些吃惊："你不相信我？我是……"他有些迟疑。

迦农打断他的话："您不需要为告诉我您是谁而为难。我知道您是一位大人物。您真心诚意地想帮助我，这让我既吃惊又感动。但我不能接受。"他转身面向峡谷："本来我还在困惑，成年后的我该走什么路。您的话让我明白了，我不需要头衔和荣誉。我很敬爱我的老师。我的老师曾经说过，爱音乐就为她献出全部的热情好了。我希望自己能像他那样。"

陌生人吃惊得望着他："你知道你在说什么吗？你拒绝了我——你居然选择像那个蠢货一样！白费了我的心血！"他不等迦农发声抗议，示意一旁静静守候的警卫："把他给我抓起来，带走！"

"你不能这样做！"看着被警卫毫不费力就控制住，徒劳挣扎的迦农，苏珊娜姐妹跳下车，跑过来营救。但她们哪里是训练有素的联邦警卫军的警卫的对手，被推搡得站不住脚。大卫·塞壬见不得她们被欺负，火冒三丈冲过来。警卫们对他可就更不客气了，几下就把他按在地上，一顿暴揍。

"住手！"一片混乱中，图昂·塞壬大喝一声，他的眼睛通红，怒视着陌生人："苏白楠，我有话跟你说。"

塞壬乐团的年轻人停止了与警卫的对抗，迦农也艰难地扭头望过来。苏白楠，那个被人称为苏先生的大人物？作为音乐艺人主席，即使是没有机会触摸音乐的平民也知道，他是怎样的不可想象的存在。

十

望着塞壬乐团的车队渐行渐远，苏白楠这才回首示意放开被羁绊的迦农。迦农几步窜到已经被栏杆阻绝通道的大桥前。远处，车队扬起尘土，没入放逐之地灰蒙蒙的天际。

迦农目眦尽裂："他们做了什么？""他们违反了联邦法规2317条：不得未经审核自行谱写和传播音乐！"苏白楠冷冷地说。

"那是我做的，是我，我写的曲子，是我违反了该死的法规，不是他们！你为什么不把我也驱逐了！我不怕和他们一起被放逐！"

苏白楠摇摇头："总有人要为联邦的尊严承受罪罚，但那人不是你，你不应该去那里。

"不应该？为什么我不应该去？你不让我去？出于你可笑的对我的厚爱？"迦农不敢置信地嘲讽。

苏白楠点点头："你这么说也可以。在一群流浪者当中待久了会毁了艺术的高雅。你的才华不能被浪费。所以他们去放逐之地接受惩罚，而你，我要带你去艺术城。"

"你没权利决定我的命运！"迦农愤恨地试图冲到苏白楠面前，被警卫拦住。他还想挣扎，一名警卫不客气地在他头上敲了一下，迦农抱住头栽倒到地上。

看到这些却来不及阻止的苏白楠发出一声咆哮："不可以！"他急切地抬起手臂，一道白光从他腕下射出，那个粗暴的警卫被掀翻到地上，失去了动静。这下所有的警卫都愣住了，他们从没见过苏白楠这样生气过。迦农也觉得不可思议：他为什么这么紧张。

　　"你的大脑不可以受到一点点伤害。"苏白楠毫不在意警卫的诧异，蹲下身掰开迦农的手查看他的头。

　　现在靠近了，即使有面具的阻隔，迦农还是可以看出他长着一张清秀然而刚毅的脸。这张脸似曾相识的让迦农费解。但此刻更让他吃惊和不安的，是苏白楠目光中的担忧和不舍。

　　"为什么？"他问。

　　苏白楠摊开手，露出一丝温柔的笑容："好吧，马上就去艺术城，再隐瞒也没意义了。我，是你父亲。"

　　这下迦农彻底傻了。这比刚刚得知他就是音乐艺人主席还要让他震惊。"现在也可以告诉你了，你从来就是艺术城的后代，你来这儿全是我的安排。"

　　苏白楠恢复温文尔雅的风度给迦农讲述他的来历："这个世界上的人有不同的生存方式。那些选择作虫人、甲人的平民什么也不要做，到了年龄，机体改良，芯片植入，毫不费力就可以拥有强大和敏捷的身体以及相关技能，然后安心过选择好的人生就好。技术的发展已经让活着没有什么可忧心的，至于不接受改良的平民，除非继承的财富足以生存，否则就是被排挤，穷困一生。"他露出一丝嘲讽的微笑，"有些愚蠢的人以为艺术城突出的地位靠的是装腔作势，是一具没有经过改良的原人身体。他们懂什么！事实上未来成为这个世界最优秀的人类，传承和发展人类创造智慧，每一个艺人都付出超出常人的努力。而艺术世家的传承人更是要经受难以想象的磨砺。你是我的孩子，从小就有超人的音乐才情，我和你母亲都为你骄傲。但这还不够，要成为艺人，光有天赋是不够的。能否发展到那个境界要看你的意志，你的智慧，你的感悟。所以，每一个艺术之家的传承者，都要经受考验，'放逐'就是其中最重要的历练。'放逐'，你懂吗？所以你从艺术之城被送到这里。"

迦农不敢相信地望着苏白楠。"我没有 10 岁以前的记忆，也没有前接受过音乐训练的印象。我一直不明白为什么我想不起来。是你抹去了我的记忆？"

苏白楠轻轻叹息："没有对艺术真挚热爱，你心底的艺术才智就无法激活。只有把艺术当作生命的最重要部分的传承者，才可能踏上成为艺人的大道。没有经受住考验的，就陨落在外，终身不会想起他的过去。好在，你一直没有停止对音乐的追求，你在历练中表现出的敏感和执着，元老们是非常认可的。"

迦农抱着头沉思不语。音乐艺人主席默默地看着他，并不着急，他在等他消化这些信息。过了很久迦农终于站起身，对苏白楠说："你说的都是真的？"后者郑重地点头。

迦农苦笑："我以为是命运把我踩在烂泥里，而我要努力站起身，做一个顶天立地的人。我以为我是蒙音乐之神眷顾才有了对音乐的感悟，没想到这一切原来都是安排好的一场游戏。"

他神情落寞，摇摇晃晃走了几步，扶着栏杆痛苦地望着远方。苏白楠摇摇头："不，在这场游戏中真正能起作用的是你自己。"

迦农摇头："如果我没有见到那本《乐谱》，如果我没有得到那把吉他，是不是我就会永远被遗弃？就不会有今天这样感人的父子相认？"苏白楠避开他咄咄逼人的目光。"如果你足够聪慧，总有机会被你抓住。"

"那么我被人辱骂，被围攻呢？我也有过想随遇而安，也遇到过堕落的诱惑，多少次我想：算了，做个改良人也好，起码不用烦恼。如果我选择做了一个虫子，你还会说：我是你父亲？"

苏白楠干巴巴地说："你没有。"迦农点点头："我现在有些怀疑，这些是不是都是你设计好了的。那本让我如痴如醉的《乐谱》是不是你故意丢那儿的？我生病差点死了那回，苏太太预支我一个月的工钱是你安排的？我想我是要疯了。我竟然怀疑达达尼斯老师的出现也是你一手策划。不可能啊，你们互相瞧不起的……"

苏白楠皱起眉："好了，一切都过去了。其他都不重要，重要的是你爱音乐胜过生命，而且现在的你有足够的力量去赢得音乐神的青睐。走吧!"

"我不能跟你走。"迦农声音低沉然而坚定，"就像我不愿屈从庸碌的生活一样，我也厌恶被操纵的命运。"苏白楠皱起眉，劝说的过程有些过长了："聪明的人不应该与命运抗争，而是顺时而动。"

他还想说什么，视野中一辆电单车从远处平原驶来，掀起滚滚的灰尘。所有人的视线都被这车吸引，而它果然是冲他们来的。电单车停在这座高架桥引桥下，一个声音从骑手头盔下传来："迦农，音乐不应只呆在艺术城，它应该在所有有感情的人心中。迦农，你忘了塞壬乐团的宗旨了吗？"

听到这个声音，苏白楠咬牙："该死的达达尼斯，又在妖言惑众。"他对身边的警卫说，"去抓住他，送进监狱，让他在那儿清醒几天。"

警卫为难地看看，达达尼斯再混账也不是他们可以冒犯的，人家毕竟是曾经的艺人。不过，苏白楠的话他们更不敢违抗，他在艺术城的地位可仅次于最高处的那几位。算了，他们遵命就是。他们往悬崖下望。太高了！即便他们身体已经经过改良，但是还不够坚硬到可以和崖底石头亲吻。警卫们开始慢慢顺着岩壁攀爬，下到那里还是很要费点事的，希望他们下去时，达达尼斯已经跑了，这样他们不至为难。

　　苏白楠见警卫们分了一半人手往悬崖下去抓人，心中的郁闷疏解了一些。他回头想把迦农带回车里——达达尼斯出现是个变数，现在带回迦农是要紧事——但是他到嘴边的呼唤冻结了，刚刚众人注视达达尼斯的功夫，迦农已经站到栏杆上，似乎要跳下去。

　　警卫想上前，苏白楠急忙摆手止住。

　　"迦农，不要这样，危险，快下来。" "不，除非你放我走。" 迦农望着正小心翼翼往悬崖下去的警卫。

　　"这是不可能的。你的艺术才情珍贵难得。你已经不属你一个人，你是联邦的财富。历练是每一艺术天才的必经之路，而最后，他们都会选择回到艺术城继续深造。那才是对自己天赋负责的态度。" 苏白楠毫不妥协。

　　达达尼斯仰头对摇摇晃晃站在栏杆上的迦农喊道："跳下来，迦农！真正的艺术在广阔的天地，迦农，抛弃那些虚名。我带你去追塞壬乐团！"

　　苏白楠急切地说："风餐露宿，不是被艺术神垂青的人的生活。艺术的初期些许动荡可以磨砺意志、增加灵感，但是艺术的精进必须是需要滋养和易于专注的环境。你小时候检测出非凡的艺术天赋时，你的人生的道路就已经决定了。跟我回艺术城吧，我是你父亲，不会害你。你会有更好的发展机会！我保证！"

迦农目光闪动，久久伫立。岩上的风吹得他衣衫猎猎翻飞，带动得他的身子也晃动起来。悬崖下，警卫们渐渐下到底层，有胆大的直接跳了下去，坚硬的铠甲果然保护了他们。达达尼斯一边驱车绕过最先围堵过来的警卫，一边放声大笑："迦农，难道你忘记自己的誓言了吗？爱和自由是音乐的双翼，来吧，迦农，不自由毋宁死！"

迦农笑了，喃喃道："对，还有爱和自由。为音乐而生——我没有忘记。"他转头望向苏白楠："父亲。如果你真的是我父亲，就应该了解我。让我把握自己的命运吧！"说完他张开双臂飞翔一样跃下……

十一

"感谢艺术诸神，他选择了抗拒命运！"一颗晶莹的泪滴流下苏白楠白皙的面颊，他急忙悄悄拭去。迦农从桥上一跃而下的身影一遍遍地重现在巨大的屏幕上。

几位穿紫袍长老从苏白楠身边走过，施礼："祝贺您！"苏白楠也微微屈身。

等长老们都退出后，苏白楠身后的门悄悄开了，一个白衣少年探出头来。

"迦叶，怎么跑这儿来了。"苏白楠皱起眉。

迦叶有些畏惧地看着屏幕："妈妈说有好些日子没见到我，所以……"他再一次瞥了屏幕一眼，"他是谁？"

苏白楠望向屏幕上的人影，脸色和缓了些："几年不见，你都忘了你哥哥什么样子了。"迦叶"哦"了一声，见父亲不再不快，走近了细细打量："他长成这个样子了。他为什么跳下去，那不是……长老们为什么要祝贺您呢？"

"你哥哥拒绝成为艺人。你一定觉得可惜是不是？"少年迦叶点点头。苏白楠看了看他继续说："但他却可能超越一般的艺人，成为艺人中的顶级——艺术家。艺人和艺术家的区别就在于后者不循常规，特立独行。只有自尊自立的人，才能开辟出不同既往的道路，才可能成就不俗的事业。长老们祝贺的就是这个。"迦叶不解，几乎叫起来："可是他从那么高的地方跳下，怎么可能不死？还能做艺术家。"

"他不会。"苏白楠手轻轻一按，雪白平整的墙壁慢慢变得透明，一个身影静静地躺在那儿。

"他被救了？""不，从……他一直就躺在这儿。每一个艺术之家的孩子都是瑰宝，怎么舍得真让他去那种地方冒险。你哥哥只是在做梦，一个长了一点的梦。梦里有他与将来发展密切关联的东西，一本琴谱，一把吉他，一个乐团，甚至突然涌现的创造冲动。它们都是信息码的方式漂流在他周围，就看他能否在梦里察觉并运用起来。你哥哥做得很好，几乎没有错过每一个契机，这真是少有的好成绩，而且他还通过了向艺术家方向发展的考察！"苏白楠一下子难以抑制激动的心情，满脸喜悦。

迦叶说："我的同学说每个艺术之家只能选出一个孩子传承艺术，哥哥这样优秀，那么我就不需要经历这样的考察了？"苏白楠收敛了笑容，微蹙起眉。他第一次认真看着小儿子，是啊，他也是他的孩子，一个继承了他的血脉和艺术基因的孩子。只是……

"你也很好，"苏白楠看他的眼睛小心地组织措辞，"如果不是生在我们家，如果不是你哥哥比你早出生……"

迦叶扬起脸笑着："我也不想考。很辛苦的，不是吗？"苏白楠拍拍他的肩："其实……"他想想又把话咽了回去，"那当然是很辛苦。你想学，我也可以教你，你只是不需要那么拼命。"

迦叶转开头又问："那他还要往下做梦吗？""当然，他要在梦中学习。只是和以前不同，下一个梦没有预设，没有帮助，一切充满变数，成败完全取决于他自己。那是一个创造者的梦，所有的信息都有待他的探索发掘，构建重组。等他能在艺术神的庇佑下创造出这个梦，他就会醒来，那是一个伟大的艺术家的归来了。"

迦叶惊呼："那太好了。但是父亲，既然这个梦有太多不确定，如果……我是说……"

苏白楠叹了口气拍了他一下："迦叶你很聪明。你担心的确实是这样，世上没有绝对的幸运。如果……如果他失败了，他就像他拒绝的那样，永远困在梦里。"迦叶轻轻"啊"地叫了一声。

"如果你知道你是在一场梦里，你还会那样坚持？你还会做出那样的选择吗？"父子俩一起静默地注视那个平静睡着的身影。

手机的故事

2017-12-30

　　参加完"苹果肾"的葬礼，我和老麦决定坐哪里喝一杯。

　　没想到，其实也应该想到的，我和老麦会在葬礼上相遇。当年我们一个宿舍，那份四年共一个食盆的友情，再加上刚刚那个生死两隔的场景，一个对眼不免心中唏嘘。算起来一个宿舍的四个人，去了 B 国从此杳无音信的郭子，以及今天化做一堆灰躺小木盒里的，就我们俩了。所以两个大男人像当年一样勾肩搭背坐下来，打算叙叙别情。

　　作为成熟的社会人，在干净整洁还播放着巴赫乐曲的这家酒馆坐下后，机器人女招待端上酒礼貌地欠身而去，我们就情绪平复了很多。有分寸了解大学毕业后这十年的经历后，我们开始搜肠刮肚地寻找话题。我们开始回忆同学时光。按说不该背后说人，尤其是一个人土为安，刚刚参加了他葬礼的人，但是朋友这东西，离开了就话题稀缺。安全有趣的话题不多，于是不知不觉就绕到他身上。

"说起来还是郭子厉害啊，一声不响地出了国，成了外国友人。"老麦挠了挠头。

"那时候我们只顾疯，没好好学，就郭子看着颟顸，内里精明，考上了公费。"我点点头。

"他小子还和我们说，家里有钱也不一定要出国，未来的发展趋势中国成为新的世界中心。不稀罕这个名额，他就学着玩玩。我们都上他当了！"老麦骂骂咧咧地，猛喝了一大口。"我们骂这孙子时，那个人——"他迟疑了一下，头冲墓园方向点了一下，"哭得可伤心了。他是真心想得到这个名额，想得快疯了！"

我也沉浸到回忆中："可不，那么喜欢苹果，一心希望将来到苹果公司工作的人。"

"'苹果肾'！"老麦噗嗤笑了，"我们给他起个'苹果肾'的外号。"

"苹果肾"就是今天躺到骨灰盒里的那个人，原名顾珏申，算是个计算机系的高材生，当然也就是我们那个三流大学计算机系的高材生。出于对技术的崇拜，他特崇拜苹果的创始人乔布斯，然后特迷恋苹果的产品。当年只要是苹果公司的新产品问世消息传出，他总是宿舍里第一时间知道的，然后比恋爱中的人还要痴情地等待上市。

想到这里我不禁摇头："那时有说经济困难的小青年为了显摆卖肾换钱好去买苹果手机的。我们还以为太夸大其词。可那天，我发现'苹果肾'在查'如果要卖肾，怎么找到买家'。真是活见鬼！老麦，你当时把他一通好揍。还说，他卖肾的话，就先把我们请他吃饭的饭钱还回来。你记得吗？"

老麦也笑骂："可不是。可能是不想还饭钱，顾珏申保全了他的两个肾。可我们哥几个是真要他还吗？不过是吓唬他。他个傻冒，大学里人家买苹果手机，是为了显摆，好钓凯子。你想啊，到哪儿，苹果手机一掏出来，不要说打个电话，就是漫不经心地往那儿一搁，那就是有身份家底厚的象征。"

我点头赞同："漂亮的女生都势利，她们不懂 DDL 和 DML 的区别，但她肯定不会不知道最新款苹果手机的价格。像我们都追过的那个英语系的系花，最后还不是一部最新款的三星手机就让她倒到了富二代怀里。那还不是苹果的呢！"

老麦笑着指我："什么追系花？别扯上我，就你和郭子两个家伙去追的。"他停了会儿，补充说，"顾珏申也没有。入学时，辅导员让我给所有人做了登记，他父母都是普通职工。所以看到他用的是苹果手机时，不要说我们几个，就是为他申请了困难补助的辅导员都觉得上了当。"

我点点头："而且那时他总是用最新款苹果机。后来才知道，他是新的一出现就把原来的低价卖了，换成新款。他的贫困生补助也因此没了。"我们都低头不语了。

他的贫困补助后来被取消的原因，是有人写了举报信到系里，说他真是贫困生怎么用得起新款苹果手机。查证属实。虽然辅导员解释他那是崇拜乔布斯，想研究苹果手机的技术，也没能说服系里领导。也是，乔布斯是怎样的天才，我们这样的三流学校的出来的学生想追随他？别笑掉人大牙了，都是借口！

他老是舍不得在吃穿上花钱，穿得邋遢不算，还老是饱一顿饥一顿的，搞得面黄肌瘦的，像个难民。以致后来我们几个看不下去，经常拖他去食堂。我还偷偷给他充饭卡。我们的意思是，别是替他保住了肾，他最后却因为营养不良挂了。"苹果肾"的外号就是那样的情况下叫响的，而且他也不反对，还有几分欣然接受的意思，似乎欣喜于能和苹果公司联系得上。

可惜"苹果肾"虽然膜拜乔布斯，以他为榜样，却好像没有那份才气，毕业后也没能去什么大公司，最后去了家二线手机公司，也算投身热爱的行业了。不过整个信息世界的整合趋势无可阻挡，最后全球的手机制造研发就集中在那么几家身上。"苹果肾"从三流学校毕业，以一流的头脑，去的二线城市的二线企业，在激烈的市场竞争中能折腾出什么。毕业后最初几年的联系就是他混得很不如意。他没结婚，当然我和老麦也没有，就是不知道去了B国的郭子有没有结婚生子呢。

为什么我们都没生？很简单啊，现在不比二十一世纪初那会儿了，现在是承前启后继往开来的世纪中叶，结婚已经不是件简单的事。不是精英人士，普通人结婚也没个啥意思。大多数中产阶层觉得与其找一个与自己相当的同为社会基数的组成家庭，再累死累活仅仅是为生育一个很可能被基因拖累再成为基数的后代，不如认命，自在一生，找个机器伴侣照顾起居就好。那些名校毕业，又进入超级企业的精英们，拽着不肯结婚，搞得国家非得用'生育关系人种存续，基因优化功在千秋'的大帽子才能说服他们拨冗结婚生子。

不过我觉得一种普遍的说法更可信，那就是：只有上层的社会精英才有财力有资格养育未来的上层。这一说法才能打动了精英们那颗骄傲的心。当然那些生活在混乱无序中的人是不管的，他们既不追求高品质生活，也买不起中产阶层才可以承担的机器管家（伴侣），对未来对人类使命全无考虑，就是低层次的满足活着的状态罢了。也是靠了他们毫无自制的生育繁衍，在混乱无序中挣扎一生，也许天幸下一代中会有个变数，才保证了社会存续必须的基数，也才有了中产阶层摆脱家庭之累的可能啊。

"苹果肾"、老麦和我都没有结婚，这一点让我一度因为自觉难以爬上上层而被刺痛的心好受了一些。但是今天出席他的葬礼却让我觉得他应该远比我想象得要过得好些。

"你是怎么知道'苹果肾'的死讯的?"我问老麦。

"估计和你一样。"老麦挠了挠头说。哼，不肯直说，这家伙太奸诈!

我只好点点头："有一家名叫'挥手云彩'的公司通知的我，后来才知道是专门负责丧葬事务的。"

老麦若有所思地摸摸下巴，神情有些不自然："看来他还是和你交情好些。我是在《环球人物》网页看到的讣告。"

我有些诧异，那可是专门刊登精英人物吃喝拉撒等消息的。转而一想，突然想明白了。也是，"挥手云彩"也不是一般人去世会找的丧葬公司，而且他们能找到我，为我能参加葬礼打点了一切。那可是大手笔啊，包括我工作的公司特批的带薪假期和全额补贴，声称绝不会影响我的年假和年终奖，不会影响我全勤退休金和将来进福利院的全职贡献员工折扣补贴。按参加的人数看，这样的人，今天来的还不少，说明"苹果肾"早有遗嘱，而且为此付了一大笔钱。

我理解老麦的心情，有些暗喜也有些尴尬。"苹果肾"之所以对我的特别关照，不就因为我当年给他充了几次饭卡吗?

我连忙说安慰老麦："经常看《环球人物》，老麦你混得比我好啊!"

老麦又一次挠了挠头，我疑心他有秃顶的可能。

"哪儿啊，我就看了玩玩。这不看见了讣告，心想着不能兄弟一场，走了不来送送。早知道你也来，还有这么多人来，我就不怕他走得孤单了。"他呷了口酒，漫不经心地说，"也没白来，今天站前面的一个，不是致辞的那个，是站第二排第一位的那个，德盛的副总，你认出了吗？"

"我的天啊，怎么不早告诉我？"我差点从椅子上跌下来。

德盛，那可是和苹果齐名的公司，重要的是它还是本国最大的通讯集团，可以说是垄断了整个电讯行业。我的大脑翻腾起来，"苹果肾"的葬礼居然来的是德盛的副总，那说明"苹果肾"已经混得相当不错了。他不再是我以为的和自己旗鼓相当的小角色，我心里隐隐感到失落。人们常说你可以接受别人的突然暴富，却无法接受朋友的突然发财，大概就是指的我此刻的心情。

但是我很快就心里暗骂自己不是东西：他已经死了，你嫉妒一个死人还是个人吗？我这样一想，就不那么酸了，相反，我真心为他好不容易有上升机会却早早陨落感到痛心。

"真是太可惜了！天妒英才啊！"我心情无比沉痛地猛捶一下桌子。

当然我更后悔自己与一个和业内大佬接触的机会失之交臂。我怎么就没有多看看《环球人物》，我早看到"苹果肾"，不顾珏申的消息，凭我当年给他充饭卡，不，救命之恩的交情，难说有什么际遇。最近几年我真的不求进取自甘堕落了！

"那你应该和德盛的副总攀谈上了？"我装着漫不经心地问老麦。

老麦笑了笑，笑容里藏着几分奸诈："我哪搭得上这样的人物啊，你没注意人家前后有那么多人围着，还有保镖呢！"没等我松口气，他又叫人牙痒痒地奸笑："不过和我身边的一位女士说了说话。"我紧张地竖起耳朵。"她是图多设计的夏郁青，我给她看了我做的传媒，她答应我去她的公司应聘。"

"天啦！"我猛地站起来。拉动了桌布，红酒杯倒了，流到桌上再沿着桌布滴滴答答落到地上，一阵杯碟碰撞叮当，勺子掉地上滑出老远。老麦和我一起站起身等机器女招待过来收拾。

等一切重归整洁有序后，我和老麦坐下。但我的心绪已经乱了，我疑心老麦邀请我来聊聊的初衷就是为了恶心我，就像当年他谈了女朋友故意带到宿舍寒碜我和"苹果肾"两个光棍一样。但我更恨自己，还是缺少情商和智商。老麦能看到的机会，我怎么就没看到。

我当时虽然有些诧异于突如其来的旅游机会，却没深思。曾经有一个机会放在眼前，而我却没有抓住，人生最痛苦的事莫过于此！我觉得从今以后我会不停回忆今天——我有生以来最接近上层人物的这一天！我会无数次梦见我在葬礼上根本没加理会的，我身边的那个白头发老头。他仪态端庄气宇不凡，他不会是"苹果肾"的亲人，更应该是某个和德盛的副总或者起码和图多的夏总身份相当、完全可能把我从眼前处境中拉上去的贵人啊。我太糊涂了！

"老麦啊！还是你厉害啊，就念篇悼词的功夫就搭上了贵妇。"我笑着，但是估计这笑比哭还难看。

老麦拍拍我的肩："哥哥我当年教你们，机遇从来只青睐有准备的人。再说，和女人搭讪不也是哥的强项吗！"

我点头认怂。喝下最后一口酒我再坐不住了，赶紧和老麦道别，说我想起还有要紧的事要办。当然，我没忘了跟老麦要了电话号码存到我的可视电话里。一方面固然是我不想再看老麦志得意满的嘴脸，另一方面我还真有事要做。我想着如果可能去找着"苹果肾"的父亲，看看还有没有机会。"苹果肾"应该告诉他我的存在。

他父亲的电话，去殡仪馆查一下应该可以吧？

和老麦在酒馆门前分手后不久，我又想起一个重要的事。葬礼上我因为下周的例会发言有些分神，没听出"苹果肾"是怎么去世的。如果和"苹果肾"的父亲谈起他的去世，却对他去世的原因一点不知道就太失礼了。

我连忙翻出手机号码，拨通给老麦的电话。

他在电话那头哈哈笑了。"你不知道我们这位同学是一位了不起的手机发明家？"

"听悼词上说他促进了手机革命性发展，参与什么可植入式手机芯片，我还以为为留给死者贴金，夸大其词呢。"我这才意识到我错过了什么。

尴尬间，我抬头四望，然后我惊呆了，我对面的投放屏上正在播放新一代手机广告。"触摸屏科技植入，指掌之间把握自我。"这就是2044年手机的最新型号，不止在眼前，它的广告正在全球各大广告位投放。可植入芯片技术革新了手机的应用，可以说是让手机成为了真正意义上的手机。那是把高能手机芯片植入掌心，达到便携的效果。前几年开发出来就获得追捧，没想到发明人竟然是我们的"苹果肾"！

"最初的掌心植入就是"苹果肾"提出的。"老麦不介意给我普及一下，"开始材料工艺还不成熟，'苹果肾'的设想没办法实现。他当初工作的那家二流公司曾指望靠他的专利翻身，后来消息被泄露，公司很快破产。他失业后被多家公司挖角，当然谁也比不过德盛啊。以后就好办了，财大气粗的德盛很快解决了一切问题，就有了现在最时髦的植入式手机问世啊。"他在可视电话那头，摊开自己的手心看了看，"如果这次能进入图多集团，相信我不久也可以装上这样的手机。"

我咬咬牙问："那他到底什么死的？"

"摔死的。"老麦望着远处一边走一边看手机的人们。"第一次发明手植式芯片他就摔了两次，第一次是软质箔芯片研发时，他摔倒时怕划坏手心的屏幕，摔碎了手肘。也因此改进技术发明了成熟的纳米箔芯片。第二次是因为担心扶抓栏杆揉坏纳米芯片，他从楼梯上滚了下去，肋骨和腿骨骨折，这不又研发了抗变形的超级纳米芯片。"

"他还是喜欢一边走路，一边看手机啊。当年就这样碰了多少次头。我记得那次差点被车撞了，要不是你和郭子在旁边拉了一把的话。"

"每次受伤，都能促进技术革新也是好事啊。我不明白，最先进的手植芯片不就是你说的超级纳米芯片吗？他怎么还会摔死？不是有3D坐标提示吗？"我有些奇怪。

"追求无止境啊。他又在研发眼球通讯植入技术。结果这次摔了重了，回老家一个没看清，掉窨井了。可不什么都完了嘛。"老麦也觉得可惜。

我彻底无语了，只能默默致敬"苹果肾"，哦，不，是新一代植入式手机的发明家——顾珏申，我这位了不起的当年舍友。

水孩子

水孩子从藏身的花苞里探出头，伸伸懒腰。

夜晚的风有些凉，也因为如此，没有带来湖边氤氲的水汽。这些殒命水域的亡灵，太过留恋这个世界，总是聚在水滨，迟迟不愿魂魄散去早登极乐。那些小小年纪就成为亡灵，被称为"水孩子"的尤其如此。

以黑色怨气凝结的精灵，腿脚细软，虽然在腋下生出一双小小的黑色翅膀，但是那翅膀比指甲盖大不了多少，比蛛网还要轻薄。白天它们虽可以因阳光的蒸腾随气流到处漫游，却毕竟太过柔弱而易被撕裂。而太阳落山以后，它们更受不了黄夜的风的裹挟，几个鼓荡就形神俱灭了。据说鲜花之所以在夜间闭合，就是要给这些称为水精灵的亡灵提供夜间的庇护。玫瑰花是公认的那些以孩子的形态存在的精灵最好的庇护所。在不动声色收藏了一个两个鲜活生命的水域近旁找一找，那包裹得紧紧的像一颗苍白的或者鲜红的心脏的玫瑰里，有时就睡着一个小小的、黑灰色或者近乎透明的水孩子。

但所有的水孩子都不喜欢呆在花苞里。这些活着就爱动爱闹的精灵，让他们老实呆着，太冷清太煎熬。而且，无论玫瑰花如何层层叠叠地把他们藏在花心，夜晚的湿气凝成冷冷的水珠，还是会将他们雾一般单薄的身子吸附过去。浓浓的水汽包裹了纤细的水孩子，像泪滴，像琥珀，从花瓣上滚落，掉进散发着水腥气的泥土里。濡湿的身体狼狈地爬起来，想甩掉身上的烂泥，重新登上高高的花盘多么不容易。

可是如果不竭尽气力爬上去，夜间出没的虫子会把水孩子当做可口的食物吞下去。虽然最后会因为不能消化而被吐出来，可是在虫子的肚子里过一遍，那黑暗到窒息、黏腻到抑郁的体验，是每一个水孩子都不愿再经历的梦魇。

夜晚是如此之漫长，不再需要睡眠的水孩子拨弄着花蕊，数了一遍又一遍。他们活着时讨厌睡觉总觉得没玩够，现在不用睡了，却发现夜晚如此无聊的漫长。他们数的是花蕊，也是他们人生中遇到的一个个依然鲜活的生命。水孩子渴盼被思念，因为记忆会和身体一样日渐淡去，只有思念会把他带到某个鲜明的梦里。梦是多么奇妙，在那里水孩子渐渐模糊淡化的记忆会被映照而重新点亮。而记忆，对于每一个还不愿消散的水孩子来说，是他们和这个世界最后的联系。

这是一个新出现的水孩子，他还记得原先的名字叫竞华，严竞华。他离世的时候14岁，是个初二的学生。他是在日头初暖时，和小伙伴约了偷偷去江边游泳，不幸成为水孩子的。成为水孩子的最初两天，他处在发懵与极度的愤怒当中，不能接受自己殒命的事实，拒绝附近水精灵的靠近。不能适应新的形态的他，手脚软塌塌的，无法控制身体，只能无力躺着，因此错过了最有能力与生者沟通的时机。直到第三天一个心地善良且有经验的水精灵把他拖了起来，让他在阳光下练习手脚协调，尝试借助风力飞行。

"我第一天就缓过来了，跌跌撞撞跑回家看一看时，力气还大，撞到了放在床头的灯，我妈看见火苗晃动猜是我回来了，就哭了。"这是一个中年亡灵，他骑车太莽撞，撞断护栏，掉江里。本来他水性不错，可惜掉江里时碰到了头，晕了过去，好水性没派上用场。

"我妈请了先生来扶鸾。"这个曾经叫魏大成的精灵眯缝了眼，"那个阴阳先生虽然没什么真本事，不过连蒙带猜，总算把我的心思交代了一二。可惜我没力气扶着写太多，不然……"

水孩子竞华不知道什么是扶鸾，魏大成费劲地解释了半天。然后竞华很好奇："现在你没力气扶鸾了吗？"魏大成摇摇头："阴阳两隔，交流太困难了。刚离世时，执念大，有气力在她耳边喊一声'妈'，有力气借助鸾笔，后来就只能借助风动动窗帘、帐子，表达一些意思。也就我妈，能懂我的心思，知道是我来看望她。其他人都不信，以为她是想我想癔症了。"

"这么说，我已经没机会和我妈说什么了？"竞华伸出自己的手，在阳光下，黑影一般的手臂，果然孱弱无力。

"前三天，容易交流些，以后说是不能了，也不是完全没有机会。其实，一点儿不沟通也好。让亲人早点放下，对他们来说是好事。"魏大成想到母亲请先生通灵后舍不得他，哭瞎了眼，一阵黯然。他安慰竞华："现在我离世已经两个星期了，气力越来越弱，已经不大聚得起身形，也不大飞得动了。咱们现在全靠一点念头存在着，终是要散的。哎——该看的也看了，能了的心思也了了，除了我老娘，我也没什么牵挂的了。"魏大成眯着眼对着初夏明晃晃的阳光，坐在一朵非洲菊的花盘上。年岁大的人喜欢简单的美丽，比如热烈的非洲菊、蜀葵。阳光那么明亮，魏大成的脸型是很有棱角的那种，如果不是现在肤色透明，应该会留下刀刻一般的明暗对比，但现在只有模模糊糊的表情浮现着。那种表情竞华以前从没在意过，现在他一下子知道了，那就是忧伤。

水孩子竞华，再次摊开自己的双手："我不想离开，我还要很多事没来的做，怎么可以就离开了呢？"沉思中，无数的人影在眼前闪过，在呼唤他，他是要去一一看看了。

可怜的爷爷

趁着一阵浓烈的思念，水孩子竞华驾了风飞到空中。在经历了无数次被各种气浪掀翻甚至翻滚的苦恼后，他终于能控制自己来到这几天朝思暮想的家。

两天，不应该是 53 小时 26 分钟没见，家还是原来的家，又什么都不是了。原来的家多整洁啊，现在灰蒙蒙的。是一向爱整洁的妈妈没心打扫了，还是那个放在门口的灰盆里烧的纸灰蒙上的？他的相片，一个调皮含笑的男孩子的黑白照，被放在正中的桌上，两边燃着蜡烛，前面点着香。以往竞华最不耐烦烧纸磕头这些的，现在看到还有些愣怔。

没容他多想，热浪把他吹得飞起来。他还不能把握平衡，骨碌碌地翻了个跟头，撞到了一旁的花架。要是以前一起踢球的伙伴看到他们的队长这样狼狈一定要笑得倒了一地。

竞华捂着额头，把撞得有些松散的形体凝聚起来。他牵着花架上的吊兰的绿色茎蔓，小心地打量家里。

爸妈都不在家，他刚刚飘进来时，恍惚听隔壁的胖大婶的声音，说他们去谈墓葬的事了，家里只有爷爷。爷爷，那个最痛自己的人在哪里呢？水孩子正想着，又一阵痛彻心扉的思念袭来。那撕裂般的痛苦的思念啊，就在这里，就在这件屋子里。他立刻找到了思念的源头。在屋里的沙发上蜷着一个老人，他了无生气地背对着外面躺着，浓郁的悲伤缠裹得他几乎呼吸也不能进行。水孩子放开手中的花茎，拍着黑翼，跌跌撞撞地飞了过去，绕到老人面前。

那个曾经整天笑呵呵的老人，满头竖立的白发，枯黄的面上全是盛满痛苦的褶子。他紧紧闭着眼，可是眼泪在脸上滑出一条闪亮的线，仿佛不会枯竭。他什么声音也没发出，什么动静也没有，除了喉头在剧烈地抽搐。

水孩子被这无声的悲伤一下子抓住。他想哭，可是他哭不出；他想流泪，可是他苍白的脸承受不了这样凝重的悲伤。雾气蒙上他的眼，无数个小得不能再小的星星蒙蒙地洒落。水孩子伸出手臂抱住老人的脸，苦痛的泪水沾湿了他的衣裳。他搓揉老人绳结一样突起的眉头，轻轻地吹，想抚平它们。

水孩子的抚慰让老人脸上的肌肉不那么绷紧，他渐渐止住了哭泣，在噩耗传来他已经哭了三天了，现在他全身感到说不出的疲累。"爷爷，你睡一觉吧，睡着了我们就可以见面了。"水孩子在老人耳边轻声劝慰。"是你吗？是我的华儿吗？"老人呢喃着，沉入睡眠之中。

在梦里，老人见到了他最疼爱的孙子——竞华。竞华拉着他的手："爷爷，你怎么瘦了，这些天，你都没怎么吃饭。你还老说我，自己却不好好吃饭。"老人抚摸着竞华的脸："你跑哪里去了？爷爷还以为你……"老人有些迷糊，不知道为什么转了话头，"你啊，以后不要乱跑，多在家里陪陪爷爷。"

竞华拿着不知哪里来的鸡腿塞到爷爷嘴边："好——以后你也要少喝酒，多吃饭。"孙子把最爱的鸡腿给自己吃，还难得地答应得这样爽快，老人原先心里说不出的不安没了，满满的欢喜。他拿着鸡腿舍不得吃，满眼欢喜地打量快窜得比自己高的孙子：白皙的皮肤，整天在外踢球也晒不黑，这遗传的他们老严家的强大基因。乌黑的头发，大眼睛骨碌碌地转，淘气劲儿不减，还穿着离家时穿的红色运动服。对了，竞华说要和朋友去踢球的。

"竞华，你不要老去踢球，我心里发慌……"老人捂住心口，莫名地感到发紧。

"你看，我热得身上都着火了。我去洗个澡就回来。爷爷最好了，不会告诉我妈的对吧？"竞华冲爷爷眨着眼。

"水冷，还不到游泳的时候。你可不能去江里游泳。"老人叮嘱着。

竞华笑得得意洋洋："怎么不能。我身体是运动员的身体，好得很，一点儿事没有。爷爷，我都去好几次了，你不知道罢了。等再过两年，我还要去冬泳。冬泳，你知道吧？大冬天的，水面都结了冰，在冰上砸出一个洞，人'嗵'地跳进去游。"竞华说得眉飞色舞。老人不敢怀疑，更不敢打断他兴兴头的演说，那样的话，他最疼的小孙子会一整天不跟他说话。

"可惜我们这儿冬天不结冰，如果我以后去北方冬泳，爷爷你跟我去，帮我看着衣服。"竞华一脸郑重地看着爷爷。

老人虽然知道他是在说好听的哄自己，还是心花怒放。"竞华，你去吧，你妈不在家。早点回来。"老人溺爱的话像那天一样脱口而出。像那天一样，像那天一样，然后这个孩子答应了一声开心心地和等在门口的小伙伴相拥而去……老人愣了半刻，然后他惊恐地张大了嘴，喊了起来："竞华，你不能去！不能去游泳啊！"……

老人从梦中惊醒，"竞华，不要去！"他猛地坐起来，伸手去抓虚空，似乎要抓住那个笑嘻嘻的红衣少年。那个少年出去后变成一具冰冷僵硬的尸体回到家中，老人当时就晕了过去。醒来后，就只是流泪，一句话不能说。

"竞华，是我的错啊！天还冷，水里不能去，我怎么就糊涂了，我不该答应你的啊！"老人哀嚎的声音惊动了周围的邻居，一群人跑了进来。他们关注着这个刚刚遭遇不幸的人家，也暗中看护着这个被自责压垮的老人，这会儿见他哭出来，倒是松了口气。

"哭出来就好！"他们抹着眼睛，跟着掉眼泪。拿来毛巾给老人擦脸，给他拿了靠垫倚着，端了熬的粥给他吃。三天水米不进，可不就只能喝点薄粥。

"好歹吃点，竞华要是知道你这样耗自己，不知道多难受呢，为了孩子走得安心，你也要吃点啊。"胖婶把盛了粥的调羹递到老人嘴边。这个见了他在巷子带了风地跑，就要骂骂咧咧的凶悍妇人，这样的细声细语，让水孩子简直怀疑换了个人。

老人抬起头，混浊的眼睛满含悲苦地望着胖婶："他婶，我罪孽啊，多好的孩子，我怎么就让他这么走了，我该死啊。该死的是我这七老八十的老不死，不是我们家竞华啊，他还小，还小啊……"

胖婶点点头："竞华是个好孩子，孝顺，懂事，有礼貌。球踢得……是老天不长眼，谁想到呢，这么好的孩子。看开点，万般都是命，人要信命。不然好好的，都去好几次了没事，也不是不会水，那么多孩子下的水，偏就咱们华儿出了事。早一刻，他妈妈回家，他也去不了。偏咱大妹子那天被事情扯住了。你说，这不是命吗？严大叔，你可别自责了，想开点。这是阎王爷要他去，点了名的，是命啊。"

老人怔怔地听着，这话很多人劝过他，也劝过他儿子媳妇，他之前一点儿听不进去。他当过兵，自诩是坚定的无产阶级，不信鬼神。但今天他做了个梦，梦见那天的一切，他似乎能听进去了。"可怜我的华儿啊——"他闭了眼，眼泪流了下来。

"你要是真痛那孩子，就不要坏了自己身体，好好为那孩子张罗，给他找个好去处。这丧葬大事，要操心的事多呢。你老人家懂的多，不帮看着，竞华他爸妈理事不来。来，吃了粥，有精神力气了，才能好好送孩子最后一程。"

老人点点头，终于张开嘴吞下一调羹粥。他枯瘦的双颊艰难地蠕动，似乎那嘴里的不是糯软的粥，而是棱角分明的石头，硌着他的牙、他的舌头。终于这"石头"吞咽了下去，几双焦急注视的目光交汇了一下，一起松了口气。

屏着呼吸看着这一切的水孩子也松了口气。当爷爷的回忆裹挟着他回到悲剧前的那一天时，他是多么抗拒把那挖心的生离死别再现，他太担心爷爷受不了。亡灵的世界太冷，太飘忽，他虽然不懂事，却也在这几天知道死是怎么回事，他不愿亲人也来领略死的苦痛。但是他无力抗拒，生者的意念太过强大，精灵只能如牵线木偶般再现他们心中的恐惧。还好，爷爷没有被压垮，爷爷重新振作了起来。是啊，爷爷参加过革命，他常说无产阶段革命者什么都不会打垮。他的意志是强大的，怎么可能被悲伤压垮。

火盆又点起来了，爷爷挺着身子跪在火盆前的蒲团上，把一把把的冥纸点燃，丢进火盆。火红的光让他的脸色不那么煞白。胖婶絮絮叨叨地说冥纸要完全烧尽了才能变成阴间的纸钱，翻动火纸动作要轻，不然到阴间就变成残币了。爷爷照胖婶的话一丝不苟地烧着冥纸，以前他可从来对胖婶这些所谓的封建迷信不屑一顾的。那个从来不信鬼神的爷爷，会因为孙子的离开开始相信阎王，相信命运的存在了吗？

不时有人进来，有邻居，有亲戚，也有爸妈的同事和朋友，他们冲照片烧点纸，或鞠躬或磕头，然后丢下一捆冥纸离去。客厅东西的墙壁都快堆满了。这么多纸，爷爷要烧多少时间才能烧完啊！

人们走动的气流和火腾起的气流带得水孩子身子晃动起来，就升上了天空。

水孩子活着时常常想着飞，只是那时只能想想，想着等将来有机会去坐飞机。现在他不需要凭借飞机就能飞起来了，虽然有些忧伤，还是愉快地摊开手脚眯了眼飘荡在蔚蓝的没有一丝云彩的空中。六月的阳光照着他，他每一个发丝都闪着金光。一只鸽子飞过他的身边，好奇地看了他一眼。那是街角王大头的鸽子，他以前和臭味相投的徐旭阳曾经想弄一只来烤了吃，自制弹弓偷偷打过鸽子。虽然没有成功，但显然被这些鸽子记恨了。这只鸽子歪着脑袋用红宝石般的眼睛左右打量着他，然后似乎认出他，恼怒地咕咕叫着，一拍翅膀，把他送得远远的，他终于没法等到爸妈回来再见一面。

体育公园里的狗

水孩子飞在半空，好奇地打量着下方。他还从来没有从空中看过这座他熟悉的城市。

那个小盒子一样的，是他和同学夏天常去的溜冰场，可惜这个夏天他不能和徐旭阳、李浩宇他们比谁胆大敢冲那个连续凸起的路段，也不能拉着女孩子的手，在她们的尖叫声中得意洋洋地倒滑了。溜冰场西面路边绿化带里那个鸡肠一样弯曲的小路上，他和徐旭阳、七班的刘志涛一起骑车被一群小痞子拦住，他们不接受敲诈和对方打了一架，虽然最后被打得破相，钱也被搜走，但是也很好汉不是。那个几幢大楼围着一个绿色足球场的地方就是他初中上的学校——树人中学。他刚刚去了一年，却已经对它又爱又怕：他喜欢那片可以踢得浑身是汗的崭新的足球场，也讨厌每天要坐七八个小时的教室。

说实在的，他不喜欢初中。跟小学相比，初中的功课繁重多了，作业多得吓人。老师也不如小学里那样和气，整天皱着眉，用什么平均分、优秀率、高中升学率吓唬他们，似乎他们一分钟不学习将来就没了指望似的。最让竞华受不了的是，老师只看重语数英这些东西，其他都不让占用时间精力。像美术音乐这些课，竞华虽然也不是很喜欢——他又不是小姑娘，但起码轻松不用费神，是不是？可惜，这些课动不动就被拿走，改上那些一刻不能走神的数学、英语课，甚至是用来考试。要不是他们坚决抗议，一周两节的体育课也难保。

记得那周，第一节体育课因为下雨没上被数学老师要去讲作业了，好容易下半周天气晴朗，盼到要上体育课了。他抱着足球刚想往操场跑，数学老师陈大鹏把他们拦住了。陈大鹏最喜欢抢课了，他的口头禅是"数学要想好，做题不能少"。陈大鹏神情得意地说："体育老师今天有事，体育课就不上了。我们刚好来做一份试卷。这可是老师特意找来的第一中学不外传的试卷，大家要好好做。"

什么体育老师有事！他刚才从教学楼往操场看时，可是看到体育老师大刘嘴里衔着口哨，一只手摆在空中，正要招呼他们从楼上下来。可是大刘的手没摆下来，因为有电话来了。竞华的眼睛视力很好（爸爸说是他没好好学习的缘故），看得清清楚楚的。

视力好，也是好事。爷爷说，将来读书不行，当兵也可以。竞华没想过当兵，他高兴的是不影响他踢球。他的理想是成为像C罗那样的足球明星。他不能想象自己戴着眼镜怎么带球过人，怎么踢出《胜利大逃亡》里贝利的倒钩射门。因为有这样一个大大的梦想，担心把眼睛弄坏，他从不很晚睡觉，作业太多就跳着写，绝不写很久。有一段时间他的眼睛有些痒，他慌得很，那段时间干脆不写作业了，每天被老师教训，还带了家长。可任凭老师怎么教育开导，妈妈怎么训斥哀求，他就是不说自己不写作业的原因。直到警报解除，他才又开始挑选自己感兴趣的写一写，恢复了以前马马虎虎的作业态度。为此老师们对他印象很差，连外班的老师都听闻他的大名。要不是后来他在校运动会上一个人为班级夺得两个第一名，并且是三个小组赛的中坚力量，恐怕会一直窝在老师们心中的黑名单上。

视力很好让他看见大刘老师很不高兴地接了电话，再没对他们挥出那只手，走回体育室。当陈大鹏宣布体育课没法上时，其他同学只是发出一阵不满的嘘声，而他气得把球往地上一摔。球当即蹦起来，撞得天花板上的灯一阵晃悠，又在几个同学头上摩擦过，引发了教室里一通做作的大惊小怪。陈大鹏的脸色也很难看，忍了忍装着没看见。严竞华到底没敢直接和老师顶，上周才因为考试不及格带过家长。他只能憋着气，气呼呼地坐位置上，完全无心写试卷，最后在老师的瞪眼中趴桌上睡着了。

算了，不需要一节接一节课坐直了身子听讲，不需工工整整地写永远写不完的作业，不需要被老师没完没了的教训也挺好。水孩子安慰自己：上学时就渴望不用上学的这一天早点到来，现在算圆了梦了。水孩子不打算去学校看看自己的小伙伴了，如果他们都在认真听讲，没时间思念自己岂不没意思。可是要徐旭阳几个上课认真听讲恐怕不容易，想想，他们哪一节课能安稳地听下去，总是要作弄喜欢在桌肚里摆弄零食的杜薇、爱打瞌睡的胡佳杰、甚至是眼睛不太好又爱发脾气的历史老师丁老头。哎，可惜自己不能参与了。

水孩子懒洋洋地飞到附近的体育公园。

几个老人带着小孩子在橡胶跑道上散步，树荫下一群人在慢悠悠地打太极拳，还有的在压腿。不远处有人在据说是北宋遗址的古城楼上咿咿呀呀地唱戏，音响开得很大，把树上的鸟都惊走

幻 HUAN

了。这一切，水孩子很喜欢。以前不上学的时候，他会和几个投脾气的伙伴在里面一呆半天，随便闲扯。从班上某某是个娘娘腔、告状精，到某某班的某某和另一个班的某某干了一仗到底什么原因，要不就是新出的游戏自己打到了多少级，有什么窍门。转来转去，就这样无所事事地在里面消磨到肚子咕咕叫了才各自意犹未尽地回家。

"听说没，城北严家的那个孩子淹死的。" "哦，那事，听说了。真是可怜呢。" 听到两个坐在长椅上的女人谈起自己的事来，水孩子立刻竖起耳朵。

"老严，老干部了，原来和我家公公一个部队出来的。以前就说，他家教育孩子有问题，太惯着小孩，什么都由着他。这不，真出事了。"

"我听说是这个天就去江里游泳。"

"可不，腿抽筋，没个响动，才十四岁就死了。这个天，是不是不应该由着孩子去？"

"哎，十四岁了，眼看成人了，父母领到这么大不容易，就这么没了，多伤心啊。其实啊，最可怜的是孩子，大好的人生还没开始，说没就没了。"

水孩子低下头看着自己细小的身子，突然有些心酸。他自成为精灵来，第一次感到生命消逝的可惜。可惜了自己那么多还没有实现的梦想，可惜自己本来可以精彩的人生。以前，水孩子从没怀疑过自己能否顺顺当当地长大，从来没想过自己笃定的美满人生会有中断的时候。水孩子从小就崇拜爷爷，要做像爷爷那样战争中被敌人打伤了还坚持到打赢了的坚强男子汉。所以他不惧比自己大的小痞子，会为别人说了自己不恭敬的话而下战书。他很小就不哭鼻子了，为此爷爷啧啧称赞说有自己的风采。殒命之后，他只是恍惚和失落了很久，也没有悲伤失态，可现在听到别人口中浓浓的惋惜，他真的想哭。

"是可怜巴巴的，但是要怪也怪他自己。总爱跟人顶着干，调皮捣蛋的事没少做。偏老严头一天到晚在一帮老战友跟前摆谱，说什么他孙子有虎气，将来肯定是个人物。别人不好说，只能跟着呵呵。那叫有虎气？那叫不懂规矩。强盗命，自古就没个好结果的。"说话的那个撇撇嘴，一下子赶走了水孩子心头涌上的酸楚。

"少年人不知道天高地厚的，确实容易出事呢。"另一个说，"跌个跟头也就罢了，吃一堑长一智。现在这样，家长不晓得多伤心呢。"

"不是我说这话，家长责任更大！一家子都纵容，现在伤心后悔了吧。我跟我儿子说，小孩子不懂事，大人不能含糊，该骂要骂，该打要打。因为两家熟悉，我老拿严家那小子敲打我孙子，我孙子还瞪我，羡慕没生在严家，要风得风要雨得雨的。我媳妇嘴上不说，暗里也觉得我这奶奶不如人家老人会疼孩子，不讨喜。现在呢？都没话说了。"刻薄的那个依然不放过训斥。

水孩子听到这些，脑袋轰响：他父母够不幸的了，还要为自己的任性被别人批评。原来自己随性的一死，带给他们的不只是失去独子的痛苦，还有诋毁甚至冷嘲热讽。

"现在的孩子多难教育啊，轻不得重不得的。再说，这么大，十三四岁，又是要懂不懂、最叛逆的时期，说了也听不进的。"那个温和些的声音再次响起，"再怎么难也要教育啊，不然出了事总是大人的责任。那家现在不知道多自责呢。教训太惨重，都要吸取教训才是。"

风吹过树梢，发出呜呜的声响，似乎水孩子在哭泣。

水孩子曾经抱怨老天，那么多游泳的孩子，为什么偏偏是他那天腿抽筋被水底暗流带到深处再没出来。但是今天他深深后悔了，不仅仅后悔那一天执意去还带着冷意的江里游泳，也不只是没有听其他人的提醒做足热身准备就匆匆下水，他后悔的是自己任性的性子把自己一步步带入万劫不复的深渊。

小时候他的任性是要买什么不给就不肯吃饭，家人训斥他以后不说软话就不肯去上学。上中学了，他大了，性子也更野了。就像那次，因为有兄弟们的报信与掩护，他一直没被寻找他的爸妈找到，还躲到一个偏僻的游戏机室尽兴地玩了大半天，晚上又在小学同学家混了一夜。要不是第二天有个老大爷关切地询问他怎么没上学，他还想让他们着急几天。一方面不好意思，另一方面也觉得应该够给妈妈一个教训了，他才回到学校。后来果然，爸妈作势骂了他一通，连爷爷也扣了他一个月的零花钱，但是对他却是不怎么敢批评了，他的性子也更野了。

他觉得自己长大了，受不了父母违逆他的意思。父母如果训他，他就觉得伤了自尊，怎么着也要让他们着急懊恼报复回去。爸爸不止一次扬起手要教训他，他知道爸爸只是在装样，于是挺起胸，瞪回去："你要敢打我，就别想再见我这个儿子。"妈妈听他这么说就开始冲爸爸抹眼泪："你不能好好教育他啊，动不动就要打。人家周瑞智的爸爸，总是和儿子谈心，周末带儿子出去打球。你呢，平时不见你过问，整天不着家，回来就知道打。除了打，你还会什么？"

周瑞智是他幼儿园和小学同学，成绩一直很好，得过各种奖。开始他还能和周瑞智比较一二，后来差距就逐渐拉大，初中了周瑞智稳坐年级前三，妥妥的学霸，而他则往学渣路上一去不复返。提到周瑞智他就烦。当然，烦的不是他一个，他爸也是。他被迫和周瑞智比较，他爸也常被拉出来和周瑞智那个笑眯眯的眼镜老爸比较。周瑞智的爸爸矮矮胖胖的，都已经做到副局了，他爸爸还是爷爷没退前给提了个科长。周爸爸周末在家帮助打扫卫生买菜烧饭外带辅导孩子，他爸爸周末不是加班就是溜哪儿玩去。所以，对于竞华小时聪明大了却成绩平平，妈妈恨铁不成钢之余安慰自己：都怪丈夫不得力，没做好的榜样。当然她是不会去想，周瑞智的妈妈从来不打麻将，不追剧，也不喜欢逛街，周末有空就带他去图书馆、悦读书店这些的。

对于妈妈的责人不责己，父子俩倒是同病相怜的。不过这会儿，对于打不打，爸爸举起的手虽然有些耷拉，却还少下台的梯子。还是爷爷贴心，拉住爸爸的胳臂："算了，举手不打过头儿。他十四了，快有你高了，算半个大人了，多讲道理。""这孩子这么不懂事，我看全是你们惯的。"爸爸从善如流，悻悻地放下手，带着余怒趁机出门玩去了。其实竞华知道，爸爸根本舍不得打自己。小时候偶尔打一次，事后都会后悔，然后必定带他去吃肯德基算是打招呼的。难道父母爱自己有错吗，没有。

不要野游，要注意安全，老师特意在班会列举了每年偷偷野游出事的事例。是自己没当回事，以为根本不会发生在自己身上。自己偷偷去游泳，妈妈提醒过，怕被责怪，帮他瞒着爸爸，让他保证不去的。自己没把保证当回事，转头就又去了。爷爷也是不希望自己去的，可是自己仗着他的宠爱，坚持要去，他能绑着自己吗？是自己以他们的爱为要挟，才有了今天的不幸与羞辱啊。

水孩子握紧拳头，他要打那个女人发泄心中的愤懑。拳头冲那个讨厌的饶舌女人砸去，女人却完全感觉不到。

水孩子还打算继续，一个穿着运动背心的青年，汗渍渍地从女人面前跑过，经过时气流带得他转了个圈。一只被牵着的拉布拉多犬冲他叫了起来，热烘烘的嘴巴都凑到他跟前了。水孩子吓得连滚带爬，坐到了树的高处。狗在下方昂着硕大的头颅狂吠不止。

竞华一直讨厌或者说惧怕狗，这一点熟悉他的人都知道，也常被他的几个好哥们拿来取笑。他们要打击他时，常常会喊："啊，狗来了。"他哪怕正眉飞色舞趾高气昂地教训他们，闻言也会顿时变了脸色，拔腿就逃的。原因是他小时候被狗咬过。

小时候的竞华就被爷爷宠得天不怕地不怕，家门口的鸡鸭猫狗没有不被他祸害的。胖婶家那时养的猫，春天里叫春。他嫌吵，用石子砸得那猫不敢从房顶下来，嚎叫了一晚上，然后离家出走不知去向。至于附近几条街的小孩子没有不奉他为孩子头的，他一挥手，上房拆墙都乐颠颠地跟着。有人告状到家里，爷爷该打招呼打招呼，该赔钱赔钱，只是要他别伤了人。"男孩子那个不皮的，皮的聪明。老话说得好，'宁养飞墙走壁，不养倚墙靠壁'。咱竞华调皮归调皮，可有担当、有分寸，这要放在乱世是大将之才。"爷爷这样一说，被爷爷嫌弃性子绵软缺少虎气的爸爸立刻不好说什么了。

可是就是这样俨然地方小霸王的竞华，在一次带着手下喽喽追讨一只野狗时吃了大亏。

那明显是一只被遗弃的小狗，被一群玩打仗游戏的孩子当潜伏过来的敌特分子围追堵截，最后被堵在一个死胡同里，夹着尾巴簌簌发抖。作为领头人的竞华，代表一众小伙伴上前对这只丧家之犬做最后的宣判。其实小竞华当时已经忘了追逐的初衷不过是想吓唬一下小狗，在一通热火朝天的追逐中，真把小狗当成不共戴天的恶魔，更在小伙伴热烈的目光中有要借此役扬他严竞华大将军威名的心思。所以他走上前宣判小狗的"死刑"时，目光和身形未免带了些杀气。这只簌簌发抖的小狗感受到了浓浓的敌意，毛都竖起来了，但显然不愿束手待毙，猛地冲过来，在竞华腿上咬了一口。

　　小竞华当时惨叫一声，倒到地上，腿上流出血来。"这只狗会不会是疯狗，咬到了会死人的！"有孩子惊叫起来。那时候给狗打疫苗的不多，所以特别担心得狂犬病。刚好街道宣传栏介绍过狂犬病的知识，小孩子都看过，画面的刺激感还没淡化。于是一众孩子尖叫着避让，让开小狗，也让开竞华。似乎靠近他也会感染那可怕的病。

　　于是那只闯了大祸的小狗居然就在众人惊骇的避让中，夺路而逃，以至竞华爷爷带了人想把它找到作为疯狗打死都没机会。竞华却因为这一口，担心得了狂犬病，被送去打狂犬疫苗针，打了整整三个月。吃疼事小，丢面子事大。至此，狗，特别是看上去目光不善的狗，都让竞华不由自主地退辟三舍。

　　狗于竞华是噩梦，从前是，现在也是。

　　身为精灵，水孩子是不会被人看到的。但是动物由于某种特别的灵异本能，总是能看到一些奇怪的事物。这只拉布拉多显然是看到了水孩子，冲他叫个不停。几个带着孩子的大人惊慌地拉着自家孩子避得远远的。"这狗发疯了不曾？平时挺乖的，今天不知怎么回事！"狗的主人使劲拉着狗的牵引绳，尴尬地解释。

那坐着的两个女人诧异地望着狗的主人不解又恼火的神情，终于嘀咕道："好好的，别是有什么古怪。"饶舌女人突然想起刚刚谈论的话题，立刻屏气凝神，麻利地收拾了东西拉着伙伴蹑手蹑手地跑了。拉布拉多的主人，一个瘦高个男人踢了狗两脚，终于让狗克制了狂躁，然后带着一肚子委屈跑了。

水孩子趴在树上一片平摊的叶子上，哭了。

心动的女孩

过了很久，水孩子从昏睡中醒来。暮色似水，带着冷意，让在树上的水孩子打了个哆嗦。几条彩练般的云霞挂在西天，明媚得如同少女的脸颊。渐渐的，天上仿佛浮现出一张宜嗔宜喜的面孔。是她，那个坐在他后侧，喜欢偷偷打量他的少女。

女孩子青春期来得要早些。初一时，不少女生的个子比同年的男孩子高。她们面颊饱满带着水蜜桃似的绒毛，开始发育的身体像初春的小树一样柔韧可爱。她们矜持得不屑跟和她们差不多高的小男生搭话。事实上她们确实有足以傲视男生的理由，那就是因为早慧和用功，她们的成绩也往往让班上大部分还只知道贪玩的男孩子羡慕不已。她们像一群骄傲的孔雀涌到从讲台上拿了试卷时，下面坐了同等数量的一群垂头丧气的小公鸡。

这些个头的优势啊，成绩好啊，老师喜爱啊，让班上女生一个个泼辣得很。她们大多因为成绩好，在老师面前乖巧又听话而身居班干要职。像他们班，十个班委，八个女生，最重要的班长、团支部书记都是女生坐镇，男生胆敢欺负班上巾帼英雄中的任一个，就等着被一群小辣椒呛得没脾气吧。

徐旭阳曾经因为说话被记名字、带家长对女班长心怀怨恨，怂恿竞华带领男生反击女生。竞华掂量了一下，拒绝了。一是他自觉成绩比不过，什么都是白搭，毕竟学生就是比成绩的，成绩不好底气不足。二是，用些小伎俩赢了女生也不光彩，谁叫自己是男的呢，要正大光明地胜过女生。扬眉吐气绝地反击一下那些眼睛朝天的女生的最好办法是，在某个时候在女生崇拜的目光中扬长而去，眼风都不带扫一下。那个时候就是运动会。

本班女生大多是独生女，家长老师的眼珠子，平时一副乖乖女的样子，不大喜欢运动，指望她们体育上为班级争光是不成的。像严竞华、徐旭阳几个初一已经开始抽条的小男生，平时走路带风，运动细胞不错，自然是运动会上为班级争光的主力。

这不，女班长一接到秋季运动会的通知，大脑快速运转，立刻分析出了班级在各个运动项目上得分的可能。和女团支部书记一通商量后，决定拿出三顾茅庐的姿态舌战群儒的口才游说班上男生参加运动会为班级争光。男生们这会儿难得翻身一回，自然按调皮鬼徐旭阳的意思好好拿乔一番，以报平日里被女生管束欺凌之辱。可是在几个男生那儿碰了一鼻子灰的班长团支书，却得到了严竞华二话不说的支持，还承担了男生报名登记的责任。为此班上男生骂他是叛徒。

严竞华却不买账："我爷爷说，男人要有男人的风度，跟几个小丫头计较又什么意思。关键是在运动会上拿名次，证明咱们虽然学习成绩不怎么样，却也是有实力有前途的。老师不是老是说古人渴望建功立业吗？现在机会就在眼前，班级的荣誉要争取，自己的荣誉也要争取。拿乔什么的，太不男人了。"他这么一说，倒是让几个男生没话说。不过徐旭阳还是骂骂咧咧的，说竞华面白心黑，奸诈。其实徐旭阳说得没错，别看严竞华说得漂亮，真正爽快答应的另有原因，那就是两个班上女将一反常态低声下气的样子让他受不了。他喜欢每个人都可以表现出自己真实的一面。女孩子剽悍就剽悍吧，用不着委屈自己。

十一月的那个周末，风和丽日。1000米跑的赛道上，初一各班的小男生脱掉外套，一律运动背心短裤站在的起跑线上，随着发令枪响，脚底像装了弹簧一样蹦了出去。严竞华修长而有力的双腿，有力地交替前进，两圈之后把一个个对手甩到身后。他鼓着腮帮，乌黑的短发全部飞向脑袋后面，全身肌肉绷紧，充满力量地快速摆臂抬腿，像奔驰的小马，一路领先纵横在空阔的跑道上。那样的风头无两，让这个看上去白净斯文的男孩有了不同寻常的魅力。班上女生作为啦啦队原本坐在本班位置上摇摇旗帜，此刻看到班上有夺冠希望，情绪激动起来，一起跑到赛道边为他加油助威。

到冲刺时，他明显有些疲累，胸口激烈起伏，额头青筋突出。那样努力的样子连最矜持的女孩子这时也忍不住声嘶力竭地喊："严竞华，加油!"然后其他班的女生被吸引地跟着喊起来。全场激荡着不息的"加油"，那样毫无保留的呼喊，让每一少年听了都要血脉偾张，无惧生死。

严竞华在几个女孩的远远簇拥下冲过终点，小跑几步，停下来，撑着腿大口喘气。其他班的运动员跟在他后面也依次冲去终点，大呼小叫地喘气，有个夸张的家伙还仰面倒在地上，引得一顿骚动。他们班的女孩子们聚过来，殷勤地问怎么样，要不要紧，要不要喝水。比他妈妈还要絮叨。严竞华说不出话，大张着嘴，脸色苍白，摇摇头，脸上的汗水跟着洒了下来。担任总裁判的大刘老师过来，看了一眼，挥手让女生让开，让他不要停在那儿，继续走几步。竞华走了几步，才恢复了气力，接受了赶过来的徐旭阳的搀扶。徐旭阳平时走路没个正行，现在搀着他，走得摇摇晃晃，双腿夸张地就着竞华的摇晃交叉如面条，惹得视竞华为班级英雄的女生不满地抱怨。

后来在男子 100 米、男子四乘一百米的比赛中他都取得了好成绩。特别是接力赛中，最后一棒的他在第二棒陈非凡掉棒以致落后的情况下，硬是不负众望开足马力追成了第二名。这下班上那些女生的眼光更热切了。

"严竞华，你是班上的大功臣！"班长倪青云狠狠地捶了他一下，这个热情大方的小姑娘，自从竞华主动揽下男生项目报名的重任，就把他当好姐妹，用这种方式表达对竞华的认可。团支书胡靖瑜笑盈盈地说："不只是严竞华，咱们班的男生都是好样的，九班几个实力都强，有校运动队的。还有四班十班都不是好对付的，能冲出小组赛就不简单了。你们拿了三个第一，一个第二，一个第四，两个第五，太不容易！"男生听得这样说，顿时脸上放光了，腰板挺得笔直。倪青云拍拍手："说得对，男生好样的。女生也不赖，拿了跳远，跳高两个单项第二。我们男生女生一起加把劲，争取给班上再加几个名次，大家说好不好？""好！"一阵响亮的回答，让这群刚刚进入初中不久的少男少女真正体会到了融入一个集体快乐与自豪。

之后的日子呢？水孩子细细想想，发现快乐其实还是不少的。像小矮子宋珏总是在历史课上插嘴出洋相，惹得全班哄堂大笑；成伟杰喜欢吹嘘自己，同桌的胡毅每次都要跟他抬杠，两人动不动就因此打起来，官司打到班主任那里，但是过几天两人又勾肩搭背了；音乐老师结婚，女生送了礼物，老师来上课给全班发了糖，让其他班的同学羡慕不已。印象深的，班会活动时他们组要出节目，缺一个人演妈妈，班长让他扮演，他虽然不乐意可还是被推上了台。他开始还扭扭捏捏地，后来放开了，和演儿子的活宝宋珏生生把个严肃的剧本演成了滑稽剧。演完，同学们都笑疯了，演老师的谢雨萱和演警察的班长本想把情节掰回来，最后被带坏了，跟着无厘头起来；还有王依婷放学被车撞了，他们刚好路过硬是骑着自行车把那个打算逃逸的摩托车手追上拦了下来，被同学赞为飞车侠；胡靖瑜组织班级大合唱，男生不愿周末花时间训练打算开溜，被剽悍的女生堵在厕所，不得不求饶、认罚。还有很多欢快的记忆呢。

最叫水孩子难忘的是刚上初二不久举行的篮球赛。各个班都要组织球队参赛。初二的男生个子高又有运动感觉的不多，水孩子不想参加的，却不过体育委员的面子参加了。其实水孩子喜欢的是足球，不过也许是运动天赋吧，稍稍练手后，他居然打得像模像样。和体育委员成了班级篮球队主力的他，带着徐旭阳几个菜鸟每天放学后就到公园的篮球场练习，一个月下来，也拉出一支队伍。虽然比不过其他班级爱好篮球的学生占多数的球队，但也算为班级尽了自己的力量。

想想当时他们在球场上来回抢球拦球，左冲右突，汗水淋漓的，全班同学为他们呐喊助威。他们几个奋力厮杀，最终止于四强。但对手班级有四个是高他们一头的，又有两个一直玩篮球的，所以虽败犹荣。水孩子严竞华当时打得很拼，成了对方重点防守对象，又因为队友的配合不力无法突破。做队长的体育委员也被压得沉不住气，被引得防守犯规罚下场。徐旭阳急得跳脚。只他还冷静，尽力组织队友突围找机会反攻。最后，他们以微弱的差距落后。他寻得一个机会跳起扣篮，却被推倒，膝盖蹭破了流出殷红的血来。班上女生愤然声讨那个推他的对手，引发两个班级的冲突，把老师们都惊动了。

那一天他本来又累又痛，却被冲过来给他包扎伤口的女孩子眼中心痛的泪花晃了眼，忘记了委屈和失落。"不要紧，你看！"他本来是抱了球摊开腿坐篮筐下，这会儿立刻站起来给女孩做一个三步上篮的动作，却意外地自己绊了一下，差点摔倒。"哎吆"一声，一稳住身形，他的脸就"腾"的一下红得像煮熟的大虾。原本气鼓鼓的像个蛤蟆的伙伴们看到他出丑都"噗嗤"笑了。而一旁的女孩也松了口气，跟着笑起来。脸上还挂着一颗泪珠，那甜甜的笑，让他想起老师读过的一篇文章中的百合花。

后来，他和女孩子莫名有了默契。女孩个子高，坐在他后面隔了两排偏开一点点的位置。他上课不耐烦时，常常东张西望。以前是没有目标地随机看其他人，现在他会看她。大多数的时候，女孩在专注听讲。偶然他也撞到女孩在看他。是被他打扰了，还是恰好在看他？他不知道，不过那样他就会不好意思地回转身子，做出认真听讲的样子。但是他们的私下关系也只是关注对方，目光相遇时相视一笑而已。观察力强的同学开始悄悄说他们的闲话，在他们面前有意提到对方，故意起哄。竞华有些着恼，担心会让女孩子不高兴，但是女孩子大方地回应那些刺探说："严竞华啊，他很好啊，很出色，是个男子汉。"听到这样的评价，竞华自然得意，然后又有些慌张。他开始在乎自己的表现，怎么着也要对得起这么正面的评价。他把那个女孩视为知己，不许自己的狐朋狗党拿女孩开玩笑。但也仅此而已。那个女孩有一个好听的名字——谢雨萱。

严竞华看着天上的云慢慢散开，随着太阳的沉坠失去光彩，突然很想看看那个在他心里与众不同的女孩子。他下了决心就要去做。

水孩子乘着晚风，飘飘荡荡，去谢雨萱的家。他知道她家住在附近的一幢小楼里，班上有几个男生知道几乎每个女生的大概家庭住址。他也听了几个，包括谢雨萱家。

水孩子严竞华转了几圈，终于确定三楼西边的那家应该是。那家一间卧室很像是女生住的，桌上好像还看到了应该是谢雨萱的发带和有时她会带到学校的小挎包。

屋里有人出来到阳台打电话。"难怪这些天……我看一定是。这丫头，小小年纪……我知道，是同学感情。但是难说，现在就算了，反正……我知道，我现在不说她。叛逆期，要讲究方法，她现在这样肯定也听不进去。我知道。等她回来，我回给您。"打电话的男子结束了电话皱着眉站了会儿回屋里了。透过窗户可以看到他和一个女人在客厅里严肃地说话。看眉眼很像谢雨萱，是她的妈妈吧？一定是。可是她怎么还没回来呢？

纱窗关着，水孩子小心地从房间的空调管钻了进去，发型都被压塌了，捋了半天。这是他第一次进女同学的房间，不由有些紧张，也不敢多待。匆匆打量了一下书桌玻璃台板下压着的照片，确定照片上不同时期的女孩就是谢雨萱后，他飞进了客厅。

谢雨萱的爸妈坐在沙发上，表情严肃地谈论着。"我就说吧，肯定有问题。现在看来，我们对萱萱还是太信任了。以后该管的还是要管。"爸爸对妈妈下达指示。

妈妈的语气很无奈："还不是你一直说家长得要尊重孩子，要做民主型家长吗。我想，要不让她自己消化？她一向懂事，想明白，过去就好了。"

"如果她一直这样呢？不干涉，不是不过问。她健健康康的没有问题，现在有了问题还任由她，就是不负责了。她现在还小，还缺少辨别能力，大人不帮着拿主张怎么行。我明天就和教育局的同学打听打听，你把她的思想工作做好。肯定是要转校的！"

"合适吗？……她又是这样一个状态……肯定对我们有意见。"妈妈显然还有些犹豫。爸爸生气了："初中多重要，任由她这样下去就是害了她，我决定了——"他还要说下去，突然一摆手，"好了，萱萱回来了。我听到她电动车的声音了。"

两口子一起闭了嘴，起身往门口迎过去。

水孩子刚刚一直在思索谢雨萱爸妈为什么那么生气。他无端地觉得和自己有一定关系。自己影响到谢雨萱？看谢雨萱爸妈的反应显然非常在意女儿，倒是挺羡慕谢雨萱的，听她爸爸的口气，他们家的教育倒是主张宽严相济。这样家庭长大的孩子，该不会像自己有遗憾吧？

门打开了会儿，慢慢听到有人拖沓着步子上楼的声音，很迟缓，水孩子好像听到了那无法隐藏的沉重。但是似乎转过两个弯，声音停顿了一下，突然变得轻快起来。然后不一会儿一个仰脸微笑的女孩出现在门口："爸妈，我回来了。"

女孩虽然笑着，目光却在父母的凝视中躲闪开去："你们等急了吧。我也饿了，能开饭了吗？我把书包放房间里换件衣服就出来。"她嘴里说着，脚下毫不迟疑地走向房间。谢家爸妈对视了一眼，然后妈妈会意地点点头跟过去："萱萱，你刚刚去哪儿了？妈妈和你有话说。"说着和谢雨萱进了房间关上门。女孩的门前地板上落了一片花瓣，白色的，白菊花花瓣。

水孩子不好再留在那儿，虽然他有些好奇，因为即使是粗心大意的他也看出谢雨萱极力掩藏的伤感。感性而固执的谢雨萱果然在为他难过，认识到这一点水孩子既难过又有些开心。他不确定谢雨萱的伤心是因为喜欢他，还是仅仅是出于要好的同学的难受。但是确不确定那没什么要紧的，有人为他的离开如此难过，已经让他很满足了。

趁谢爸爸还没有将大门完全合上，水孩子飞了出去。他可不敢尝试在谢雨萱回家后还从她房间出去，万一遇到她换衣服岂不糟糕。他严竞华是有家教的，爷爷多次提醒他和女同学交往要保持距离。即便他成了飘忽的亡灵，也记着不能唐突了这个百合花一样可爱的女孩子。

铁哥们

外面已是星辰闪烁，无数明亮的窗口和斑斓的霓彩让城市的夜空多了层迷蒙，夜色浅淡很多，厚厚的天宇好像也那么有压迫感了。没有太阳的威慑，蒸腾的水汽被各种力量牵扯着，形成诡异的气流在楼宇和树林间游荡。这些平常人不在意的气流会突然从某个想象不到的空隙间窜出，将游荡的水孩子孱弱的翅膀濡湿甚至拗折了。失去飞翔能力的水孩子，会被粘在玻璃、墙壁甚至肮脏的地上。最可怕的是被吸附在他们最容易被吸引也最惧怕的水面。那时候，他只能散成薄薄的一片，像糊在水面的杨花被夜晚出水的鱼儿吞进去又吐出来。讨厌至极。等到第二天太阳出来，这些愚蠢的鱼回到水底，他们才能挣扎出来，晒干并恢复基本形态。路上的水潭也一样可怖。没有鱼，却有大大小小的车轮碾过，把糊成一团的水孩子碾碎搅烂。

借助红紫斑斓的霓虹灯的闪烁让那些水汽露出行迹，水孩子严竞华小心地避开危险。渐渐的，他发现自己到了熟悉的地方。前面不远的那条路，通向的是徐旭阳的家。

徐旭阳是严竞华进入初中后结识的最好的朋友。严竞华在小学就是孩子头，进入初中后从同一个小学毕业升入初中的男生，除了几个成绩好的，其他人自然而然地以他为中心抱成团。而另一个小学毕业的徐旭阳则收罗了以他为中心的另外一批人。很奇怪的是，开学很久他和徐旭阳虽然都意识到对方在班上的影响力，却像不同的星系之间必然存在某种排斥力，一直没有靠近的意思。直到一次，有高年级的老大趁中午上课前的各班自习时间下来检查新生的资质，顺便展示一下实力。他们从初一（一）班开始，一路在窗外巡视寻找挑衅机会。到初一（三）班门口时刚好班上最懦弱的外号叫"小田鼠"的田继权兴冲冲地买了冷饮过来，没看到他们过来，挡了道，被一把恶狠狠地推开，冷饮也被摔烂了。田继权当时就哭了。"你小子不长眼啊？快道歉！"田继权哭唧唧地道了歉，对方还不依不饶："衣服被你弄脏了，你承认不承认？承认，好，说赔多少钱？"

初一序号在前的四个班级就在教学楼的底层，刚进校门的学生路过的很多，但是老大的几个跟班不让太多的人靠近。老生们一眼看穿，摇头走开，初一新生中胆小的跑开了，机灵的离得远远地注视，所以聚拢的人不多，没有被校门口的巡视员发现。只有初一三班本班的几个胆大的挤在门口，其他人在教室里敢怒不敢言地观望。就在这时，差不多一前一后进校的严竞华和徐旭阳发现端倪，不约而同地排开本班围观的同学站到了田继权面前。

泪眼婆娑的田继权想不到，平时总爱推他一下，撞他一下，看他种种不爽的班上的两个"好佬"，今天会以保护者的姿态站到他面前。班上其他人也意味不明地望着他们。要知道，他们一直在好奇这互相观望保持距离的两人到底那一天会碰上干一仗，想不到他们真的站到一起，却是为"小田鼠"出头。

"怎么，你们不服?"发话的是初二的老大，一个壮实的男生张勖鹏，外号"张痞子"。他一路已经收获不少敬畏的目光，刚刚把一个白净的一脸书生气，想凭口舌捍卫自由平等的楼上哪个班的初一男生挤兑到一边，斗意正旺。

严竞华露出一丝笑："没什么服不服的，就是他是我的小兄弟。不知道他哪里得罪大哥了。如果是他不懂事，我替他给你赔个不是。"

田继权吃了一惊，他在班上男生那里因为懒不整洁又喜欢吃独食，很有些被孤立，什么时候成了严老大的小兄弟。

"他弄脏了我们大哥的衣服，还说没钱赔。找死是不是?"

"脏了让他带回去给你洗干净，你们又不肯，说是赔钱，其实是敲诈!"班长倪青云插上来说。

"男生说话，女生一边去。"张勖鹏不客气的话引得女生一阵喧腾。

"这个班硬气啊，不买咱们初二的账。一个个看来欠收拾啊!""不给点厉害看看，不知道厉害。"跟随张勖鹏来壮声势的几个男生一敲一搭地说着狠话，阴森森地打量班上的人，吓得不少人低下头缩回了身子。

"你倒是来呀，先收拾收拾我看看!"严竞华不动神色望着带头的张痞子眯了眯眼，一副满不在乎要打就打的架势。一直噙着淡淡笑意的徐旭阳瞥严竞华一眼，这时开了口："误会，误会。我们哪敢不买大哥们的账。只是这小子胆小经不住吓，怕他回头告诉家长，添麻烦不是。"说着他拍了田继权的肩，"大哥会稀罕你一毛两毛钱? 那是开玩笑啊。快给大哥赔个不是。说你弄脏了大哥的衣服，请他大人大量不跟你计较。快点，你才带过家长，你看，这么多人围着，别把老师招来。"

初二那边的几个看看一脸肃然眼中光芒闪动的严竞华，又看到故作紧张地瞟着办公室方向的徐旭阳，还想发发威风，受到徐旭阳启发的班长倪青云，站起来大声说："你们是哪个班的，再在这儿影响我们班自习，我就去告诉老师了。"带头的骂了声："这丫头片子嘴凶，想要挨揍是不是!"数学课代表李浩宇在初二的来耀武扬威时开始没打算参与，但现在见他对倪青云出言不逊，忍不住发火了，腾地站起来："你敢动手试试! 真没有校纪校规可以治你们了吗!"

张勖鹏被顶得挂不住，捋起袖子要进教室动手。严竞华一把拦住，徐旭阳也挤了过来，班上其他学生见形势紧张有些往后退的，也有鼓起勇气站了过来的，几个胆大的簇拥到严竞华他们旁边把教室门挡住，大个子杨斌瞪着眼气鼓鼓地，一看就是真打算干一架了。

"老师来了。"有人喊，是徐旭阳刚刚派出去的同学，搬来了救兵。那几个初二的到底没敢逗留，丢下几句狠话扬长而去。初一（三）班这里一阵欢呼，严竞华和徐旭阳互相击了下掌。他们自此携手，开始了用倪青云的话就是狼狈为奸的日子。

当然一山不容二虎，两人组合也有一个侧重才行。几个磨合后，他们有了默契：纷争严竞华出头，撮合由徐旭阳主持，毕竟严竞华耿直了点狠劲足，徐旭阳相较之下要灵活机动些，点子多些。这样，到初一下学期的时候，他们班的二人组已经在全校的孩子头中算是有了一定的江湖影响，一般人不敢惹三班的学生。若不是他们并没有炫耀武力的想法，怕是全校的老大位置也能争一争的。

现在水孩子严竞华飘荡在这条熟悉的道路上方，绕过几根电线杆和几块广告牌免得被气流吹得黏贴上去。其中一个广告牌是大明星李某某的大幅头像的，以前他常抬头看，因为有人说他长得有点像。他不屑和有些娘娘腔的李某某相似，从来不愿当着说笑者的面抬头观看这块牌子。但是偶尔一个人时，他也会看着广告上那个女性化的少年睥睨的眼神，臆度自己的功成名就时意气风发的神情。现在，成了水孩子的他永远没有取代这个貌似者的可能了。

水孩子严竞华靠近大幅广告牌，靠近李某某的眼睛，从这个高度往下看，顺着李某某的目光看去。"他在看什么?"这是严竞华曾经一闪而过的好奇，现在他可以知道了。看到了什么?华灯初上的街市，喧闹的人群，不远处的商业区，人们兴高采烈地去购物或是聚餐。灯光下他们的面貌看不分清，但是他们身上洋溢的期待和欢欣却是无所遁形的。可就在他们身边，悲剧何尝停止过。如严竞华这样少年而陨落的不幸故事，他们可能听说过，也可能听都没听说，都不会妨碍他们自顾朝着自己的生活的欢愉走去，不会停留。

"竞华的事，我不能不管。"这是徐旭阳的声音。水孩子严竞华在风中突然辨出这一句，他回过神立刻朝声音的来处飞去。

在徐旭阳家所在的小区的一条小路上，徐旭阳和他爸爸站在一处。徐旭阳的书包垮塌在右臂上，以往得意洋洋像个小白杨的他，今天腰有些佝偻，神色也显得委顿。他也才回家？徐爸爸抱着手臂站在旁边："你怎么管？骂他们，还是打他们一顿？有用吗？还有，这不是小事，小孩子不要插手。他们几个家长会交涉的。你还小，别不知轻重。"徐旭阳梗着脖子："那就算了？竞华死了，他们就一点儿不内疚吗？""你怎么知道人家不内疚？但是怎么办？自杀谢罪？"徐爸爸没压住脾气吼了出来。徐旭阳被他吼了有些发愣，徐爸爸半天想想又低声说，"出了这事，谁不难过。他们心里更难过，毕竟看到了竞华在身边没了。"

严竞华知道他们说的是谁了。

那天踢球之后，他们出了一身汗。有人提出去游泳，那人是一起踢球的，算是点头之交的球友。其他人也同意纷纷说一起去，他自然也点头，还特意回家拿了泳裤。跟他相熟的一个班的就是杨斌和魏驰。徐旭阳本来也来踢球的，如果那天在的话，说不定去了，但因为家里给他安排的补课，所以玩到一半先走了。在江边玩的时候，杨斌和魏驰先下的水，他下去之后，追赶他们，没赶上，就自己游一边去了。结果他出事时，也没人发现。

等大伙儿玩了一气，想起没看见他，已经过了很久。

现在徐旭阳大概是怪杨斌和魏驰没有尽到朋友间守望相助之责，才导致他的意外。

说实在的，出事后，他是怪过杨斌和魏驰。在神智丧失前一刻，他还在呼唤杨斌和魏驰，希望他们能发现自己。后来他听到他们惊慌失措的呼喊，听到他们哀哀的哭泣，但是那是他已经成了沉在水底的一缕幽魂，连探出头来看一眼的气力都没有。他听得出他们那时强烈的恐惧与懊悔，听得出他们无比的绝望与自责。还有什么可责怪的呢？那天徐旭阳不在，他如果在会怎么样？竞华从他嘶哑而压抑的声音里听出，他的愤怒。他不该不是把责任归结到杨斌和魏驰身上了吧？

"我想找他们谈谈。他们在学校都不想跟我说，避着我。刚刚去他们家，他们家长说他们不在。"徐旭阳难过地低下头。严竞华出事的事他是知道了。杨斌和魏驰虽然看上去和平时一样到校上课，但是他们心里很慌张。班上已经被班主任叮嘱过，让大家正确看待这件意外。杨斌他们被老师带到办公室谈了很久。还被送到学校心理咨询室，让心理老师对他们做心理疏导。

"严竞华家里人和老师已经问过他们情况，当时的情况他们都说了。你还要他们说什么？他们也是未成年人，遇到这样的事他们心理压力本来就很大。你去责问，他们的压力更大。事情发生了，谁也不希望的，你怪他们有用吗？"徐爸爸抓住徐旭阳摇了摇，似乎想把他摇醒。"是没用，晚了。可是，我难受啊！"徐旭阳甩开爸爸的胳膊，用力抹了一把脸，仰起脸一字一句地说，"我怪他们，我更怪自己。我老在想如果我在，可能事情就不那么糟了。"他的眼睛红红的却没有泪，从出事以来他都是这样，似乎愤怒大于悲伤。"我是他最好的朋友、兄弟，可他出事时我却不在。我骂他们，我最想骂的是自己。我们都不是竞华的兄弟，是罪人，都该活在自责中赎罪!"

　　对于挫折，不同的孩子心理承受能力是不一样的。自尊脑腆的会受不了老师哪怕一句暗示性的批评，搞得老师发个成绩都要担心某某会不会因此接受不了上演自残自杀离家出走的戏码。有些却不会。当然，情况是变化的。昨天你骂一个孩子他还嘻皮笑脸，同样是他，今天骂一句可能就跟你急眼。

　　有些孩子在小学阶段很喜欢表现自己，到了初中就不爱抛头露面了。严竞华就是这样。

　　小学阶段，严竞华常常因为上课违反课堂纪律被罚站。但是就是被罚站了，他也不能安稳：站自己位置上，他摇摇晃晃，桌椅不时发出怪响，搞得老师火大；站教室前面吧，他站累了蹲下去了，抠墙上的装饰，还和下面第一排的同样管不住自己的几个人挤眉弄眼了；站外面吧，溜过道去看风景，隔着窗户和靠墙坐的人搭话闹腾。于是没法一心二用的老师最常做的就是把他拎办公室，请其他不用上课的老师帮忙盯着他。用小学老师的话来说，他差不多小学里一半时间是在办公室度过的。但是，大多数调皮的孩子是心大自我心理调节能力超强的那种。在他们看来，老老实实按学校的规矩行事无异行尸走肉，开心，乐呵，遵从生命本能的冲动才是生活的要义。所以即使刚刚被老师批评得耷拉下脑袋一副痛心悔过样，转眼又乐滋滋地逮着机会在同学面前出风头。严竞华、宋珏、杨斌和徐旭阳在这点上有共同认识，这也是他们很快在对方身上嗅到相同气息的原因。就像学霸在课堂听了对方发言后燃起优等生棋逢对手的滔天战意一样，违纪"惯犯"们在各自课堂精彩表现后，也会有"原来你在这里"的惺惺相惜之感，更会在关键时候互为声援，打击老师教训学生的成就感。况且他们都因为调皮和老师以及家长有多年较量，不但积累了丰富的斗争经验，而且早已清醒地认识到，其实只要他们不触及老师家长的底线，他们犯下的所有的错误最后都是要被原谅的。

在这样的认识下，上中学后，不少行为乖张的家伙继续挑战老师权威，在课堂上制造笑点，成为老师心中的"问题"学生。但是个子开始抽条，嘴上开始长小绒毛的严竞华和徐旭阳，却渐渐怀疑这样的意义。他们突然觉得别人的哄笑不再像小学时那样带给他们满足，反而觉得刺耳起来，同学看自己时的目光也不再是单纯的开心而是多了鄙夷和厌恶。那些异样的眼光让他们受不了时，会用拳头怼回去。然而还是觉得不愉快。他们开始尽量避免被训斥，也开始控制自己，降低作为负面形象的存在感。

现在听徐旭阳的自责，水孩子觉得自己不比他难过。"好兄弟，是我连累了你。"他可以肯定今后徐旭阳想到自己会依然心痛。杨斌、魏驰几个难过几天也许会忘记自己，但徐旭阳不会，他们是永远的好兄弟。

这样一想，水孩子严竞华觉得那天徐旭阳不在也好。虽然他曾经不止一次埋怨过徐旭阳的不在，不能拉自己一把，给自己活过来的机会。但是，如果他在，他拉了，可没拉上自己反而也被拉下去呢？可是有太多因为落水救人反而被拉了一同赴死的例子。虽然好兄弟一起死，不那么凄惨，但是让好兄弟好好活着不是更好吗？

那边一股巨大的悲伤激荡着徐旭阳的心房，让他疼得捂住胸口："竞华，我想你！"水孩子擦擦眼睛，飞上前去，抱了抱徐旭阳的额头。"好兄弟，我也想你啊！"水孩子说。他黑色的羽翼轻轻搭在徐旭阳的眼睛上，男孩的睫毛抖动了两下，心头一酸，晶莹的泪珠滚落下来。

"他知道的，你们感情那么好，他一定知道你多难过。哭吧，痛痛快快地哭一场，哭过就好了。以后把竞华的那份一起算上好好活，替他照顾他爸妈，就算记着你们这份兄弟情了。"徐旭阳的爸爸把儿子搂到怀里。一米七六个头的男孩已经很久没有和父亲这样靠近过了，今天他伏在父亲的肩头，尽情地流泪。

水孩子严竞华从他们的拥抱中挤了出来，难过又欣慰。

曾经的校园生活

水孩子严竞华想去学校看看。学校，这个以前他最烦呆的地方。

严竞华从小就坐不住，特烦从早到晚呆一个规矩多多的地方。小时候他每次去幼儿园都要闹腾，从妈妈给他穿鞋出门到把他叫到幼儿园老师手里，一路各种闹腾。这中间的心酸与艰难，后来妈妈每次提起唏嘘一番。

其实如果幼儿园只管玩，没那么多这个不许那个不许，严竞华还是乐意去的。但是，小朋友一去先要给老师问好，然后要遵守各种规矩：坐，要小手背身后，哪怕憋急了上厕所也要先报告；吃东西还要等阿姨一个个分好了再一起开动……这些都让严竞华不喜欢，何况还动不动就被阿姨吼："不许欺负小朋友！"他只想让邻座那个哀嚎了一下午的小哭宝闭嘴好吗。

"竞华妈妈，这周又有几个家长告状，说再被你家欺负了就要换幼儿园。竞华实在和其他小朋友处不来，我们幼儿园是没办法了，也许换个环境会好些。你看不如——"就这样严竞华幼儿园就被劝退了三次。

小学就更不用说了，漫长的六年的小学生活，没少让严竞华受罪，三天两头带家长。好在是义务教育，没有换学校的可能，老师们也就息了心思，只能打起精神与这个看似清秀实际腹黑的小家伙缠斗。四年级换班主任时，跟了他三年的原来的班主任在班级交接完成后特意邀了一起搭班的科任老师卡拉OK，以示庆贺。而他小学毕业后的那个暑假，卸下包袱的班主任一个暑假长了十斤肉。当然，这也不是严竞华一个人的功劳，皮小子可不是他一个，独一代的女孩子也不好对付。不过，是严竞华待过的集体，不听话的孩子特别多了些。用老师的话来说，他的号召力比较强，其他孩子有样学样。不过这话老师们只在办公室里说，可不敢在外面说。现在的家长不好惹，万一知道了不依不饶地，告到教育局去，说老师伤害了孩子的自尊，结果不是要写检查登门道歉，就是通报批评，后果严重的还可能丢了饭碗。

初中的老师和以往的老师不一样。幼儿园讨厌的老师喜欢凶人，小学老师是喜欢烦人，整天唠唠叨叨，反反复复，初中老师讨厌的类型是瞧不起人。初中课程紧，老师教育学生的时间不如小学老师宽裕，他们没时间絮叨，他们擅长高高在上地挖苦人。就连好脾气的班主任兼语文老师宋思琪都会不带脏字地讽刺挖苦学生。比如她批评班上学生不认真打扫，缺乏集体荣誉感。从个人修养到社会担当，从历史重任到民族使命，苦口婆心的大道理讲得班上一众顽石低头，可惜一转头该认真时还是要偷懒。这下把宋老师惹火了，从中国人被人视为一盘散沙说到中国男球"屡败屡战，屡战屡败"，就差指着男生的鼻子骂："你们这群不可救药的！"说实在的，如果不是挨骂的滋味不好受，严竞华还是挺佩服老师的口才的。

不仅语文老师骂人水平高，其他课的老师也是骂得既有深度又有专业素养。地理老师会骂"有些登峰造极的同学现在彗星还写成慧星，真是充满智慧的扫把星"，数学老师会嘲讽不开窍的同学："学习靠的是智慧和勤奋。你们这帮人智慧约等于零，勤奋约等于零，加起来恒等于零。"英语老师："我一上课你就打瞌睡，我说得不是英语，是安魂曲？"历史老师："能把明朝的皇帝送到唐朝去，也就我们班的学生也这本事。"你说他们损不损？

说话刻薄到可怕也就罢了，最可怕的是这帮老师太不把学生当人。每天课程安得满满的不算，还要占课、拖堂，放学留堂检查订正，不完成任务不许走。他们自诩敬业，学生受不了啊。最讨厌数学老师，动不动就不知哪儿弄出一份试卷："同学们，新鲜出炉的某某名校试卷，我们来抽时间考一考，看看自己的实力怎样。"

严竞华比较喜欢历史课，老师自己讲为主，很少抽冷子叫学生起来。而且老师天南地北胡乱扯一通，听书一样轻轻松松一节课就过去了。语文如果不是老要写作文，严竞华也可以喜欢，毕竟可以聊的东西那么多。但是每个周末都要憋出一篇假得不能再假的作文，每两周还要当堂写一篇，然后又是修改、评价、再修改，没完没了，想想就头大。跟写一篇作文相比，严竞华宁可考一份数学试卷。

跟严竞华相反的是，谢雨萱最喜欢的就是写作文。她是个瘦高瘦高的女生，比班上女生高就算了，比大多数男生还要窜出半个头。她相貌清秀，皮肤有些微黑。其实很符合模特的标准，但是因为还没完全长开，又偏瘦黑了些，在这的年龄段的孩子看来，就算不得出众。她书读得多，对那些只会吵闹没见识的同龄人颇有些不屑，所以人缘不是很好。谢雨萱喜欢文艺，初中后又懵懵懂懂地读了些文学名著，感情也比一般的孩子丰富细腻些，文笔很是不错。语文老师宋思琪很欣赏她的才华，经常在课上范读她的作文。她就以一种士为知己者死的狂热更投入地写作文，每到周末都要问要不要写篇作文。

说到写作文，初中除了有随堂布置的仿写、练笔什么的，固定的每两周课堂作文，每周还根据学习情况布置一篇作文回家写——充分占用学生休息时间。其实周末作文，宋老师本意是让学生记录一周有价值的事情，以积累写作素材。但是鉴于学生不自觉的太多，记录的内容太随意，寥寥数语的有，胡编乱造的有，前言不搭后语有。所以宋老师发了几次火，干脆周末也布置题目让他们写了。

严竞华周末就像脱缰野马一样，静下心来字斟句酌地写作文简直是要了他的命。小学时的作文他还能应付，无非是写一件难忘的事，有趣的事，用帮老奶奶过马路，和爸妈去哪里旅游.之类的故事交差还算马马虎虎。但初中不同，作文题目都是固定的，不是"与……为伴"就是"良言如春"。文绉绉，让人一看就酸掉半边牙。严竞华每次都要挨到周末晚上，才摊开作文本。想到要酝酿出老师说的那种先打动自己再打动别人的感情，严竞华都要打个冷战。

自从进了初中，就一次写"我崇拜的一个人"，他觉得有话说。那次他洋洋洒洒用了三张纸，介绍了自己的偶像 C 罗，老师给了他仅有的一次高分，还给了这样的批语："语言流畅，感情充沛。但要写出自己以偶像为目标的奋斗计划和行动，以深化主题。"这评语严竞华仔细看了两遍，觉得老师说得很有道理。不过他没有根据老师的意见修改作文，而是明确了自己的人生目标——高一加入本地唯一的足球队开始自己的足球生涯。为此他还把周末的练球计划做了调整，由原来的每个周六下午练三个小时，改为周六周日各练三个小时。

因为讨厌作文，竞华期盼老师每周最好忘了布置作文。这样的情况不是没有发生过，比如因为要准备复习迎考，老师布置了一堆默写任务，又发了一张往届的试卷让他们回家练一练。可能是觉得作业已经不少了，宋老师就没有布置作文，虽然试卷最后就有现成的作文题目"别样的美丽"。不久的期中语文考试，等宋老师看到作文题目是"那样也很美"，那懊恼就别提了。那次班级语文平均分在十六个班级排第三，要是考前做一下那个作文，再点评一下，保守估计也能让平均分增加一分。那样起码超年级最高平均分 0.3 分。此后，宋老师再没忘记布置作文，每次周末都要挖空心思出个自认为能挖掘出学生思考深度的题目。有时怕自己忘记或准备不充分，还特意让课代表谢雨萱在周五放学前提醒一下自己。谢雨萱当然照办，即使宋老师有几次出去学习不在学校，她都不忘用微信请示作文题目。

怕写作文的几个不敢怨老师狠心，只能把怨气出在谢雨萱身上。加上工作太认真跟其他课代表相比更较真，诸如收作业太麻利让他们没法借鉴优秀生的作业好补上前天晚上忘写的啦，检查背书不肯放水啦，检举某某趁放学混乱没有按要求留补订正啦，一丝不苟地核对罚写的作业有没有偷工减料啦之类的恩怨，谢雨萱成了他们几个的头号敌人，没少被他们恶言恶语给气哭过。严竞华就曾嘲讽过谢雨萱："屁颠屁颠的，又去问老师作文题目了。就你能写！"他骂人不像徐旭阳。徐旭阳急起来和别人吵驾，冲到跟前，捏着拳头，面红耳赤青筋暴突，好像很吓人，可也就是扯开喉咙嚷嚷几句，还容易激动得声音打颤。严竞华发脾气时，低了头目光上挑，阴沉沉地让人发悚，声音不大，一字一句，扎心。

　　谢雨萱被他"屁颠屁颠"几个字骂得脸上一阵红一阵白，最后趴桌上呜呜地哭了。几个女生打抱不平，冲他嚷嚷："是老师要布置的。有本事你去让老师别布置啊！"竞华虽然发起脾气来阴狠吓人，却是自诩不欺弱小的，见谢雨萱哭了已经觉得头大，暗自后悔，打算开溜，再被几个女生一鄙视，顿时挂不住："我这就跟老师说。"他真去办公室了。他的几个好兄弟半是打气半是看热闹跟到办公室，不久就回来了，报告说："宋老师生气了，说班上学生教不了，让严竞华不想学就滚蛋呢。"九年制教学当然不能真让他滚回家去。结果是带家长，写保证书，严竞华站了一节课，又滚回教室了。

　　追根溯源，让严竞华吃了瘪的就是语文课代表谢雨萱。他不是没想过报复，可是接下来一次的作文是写"他这个人"，谢雨萱偏偏写的是严竞华。虽然她通篇就是称呼"他"，没提名字，但是一个班的一听就明白了，就是严竞华。谢雨萱用极有情感的笔触写严竞华，他对同学的帮助，对班级的热心，最重要的是这些都是真实发生的。只是那些看似不起眼的小事，被她一渲染就成了一个面冷心热的少年的侠义之举，而他的种种乖张则成了少年青春叛逆期的傲娇表现。宋老师显然也被文章中的少年形象感动了，她本来就是感性的人，读得饱含情意，不时用温柔的目光打量严竞华。严竞华在周围人小声的善意的故意惊叹中，头低得抬不起来。

宋老师最后合上作文本，环顾四周，用严厉的神色压制住徐旭阳几个嘴巴快咧到耳根的几个家伙的蠢蠢欲动，深情地说："有时候我们确实需要全面地看一个人。严竞华同学，老师虽然对他印象不是很差，但也没有注意到他身上这么多美好的品质。最难能可贵的是，尽管一直被人误解，他依然没有忘记做一个正直善良的人。这一点，我们都要向他学习。"全班同学一起随着老师的目光望向严竞华，他不知道自己是该笑还是恼，故作镇定地咬牙一抬头，却发现谢雨萱正冲他笑，目光中满是戏谑。他顿时明白，这是人家的报复，只是这手段太高明，他根本无法回击。看到他瞪眼却无奈的表情，谢雨萱笑得更开心了。只是接下来宋老师又说："同学们也要学习谢雨萱善于发现，善于表现的优点。是她看到了严竞华身上的闪光点。和严竞华玩得好的徐旭阳也写了严竞华，怎么就只写他的调皮捣蛋，写不出他的可贵品质呢？眼光很重要啊，同学们！"这下轮到谢雨萱在一片嘘声中红了脸低下头了。

孩子们的成长有时就是一瞬间的事。就是从那以后，班上同学开窍了，就连原来粗枝大叶的男生也不再对女生咋咋呼呼。他们开始观察那些昨天还和他们差不多的假小子，发现假小子毕竟不是小子，而是一种叫女生的娇娇生物。哪怕泼辣如班长拉人报名运动会时，也懂故作哀求之色，居然美目盼兮颇有动人之处。甚至脑袋不开窍，回答问题半天也不开口只是绵软地低头认罪状、让班主任绝了喊她回答念头的、成绩倒数第一的袁小鱼，细看看居然是标准的美人。若不是说话期期艾艾，神色萎靡仓皇，和校花也有的一比。他们还观察出了，班上几个出众些的女生，班长倪青云对数学课代表李浩宇看重些；团支书胡靖瑜和四班的学霸周瑞智的家长在一个单位，他们还在同一个补习班补课，关系不错；文娱委员陈思佳不但在本班男生中人缘最好，外班也常有男生借故来转转搭话的，男生再不抓把劲，就被撬走了。男生们私下里吹嘘，班上一些女生对自己还是有好感的，只是自己不愿搭理而已。唯一将少男少女这种朦朦胧胧好感大方表现出来的，就是体育委员魏驰和二班的一个叫罗玉倩的女生。

魏驰常常买了肯德基和奶茶给那个女生，那个女生会周末约他去看电影。当然这一切是在瞒了老师的情况下进行的。不过两个孩子的家长却都知道，据说两家是做生意的，有来往，算是默许了下一代的交往。不少男生一方面鄙夷魏驰讨好女友的行径，一方面却又艳羡不已。但是初中的孩子还是知道有些事不可以做的，对女生感兴趣是一回事，觉得自己可以或必须交女朋友却未必。所以学魏驰找女友的，还真不多。而且他们觉得找女友这件事太成人化，不完全属于学生范畴了，因而视魏驰为异类。他们一面说："不打扰你们小两口""有女朋友陪真好啊"，一面疏远了魏驰。可怜魏驰开始还享受他们的羡慕，后来因为其他人不带他玩就不得不继续和女友黏在一起了。

"他们是嫉妒我，所以排挤我，不带我玩了。"魏驰和女友抱怨。"他们还是小屁孩，别理他们。我带你和我哥哥他们认识。"女友罗玉倩把蹦迪时认识的几个干哥哥介绍给他。这些哥哥都是自负聪明实质学渣，三观也相似：一致认为学历不必太在意，后台和关系是自己将来立身在社会的根本。当然他们也不是个个都有游戏人生的依仗，七八人中真正家有偌大产业等着继承的也不过一二。其他不过自诩家境不错，觉得自己英明神武一定能将家境再提一个台阶，并把这阶层提升的机会压在那"一二"身上而已。他们很愿意结识像魏驰这样的富二代，并不辞辛苦地接纳和改造他，使之同声共气。魏驰后来因为和这些人参与校外打架，被派出所传讯，最后不得不转校这是后话。

这天周五放学，严竞华和徐旭阳正考虑明天去哪儿，看见魏驰骑车越过他们，偷偷摸摸往推着车的隔壁女生车篓里放了个食品袋，一起摇头。

"魏驰那家伙，这么早就被一个女生绑定了。他没听说不要因为一棵树，放弃一片森林吗?"徐旭阳学习不咋样，奇奇怪怪的东西倒是知道不少。

"你管人家闲事。你要无聊，也找个去。你家开超市，妥妥的富二代啊。我看那个胖妞，你肯要，一定愿意做你女朋友。"严竞华示意他看那个正在前面刚从肯德基出来，大口吃汉堡的女生。

徐旭阳自诩身高腿长风流倜傥，飞快地看了一眼那个微胖的女生，嫌弃地说："去，去，去，别开玩笑。我的女朋友还在上小学呢。"然后他转移目标开起严竞华的玩笑，"咱们班的谢才女可是对你有意思的很啊，都看到了你身上的闪光点了。说说看，有没有发展关系的打算。"

严竞华"嗤"了一声："我要是现在有那念头，我妈非骂死我不可。再说我也不想，我要先把球踢好。男生没本事，没女生看得上。"

徐旭阳的脸上闪出一丝异色。人们总是喜欢和出色的人交朋友，当然在出色的人中，自己略强一点最好。所以最好的朋友关系是彼此你追我赶良性竞争。如果与朋友差距越来越大，那么友谊的小船就可能说翻就翻。只有一种情况除外，那就是被远远抛在后面的那位自尊心没有压过对好友的祝福，而那个领先者懂得谦和这一美德以及适时伸出援手。缺一不可。

徐旭阳甩开乱糟糟的思绪，夸张地赞美："说到踢球，你小子行啊。有没有考虑打职业篮球？上次比赛，两个三分进球，风头出得不小。班上那个不算，外班也有不少对你有意思的吧？"此刻他觉得如果严竞华沉迷于女生的追求，英雄气短儿女情长起来，也许自己单凭成绩还可以稳压他一头。严竞华骂了声："什么班上外头的，胡说什么！再说，我喜欢的是足球。"他一把扯住徐旭阳："羡慕的话，跟我踢球去！国外的足球明星，女朋友不要太多。"

徐旭阳咧了咧嘴，他才不要："算了，我不是踢球的料。陪你练练还可以，可千万别拿你的标准要求我。不过说好了，就凭我现在舍弃玩游戏的时间陪你，将来出息了，可要带兄弟一把啊。"严竞华捶了这个贫嘴的家伙一下，然后两人勾肩搭背地去看据说特效超级棒的一部赛车题材的电影去了。

留下的秘密

"哪里就没有意义了？"一个声音在水孩子耳畔响起。他扭头看过去，是另一个水精灵。他比严竞华的身量要高些，活着时应该有二十出头。"你还有机会争取留的时间久一些。介绍一下，以前他们叫我'四毛'，你就叫我'四毛哥'吧。"这个精灵很熟络地招呼。

"争取待的时间久些，什么意思？"严竞华问。

"没告诉你吗，那个魏呆子？就是那个魏大成的，我看见他跟着你，嘀嘀咕咕了很久的。"四毛铺开翅膀得意地扑扇。他的翅膀很黑，身体灰蒙蒙的却浓厚得多，有如实质。"也是，他怎么可能跟你说这些呢，这个呆子？当初我跟他说，他还不是拒绝了。"

接下来四毛告诉水孩子严竞华一个大秘密。原来落水而死的亡魂，如果能够吸引了更多的人成为亡魂，他的暗黑属性就会加强，那么他消散的时间就会推迟。"弄得好的话，也许可以成为实体。你知不知道，这世上有养小鬼的，那些有钱人，他们会请我们去帮他们做一些见不得人的事，然后作为报酬用法术固定我们的形体，这样我们就不会消散了。"

严竞华的眼睛亮了，如果不是没有法子，他也不甘心就此消亡。"怎么样？有兴趣吗？"四毛不失时机地问。

"可是，这样是不是不好？不然魏大成不会不答应你，也不会不告诉我。"严竞华不是傻子。

"果然是个机灵的！当然有风险。总有些自诩正派的人不能忍受小鬼——其实是精灵的存在。但是，像你年纪轻轻的就死了，还有那么多好玩的没享受，你甘心吗？其他不说，一起去玩的人那么多，凭什么就你死了，其他人继续活蹦乱跳的。他们比你强？比你聪明？没有吧？"

严竞华的神情黯淡下去，是啊，他不想消散，他有不甘。

"你想好了吗？决心跟我一起干吗？"四毛再次询问。

"怎么做？"严竞华舔了舔舌头，他有些动心。

"很简单，找一个替死的。你在学校听说过这个世界是能量守恒的吧？没错，世界上的一切都离不开能量守恒这个法则。人活着仅仅靠吃饭和呼吸吗？不是，灵力才是关键。灵力就是一种力量，人的眼睛看不到的力量。人活着，会散发灵力，死了灵力就消散了。你看，你之所以会消散，就是灵力支持不了太久。世界上的灵力也是固定的，要遵循能量守恒法则。所以每时每刻总有生命产生又有生命消亡，这是要让生死维持一个平衡，也就是让灵力保持稳定。如果你能让一个人意外死了，他的灵力消散就可以冲减你的消散速度。你不会知道：这个世界有生有死，还有一个不生不死的'暗黑世界'，存在于生死之间。'暗黑'是那些希望摆脱灵力消散的亡灵集结而成的。它的力量大到你无法想象，可以庇佑每一个不甘就此消散的亡灵。前提是你得表明对它的臣服，给它进贡。大师们阻断亡灵消散的力量也来源于它，每年都要进贡灵力给它。嗨，这里面名堂大着呢，以后慢慢给你说。所以你得先让一个人因你而死，一方面可以暂时缓解你自己的亡灵消散，另一方面也能进贡灵力给暗黑世界表明你的决心，得到它的庇佑。我然后带你去找养小鬼的，让他介绍生意，这样就可以得到大师的帮助，逃离法则，长久地留在这个世界。"四毛说得极有耐心也极恳切。

"你为什么要告诉我这些?"严竞华不相信四毛。

"小崽子这么疑心重啊,"四毛想摸摸水孩子的头,被避开了,咬一咬牙,拿出坦诚相告的架势,"告诉你吧,那是因为让人主动去死不是件容易的事——得哄。都说'好死不如赖活',肯主动去死,都是没办法的。所以这劝人去死也是门技术活。那些一心求死的不用劝,就是那些犹豫不决的,还有根本不想死的,才是我们的目标。就这样也不是个个做得起来的,要是这事好做,岂不是亡灵都可以赖着不走了。就得像你这么大的,有头脑,能说会道,去哄个犹豫不决的人早点下决心去死,一般人不提防。我可怜你年纪小,又瞧你是个机灵的,才把这给秘密透露给你,你千万别声张。咱俩合作,你出面哄人,我给你敲敲边鼓,难搞的时候搭把手。放心,不会欺负你,只要你弄到一个新鲜的亡灵,分一点灵力给我就行。"

水孩子没想到,死了还要被激励去努力奋斗,一时不知说什么好。"我要想想。"他说。

"没关系,你想好了就成。可要早点下手,时间不等人,更不等鬼。"四毛笑嘻嘻地提醒,"明天你的身体就开始消解,等你的翅膀也淡化了,就来不及了。"

水孩子看看自己的翅膀,果然颜色有些浅淡,身体也更透明了些。

四毛嘎嘎笑着扑腾着飞走了。留下水孩子呆呆地留在原地消化刚刚得到的信息。

人生失意无南北,何必天涯叹寂寥。

水孩子原本以为能看过牵挂的人再告别这个世界，已经是造化，现在告诉他，还有希望留下来，他的心顿时乱了。他不想消失，哪怕他已经不复从前模样，他的亲人朋友都看不见他，他们的悲哀，他们的喜乐，他都无法参与，也不想离开。

　　他坐在学校门口那棵大雪松的树杈上思考着。雪松有四层楼高，下面的树干他一个人抱不过来。树丫沉甸甸地，把树身都带歪了，一副老态龙钟的样子。这树据说有一百多年的历史了，还是学校创立的时候，第一位校长种下的。严竞华读初中的树人中学，由本地历史最悠久的学校之一"文正书院"改编而来，历史上还有"建设中学""城东中学"等几个名字。迫于城市建设的需要，学校从市中心最终挪到了偏安一隅的老旧小区，还是用废弃的厂房改造而成。这棵雪松，其实和政府谈好招商引资意向的开发商买下这块地皮时倒是希望这树也一起留下。但是学校的老教师舍不得，说什么不肯让这棵见证了几代人成长的树被屈辱地买卖，于是树也跟着搬了几次家。

　　天幸"人挪活，树挪死"的悲剧没有发生，雪松委顿了一段时间最终缓了过来。希望这里是雪松最后的安身之所。因为学校难免会被重新规划，当地人谁不说把本地历史最古老的学校安置这么一个憋屈的地段太缺德。学校迁址或者重建的规划在几届领导班子那里都换了五六版了，还停留在讨论阶段，但是不管学校将来搬迁到哪里，树人学校的师生有了默契，那就是：不要再折腾这棵老树，让它安稳地留在此地。

　　水孩子严竞华对这棵树其实没什么特别的感觉。男孩子大都粗线条，对花花草草没什么喜好。但是听教历史的丁老头一段声情并茂地讲述老雪松和学校的渊源后，他开始关注这棵树，每天进出校门都要看看。时间久了，觉得这棵静默的树，就像一个老者，目光温和而深沉地望着每一个进出校园的师生。现在，水孩子久坐在这棵树的一簇伸出的针叶上。松针的味道有些辛辣呛人，虫子们都不喜欢，水孩子坐在这儿，没有什么东西来打扰，他可以静静地想一想要不要做四毛说的那样的事，又要怎么做。

水孩子不想害人，但是知道有那么一个机会可以留下，他也真的不想离开。

"也许让那些本该死的人死，就不算做坏事了。"他这样劝慰自己，"让一个该死的恶人死，不但不是坏事还是做了好事。对，就是这个理！"越想越觉得这事可以做。

水孩子开始想，哪些人是恶人，该死。杀人放火肯定该死，可惜他看不出谁有做下这样恶事的嫌疑，也不知道哪里会是下个犯罪现场。水孩子记得以前看过一个电影，主人公老是在犯罪实施时穿越时空回到过去。如果他现在有预知的能力就好了。

熟悉的人当中有谁有犯罪的可能吗？身边的同学熟人好像虽然讨厌，但还没有罪大恶极到那种程度。要不钻到哪个官员家里，听听他有没有悄悄犯下罪行？好像当官的都不怎么清白，严竞华记得爸爸以前在家里和爷爷悄悄谈论，尽是说哪个哪个领导做了坏事，说他该抓起来坐牢。好像贪污受贿，有作风成问题，都是犯罪。对了，还有欺上瞒下，挖国家墙角的，也是罪大恶极。爷爷曾经说一座桥质量不过关，塌了，死了人，那个负责的官员坐了牢。当时严竞华奇怪为什么不判他死刑，不是应该以命偿命吗？这样都够不足判死的程度，让他觉得为民除恶挺不容易。要不就把这些其实该死的人送走吧。

立刻水孩子想到一个人，以前住他家附近的一个前贪官。这个人在厂里负责安全生产，可他收受贿赂玩忽职守，造成火灾，导致救助不及烧掉一个厂房，还死了一个没来得及逃走的女工。那个女工的家人去闹过，所以他有印象。后来这人搬了家，就在离溜冰场不远一幢楼里，水孩子刚好有一次见到他从里面出来，还因为好奇跟踪过他。害得人家死了，这样的人应该死有余辜。

他立刻动身，很快找到那人的新家。已经夜深，水孩子进入那人梦里。"你还记得吧，那次你让一个女人死了，让她的孩子失去了妈妈。你记起来了吧，你就是因为这件事才搬了家。"那个男人显然是想起来了，在梦里捂住耳朵："这件事已经过去了，我已经因为她倒了大霉，还要怎样？"水孩子回想那个失去母亲的孩子的哀戚，忍不住恶声恶气地说："害死了人，倒霉就算了？你没有良心吗？你如果有良心的话，想想那个可怜的孩子，你就应该以死谢罪。你去死吧，跳到河里，从楼上跳下也行。"

"我为什么要死？我才不！是她自己笨，自己找死！别人都出来了，就她没出来。如果不是她笨手笨脚地死在里面，我只要受点警告，花点钱就能解决。可现在我因为她的死失去了工作，搬了家，被人嘲笑，我讨厌她还来不及，为了她去死？做梦吧！"那个男人不但不肯就范，口气还凶悍起来。

水孩子真生气了："是你的工作重要，还是她的命重要？太无耻了，你这样的人不配活着。"

"无耻？她家拿了厂里六十万的赔偿还到我家去闹，不给就要告我，让我坐牢，又拿我二十万。这样的人家不无耻？我不配活？我丢了工作，赔了钱，说不让我活就不让我活了？我偏要活，活得有滋有味的。谁不让我活，我就上谁家闹！"这个人在梦里做出张牙舞爪的动作，形似疯癫。

水孩子被彻底惊呆了。劝一个人死这么难。

"根本就是个顽固不化的人。难怪老师说，不想学的人，九头牛都拉不回来。根本不想死，也一样啊。劝不了。要不找一个想死又不想死的吧。"水孩子无奈地退出那个人的梦。

"怎么知道一个人想死呢?"新的难题又出来了。虽然从前他们一群屁孩经常说"你想死啊""对，我想死"，全无禁忌。可那是说着玩不是。等等，谁说过的，玩笑都有真的成分，不要随便开玩笑的? 哦，想起来了，是班主任宋老师。

那次他们在班上开玩笑，说了很多，然后一个叫叶菲菲的女生哭起来了。他们还莫名其妙，"告状精"杜薇已经把班主任喊过来了。宋老师问叶菲菲了半天，她只是哭。宋老师只好向周围人调查，特别是杜薇几个女生，根据大家反映的情况，拼凑出事情经过。原来，徐旭阳嘲笑杜薇几个女生整天吃个不停，说唐朝以胖为美，她们是不是想穿越到唐朝做杨贵妃。杜薇几个还不觉得怎样，一旁被严竞华起过"肥肥妹"绰号的叶菲菲却哭起来了。

宋老师知道前因后果自然把他们几个批评了，还勒令他们向叶菲菲道歉，保证以后不开玩笑，不给人起绰号。罪魁祸首的严竞华则被重点批评，因为他太嘴贱，给很多人起过外号，据说宋老师的外号"送命题"就是他起的，就是因为不喜欢宋老师布置周末"命题作文"。当然严竞华是很不服气的，起个绰号怎么啦，又不会掉块肉。有些外号是难听了点。可要做到和本人匹配，被大家第一时间采纳还能广而告之，以至比当事人原来的名字还要响亮，多不容易。要知道绰号要特征鲜明、神形兼备、还要朗朗上口，那是很考验起绰号的人的智商，要死很多脑细胞的。大多数被起了外号的抗议无效就算了，像他本人被同学起了四个绰号，也没当回事。哎，女生就是矫情。

严竞华不喜欢小气的女生，像叶菲菲这样动不动就掉眼泪的，他特讨厌，比喜欢告状的杜薇还要讨厌。要不是怕麻烦，简直见一次就要欺负一次。叶菲菲除了爱哭，还爱发呆，上课经常因为神色迷茫被数学老师抓包，每次都要因为回答不出刚刚才讲的知识点被刷一顿。可能就因为这样，她下课了也不挪窝，连厕所也不去，阴沉沉地坐位置上。她郁郁的神色，呆滞的表情让其他女生也不太愿意和她接触。

"怕不是有帕金森综合征吧?"调皮鬼宋禹说。他以前搞不清，老说成是金手帕综合征，最近终于能把这个词说溜了。

"胡说，应该是抑郁症。像林黛玉那种。"知识分子数学课代表李浩宇很肯定地说。

"就她，胖得跟猪没两样，还林黛玉? 我看她就跟猪一样，吃撑了懒得动弹。猪猪妹，小肥猪，飞猪侠，哪个名字好? 咦，你们说我是不是太有才了。"严竞华又开始损人了。

"是抑郁症。她胖，那是吃药吃的。我小姑也有过，失恋，说得了抑郁症，吃了一个月的药胖了十斤，不敢吃了。"小眼镜田继权插话。这下几个男孩子都沉默了，抑郁症这病以前大家不认可，最近几年都重视了，经常听人说起，他们还是知道这个病的严重的。

"听说得这病的人容易自杀。"田继权看了严竞华一眼，半晌又纳闷，"她有啥可抑郁的呢?"

是啊，一个初中女生有什么大不了的事值得抑郁。"有啊，不想写作业。每次放假结束要开学的时候，我就想得场病，不要报名上学才好。还记得小学里四班那个女生吗？她吞粉笔，给送到医院了，就是因为不想上学。现在她真不用上学了。要不是得了病，天天要关医院里打针吃药，我也想得抑郁症。"徐旭阳也讨厌写作业，他假期里要补课，补课老师那里作业也是蛮多的。等补课结束还要照例去上海姑姑家玩一段时间。所以学校老师布置的只有拖到最后通宵补，补到心酸。

"别忘了吃药，我看你是得了神经病。"田继权揶揄他，"还想得抑郁症呢。没听说很多得这病的最后都自杀了吗？装病吓唬一下你爸妈倒是可以。可这病得起来怪里怪气的，你怕是装不像。"

调皮鬼宋禹叫起来："对了，你们有没有注意，女生好像容易得这病。"

"女生心眼儿小，所以容易得。"李浩宇得出结论。

"女生不像我们男生。我们多敞亮，有什么就说出来。她们喜欢憋着让人猜，天天动那些脑筋，脑筋动多了脑子里就长瘤了。"这是不学无术的胡毅在胡说八道。

那次谈话后来就说偏了，变成对女生种种恶习的申讨和攻击。

得抑郁症的女生

现在水孩子严竞华想起那次谈话，他想他也许得到了可以劝说一个人寻死的机会。那个人就是得了抑郁症，早晚要寻死的叶菲菲。

以前在书上看到梁山好汉们对为非作歹的恶人手起刀落，只觉得痛快。可真要自己对一个人判处死罪，水孩子却发现自己还真没哪狠劲。心理建设了半天，严竞华才下定决心去找叶菲菲。

叶菲菲是教师子女，虽然她妈妈只是图书管理员，但也算教师子女。她家就在学校隔了一条马路的教师公寓。严竞华没费劲就找到了她家。

叶菲菲正躺在床上，手搭在胸前，做着一个可怕的梦，梦中她遇到了同学严竞华。为什么会觉得可怕，叶菲菲也有些奇怪。好像不应该见到严竞华的，这让她紧张甚至害怕。但是在梦里她没有搞清为什么自己有这种想法。

出现在眼前的严竞华身体弯弯曲曲的，像乌黑的污水的波纹，又像百叶窗的阴影。他还有一双小小的翅膀，黑色的。叶菲菲盯着看了会儿，才想起自己在一副画上见过，那是黑天使的翅膀。真酷，要是自己也有，是不是想飞到哪儿就飞到哪儿？

她心里想着，就听到严竞华说："你也可以。"她诧异地抬头，却发现严竞华的嘴巴并没有张。奇怪，那他们是怎么交流的？她不想和他交流，什么人，什么内容也不想交流。

"你为什么不跟人交流呢？"

因为我不想，不想，太烦。

"有什么烦的？"

你不觉得，身边的每一个人都让你很烦吗？老师盯着你的成绩，你错一丁点儿他们就大惊小怪，搞得你也紧张。同学整天叽叽喳喳说别人的闲话，你一举一动她们都要评头论足，她们有什么权力笑话别人？你如果说她们这样不对，不和她们一致讨伐某人，就会被敌对孤立。家长更烦，总是觉得你不努力，不优秀，不能给他们长脸。他们自己又有多优秀？你是孩子，你不能反抗，你有一丁点反对就是坏孩子，就是犯了忤逆的大罪。他们的批评很多时候是迁怒，他们把自己的不顺心当成你的问题。他被领导穿小鞋，会骂：你今天怎么没考好，你这样将来能有什么出息，会窝窝囊囊一辈子。她今天骑车摔了一跤，会归罪：都是为了急着回家给你烧饭，你还就学得这样垃圾，不能像人家某某那样争气，我天天辛辛苦苦，还得不到回报，养你有什么用。如果他们争吵了，也是你不好：如果不是因为你，我早离了，这家早已经待够了，不为你我何必受这罪！他们颠倒黑白，他们是因为你才凑成一对吗？不，是他们硬要把你带到这个世界来受罪，还因为他们的低下的才智造成你的平凡。可是，尽管你心里早已如怒海咆哮，你却在现实中低下头。你不能顶嘴，你不能戳穿他们的无能与庸俗，只是因为他们是你的父母，你还要都仰仗他们活着。除了听着他们对你的诋毁，你还要点头、流泪、痛心悔过保证一定努力改正。

"哇，你这么能说，真没看出来。哦，我说错了。你不是在说，这些是你的想法。"严竟华明白了。他明白了叶菲菲为什么在学校里总是阴郁着的原因，活得太憋屈了。

可能是因为在梦里，可能是因为不需要说，只是真实想法的流露。叶菲菲"说"出了心里的抑郁，就不再压抑心中的怨恨："我也讨厌你，你总是得意洋洋，你的成绩也不好，你怎么就能没心没肺地笑啊闹啊的呢？我还讨厌胡靖瑜，她有个好爸爸，帮她辅导功课，她作文里说她爸爸会因为她一道题不会，晚上不睡觉给她想解题思路，第二天把最优的答题思路分析给她听。她妈妈总是那么温柔，从来慢声细语，她什么秘密都能和妈妈分享。凭什么老天给了她那么好的父母，我却遇不到？我妈老是说我不像她，笨！当年她和胡靖瑜的妈妈一个产房生产的，会不会是在医院里把我们抱错了？"

严竞华一脸懵："真的抱错了？"

"呵呵，我倒是希望是抱错了。但是，应该不是，我继承了我妈的小眼睛，我数学学不好，我爸的数学思维也不好。错不了。"叶菲菲摇摇头。

"你就因为这个抑郁？"

"抑郁？你们也觉得我是抑郁？也许吧，他们都这么说。那次数学没考好，他们骂我，我就用刀子划了手。没用太大的力，我就是看电视里这样，也想试试。他们吓坏了，难得没再骂我。他们带我去看医生，做了一大堆测试。看到他们紧张了，我突然明白了，我难受他们就不会再骂我。如果一定要这样，那我就抑郁好了。我吃药，我不开心。他们不抱怨了，不互相责骂了，还和颜悦色地安慰我，家里难得安静。我很高兴，可是我又不能高兴。我不高兴，我生病，他们才对我好。如果我生病了，他们才对我好，那我就一直生病好了。"

"所以你只是不开心。你不是真的得了抑郁症？"严竞华突然有些不安。

"不知道，可能装久了就当真了。我现在真的整天开心不起来，心情很糟糕。想哭，想离开这儿，我还想死。我看了书，我这就是抑郁症的样了，也许，我真的就是抑郁症，不是装的。"叶菲菲说着两行晶莹的泪珠从脸色滚落下来。

"你——真想死？"严竞华紧张地小心询问。

"嗯。想死，觉得没意思。我生病后，我妈请假陪我去医院，我爸也天天接送，看着他们不再骂我反而小心翼翼的样子，我一点儿也不开心，我更想死。我妈一年没添新衣服了，以前她可臭美了。我爸也不抽烟了，说省钱带我出去看病。我难过，想跟他们说不要浪费钱，又不敢说。我后悔得病了，可我不能跟任何人说。我真的，真的，想死！我恨自己，恨自己不能给他们快乐。哪有我这样拖累了父母的？我想死，好想死。"叶菲菲握着拳头，眼泪汪汪地大声叫喊着说，似乎这样说的话才更有分量。

"那太好了，你想死我可以帮你。"严竞华兴奋地鼓动翅膀，拉起叶菲菲的手，"你去跳河吧，和我一样做个水孩子。看，还有一对翅膀，多好看！"

"可是淹死很难受吧？我听说你死的时候，脸色难看，手指缝里全是抠的河底的淤泥。"叶菲菲看了看严竞华的脸色又说，"别介意啊。其实你平时挺帅的，真的很帅，死了当然好看不了。"

水孩子严竞华臭屁地一抬下巴："我当然知道自己长得帅。算了，那你换一种死法。跳楼怎么样？曙光中学不是有个学生和家长吵架后，从八楼跳下摔死了吗？"

"也有没摔死的，听说断了腿，骨头都戳出来了，半死不活的，可受罪了。听说起码十楼向上才摔得死，我们学校没那么高的，我家也只有四楼。万一没摔死怎么办？治病又要花我爸妈一大笔钱。"

这下严竞华也犯难了："还有什么死法？好弄的那种？"

"我想过一种——被车撞死！"叶菲菲跳起来，"我死了，司机，不，是保险公司还要赔偿。这样也能给我爸妈一笔钱。我也算做了件对他们有用的事。"她的脸上露出亢奋的红晕，目光闪亮满是快乐，这让这个一向木楞呆滞的女孩有了不同以往的灵气。严竞华看着她的脸，突然有些恍惚，自己怂恿她去死，对吗？

深夜的马路上，一个女孩子梦游中走上街头。在人们看不到的地方，一个水孩子拍打着翅膀，在前面带路。"这边来，不要在那里。那里车多，速度不快，除非是喝了酒的。"严竞华经常在大街小巷窜，很有经验。

"不要站那儿，让人家看见你站那儿发呆，会有人来管闲事。在这里躲着，我出去盯着，一会儿车过来喊你。"严竞华把叶菲菲安顿到一处隐蔽的角落，自己则飞出去观望。

"喂——要挑一个坏人，看上去凶的那种。不要挑女的。不然我撞死在她车上，会吓着她，她会难受。"叶菲菲伸头叮嘱了一声，眼巴巴地望着他，让他想起他都不屑欺负的流浪猫。

"知道了!"他故意凶巴巴地说，女孩就乖乖地缩了回去。

夜晚的车开得很快，带动的气流有些大，他得小心地避开。"哎!"水孩子突然听到一声叹气声，"是谁?"

"是我，魏大成。"一个精灵从黑暗中显现出来，身形又淡了一些。也是，他离开的时刻越来越近了。他不知道不用离开的方法呢? 不对，四毛说他知道的。那就是他不愿意了。可是，不用离开多好啊。水孩子犹豫不决要不要劝劝他。"你还是要走这一条路。"魏大成哀伤地望着水孩子，"那是你的同学，你忍心让她死? 想想你死了你家人的伤心，你想过她死了她爸妈的感受吗?"

"她自己想死。"水孩子避开魏大成责备的目光争辩道。

"谁真的想死呢? 没有希望的人才会求死。她也才十四岁，和你一样，花一般的年纪，哪里就没有希望了?"魏大成怜悯地看着水孩子，"你们都不该死。我知道放弃希望很难，但是这个希望不应该用良心来换。我怕你会后悔。"

"我知道这样做不好，可是我真不想离开！怎么办？"水孩子低下头。

魏大成无言，他想起他去世的情形。那天他是因为喝酒，才把摩托车开得失控。那个约他喝酒的朋友，在得知他死讯后自责万分，因为他们是从小玩到大的朋友，因为是他激魏大成喝了酒，也是他知道魏大成有事急着回程却没有劝他不要自己开车。朋友自责到想在魏大成父母面前以死谢罪，是魏大成的父母拦住了。

那天夜里魏大成出现在朋友的梦里，他看到他内心深处的惶恐与愧疚。朋友并没有真的想以死谢罪，他只是害怕，怕承担责任，但是魏大成父母的原谅让他看到自己的懦弱卑劣。"大成，我对不住你，对不住叔叔阿姨多年的爱护，以后你的爸妈就是我爸妈，我发誓。不然，我死了也没脸见你。"梦里朋友跪在魏大成面前痛哭流涕。而朋友的心里话，让魏大成最后一丝担忧与不忿也释然了。现在他愿意离开，也愿意给朋友一个站起来承担责任的机会，他相信他的朋友会做到的。

"活着的人会替我们好好活。如果你愿意可以换一种思考。因为生命陨落太令人痛心，我们身边的人，会从我我们的死中受到震撼，从而会更认真地看待生命。"魏大成摸摸水孩子的头。

"我的死，是为了这个原因？"水孩子有些迷茫。

"我是说，生命是有价值的。每个生命的诞生和结束都应该有价值。活着让身边的人快乐，死了给家人朋友一个念想。我魏大成没害过人，活着对得起良心，死了也要对得起良心，做人做鬼，都堂堂正正的。"魏大成叹了口气，"你是一个好孩子！"

水孩子望望叶菲菲藏身的那个角落，慢慢也叹了口气。

"小竞华，你快点儿，那个女生的爸妈找来了！"四毛不知从哪里跑来，"快点儿，别让他们找到那个丫头。哎呀，你怎么在这里？"他指着魏大成叫起来："你小子自己不想留下，别坏了别人的事。"

"别人？你还是人？你就是个为虎作伥的伥鬼，妖言惑众巧舌如簧，让精灵和你一样堕落成伥鬼。你说你害了多少人家破人亡。竞华，你不要被他蛊惑。你想想，为了魂魄不散，就要一直做恶鬼的帮凶，值得吗？"魏大成想拉水孩子过来，四毛气他坏事，猛得一扇翅膀，已经存日不多身体虚弱的魏大成顿时身形飘散，不知哪里去了。

"那个女生呢？爸妈半夜起来发现她不在家，出来找了。真搞不懂这些父母，又哭又喊的，早干什么去了？我已经帮你把那个女生的爸妈引开了。你别把人弄丢了，赶紧把她哄了去死。跟你说，马上有一辆红色的小车过来。司机是个女的，也是一心求死的。搞好了，两条人命，你我各算一条。"四毛兴奋地搓手。

"女的？"水孩子有些犹豫，"她为什么想死？"

四毛看出他的迟疑，赶紧打包票："真的是她自己想死。她怀孕了，老公出轨被她抓个正着。她是要强的人，前几天还在发微博晒自己老公送的生日礼物，显摆到爱情结晶问世就三口之家了。撞见这一幕，整个人都崩溃了，不想活了。闹腾好几天了。"想想又加了两句，算是面授机宜，"当然，我也帮忙点火了，在她梦里重现了她老公和小三在一起的丑态。她现在就想撞死，坚定得很。与其让她发疯随便撞死，不如帮你一把，是不是啊？"

"她还怀着孕？那不是连小孩子也一起死了？"水孩子不确定地问，"那不是死三个人。"

"呵呵，是她想带着孩子一起死。不然她撞着其他车，说不定是四个、五个人的命都要完完。哎，你别啰唆了，快准备，我把她引过来。"四毛推开他，催他把叶菲菲领出来。

严竞华来到叶菲菲跟前，后者正痴痴地抬头出神。他不由问："在想什么？"

"你闻到鱼味吗？好像从那边的餐馆传来的。"叶菲菲指了指远处，"我妈不大会烧菜，但是她烧的鱼很好吃。我考得好的时候，她都会烧鱼，那时我们全家都会很开心……以后我吃不到她烧的鱼了。"说到这里，叶菲菲神色黯然，低下了头。

"你舍不得死。"严竞华说。

"舍不得也没用，我得了抑郁症，只有死才能解脱。我死了，我爸妈也解脱了。希望我死后他们生一个聪明的孩子，不要像我这样笨，尽丢他们的脸。"叶菲菲蹲下身子，抱着自己。那样小小的蜷成一团的她，让水孩子的心揪了起来。他看这眼前的叶菲菲，想到那些和他一样藏身玫瑰花的水孩子，他们无力地垂下头，抱着身体的姿势是何其相似。

过了半天，严竞华清了清喉咙："谁说你得了病只有死？叶菲菲，你没有得病，你忘了吗？你是因为害怕在装病呢。你回家跟爸妈说清楚，不用吃药，自己能好。"

"可是我没有病的话，我爸妈就会跟以前一样逼我，我好没好又什么区别。"叶菲菲摇着头，声音嘶哑，显然在哭，"除了死，我没有路可走。"

"不会，你爸妈肯定后悔了。他们不会像以前那样的，我知道。"严竞华拉起她的一只手，"相信我，我经历过，不会骗你。他们在找你，他们后悔了，他们很爱你，如果你死了，他们会非常非常伤心……"

叶菲菲抬起头，满脸泪水："你怎么知道？"

"因为我死了呀。我可以读到他们的梦，他们在梦里说，他们只要你一个孩子，他们爱的是你。只是他们之前不懂怎么表达爱，他们现在明白了，想补救。你会给他们机会的，是吧？"严竞华擦擦眼睛，"不要等到我这样，什么也来不及了。"

"你在胡说什么？"四毛的声音大得要穿破水孩子的耳膜，"你要放弃这么好机会？那个发疯的女司机，我都已经带来了，你这个时候让她不要死？"

"叶菲菲她没有得病，她不想死了。"水孩子推开叶菲菲，"去吧，你的噩梦醒了。去找你爸妈，他们就在附近，快跟爸爸妈妈回家去。"

梦游的女孩睁开眼睛，茫然地看着夜晚的马路，然后她听到远处熟悉的呼唤声："菲菲，你在哪里？菲菲，快回来！"她循声跑过去，然而她很快看一辆汽车正疯狂地从远处疾驶而来。女孩惊恐地看到马路对面的那对夫妻望见她喜极而泣，拉了手全然不顾远处的汽车，横穿马路而来。

"当心！妈妈当心！"叶菲菲尖叫起来！水孩子睁大眼睛不可思议地看着惨剧即将在眼前发生。

随着尖锐的刹车声，红色的汽车一个侧滑，轮胎腾起烟雾，在地面拖出两道长长的弧形擦痕，振颤着撞到路边的灯柱，"砰"一声随着安全气囊打开，一切终于停了下来。

叶菲菲睁开吓得闭上的眼睛，就看到眼前同样一脸惊恐的父母。她又仔细看了看，完好无损。然后她"哇"地大哭着扑进父母怀里，而他们也紧紧地抓住她的胳膊，三人抱在一起。

水孩子飞到小汽车跟前。没有着火，就是车头已经严重变形，女司机被气囊保护着并没有血流如注的惨状，可也半天没有动弹。

叶菲菲一家从震惊中清醒过来也跑过来查看。叶菲菲的爸爸赶紧打手机报警，她妈妈则和女司机交谈："你还好吗？能说话吗？已经报警了，救护车马上就到。"女司机过了会儿缓缓呻吟着："你们没事吧？……疼，我的孩子……"这时他们才注意到女司机一只手护着肚子，看样子已经四五个月了。

"她不想孩子出事，她不想死的，你骗我。"水孩子冲四毛吼道。

"哈，还算没白忙活，还有个小的可以带走。"四毛没理会水孩子，他在那个女司机身前忙碌，一会儿，一个小小的淡白色身影飘了出来。"才四个月，小了点，不过也够用了。"四毛牵着那个模模糊糊只能看出大概形状的胎儿神魄，升向高处，打算离开。

那边那个被困在车里的女司机大声呻吟起来，大颗的泪水夺眶而出，前仆后继地滚过她的脸颊："孩子，救救我的孩子！不要离开妈妈！妈妈错了，妈妈不该发脾气，你是无辜的，妈妈不想你出事的！对不起，我的孩子！"

"救护车马上就到，你冷静下来，会救下宝宝的。你听我指挥，放松，呼——吸——"叶菲菲跪在车门口，努力安慰孕妇，她神情格外平静，语气温和地给孕妇擦汗，指导她深呼吸，"我看过了，你没有受太大的伤害，暂时没有危险，所以你不要紧张。你放松，宝宝才能安全。来，呼——吸——"这一刻的她说不出的宁静，圣洁。孕妇安静下来，眼泪汪汪地望着她，一手捂着肚子，一手紧紧拽着这个还没成年的小姑娘。

"菲菲怎么会这些?"叶爸爸打完电话，转过头不可思议地望着女儿。叶妈妈声音有些激动："这个我知道。她们上过一节急救课，也没有多少人当真去学。我没想到她学得这么好，还用起来了。菲菲，也有她的优点……细心，善良……你说，她将来当护士，应该不错吧?"

"我觉得行。"叶爸爸叶第一次用欣赏的目光看向女儿，"护士专业不难考，她有优势! 你看，她现在跟平时一点儿不同，那么自信，沉着。专家说得对，我们总是拿人家孩子的长处跟她比，是在逼她承认自己不行，是毁了她的自信。哎，是我们不会做家长，我们没发现孩子有她自己的成长之路。"如果那不是现在，他们真想开怀大笑，而现在他们能做的就是心情复杂地相视一笑，然后和女儿站在一起。"我去放警示标志，你去看看附近有没有商店，拿点毛巾和水过来。"叶爸爸一下子找到了行动的方向，投入到救助中去。

水孩子严竞华却在追四毛，想拦下他。

"小混蛋，你不要坏了我的事。"四毛猛抽转身，乌黑的翅膀狠狠抽向紧追不舍的水孩子，让他跟跄着飞了出去，撞到一棵上，"你不怕魂飞魄散，我还要留这儿，永远留在这儿。什么都无法阻挡我!"

就在他看着水孩子狼狈地挣扎时,一个精灵趁他不备冲上来把那个胎儿的神魄接了过去。是魏大成!

魏大成带着胎儿的魂魄回到孕妇身边,他的手心闪亮,一股力量推着胎儿的魂魄回到孕妇体中。追过来的四毛咬牙:"把自己所剩不多灵力送出去,你怕自己消失得不够快吗?"他伸手来抢。魏大成伸出另外一只手,又一道光芒闪现,挡住了四毛的逼近:"我已经没有什么未了的心愿。用这点力量阻止你害人,值得。"他猛一发力,胎儿啼哭一声回到母亲怀里。四毛则翻滚着被扔了出去,远远传来一声声咒骂。

救护车响着报警器过来了。孕妇被送上车,随车医护人员给她做了检查,胎儿没有危险。叶菲菲一家露出欣慰的笑容。等救护车离开,叶菲菲突然停住不动。她回头迷惑地看着周围:"我怎么会在这里? 爸爸妈妈你们怎么也在这里?"

"我们担心你,起来看你,发现你不在房间,就出来找你了。外面太危险,你一声不吭出来,你妈妈吓坏了。我也是! 刚刚如果……哎,幸好一切都没事了。"叶爸爸挽着她的肩,"以前是一场噩梦,现在过去了。回家,我们回家。"

叶妈妈捂住嘴:"菲菲,爸爸妈妈知道以前做错了,对不住你。以后我们会改,会听你的想法,尊重你的想法。相信妈妈,相信我们一家会好好的。"

叶菲菲不敢相信地抬头,看到父母一脸真诚微笑地看着她,她想了半天,终于明白了,趴到了妈妈的肩上,无声地哭了。

水孩子叹息着把虚弱浅淡得聚拢不起来的魏大成扶着坐到一

片路边的蓝雪花的花穗上。精灵的身体就像快要熄灭的灯，忽明忽暗。

"孩子，我要走了。没什么要紧的，能在死后看到母亲，看到兄弟情谊还在，已经很满足。我的兄弟他会代我照顾母亲，我也没有不放心的了。"魏大成慢慢坐直身体，"你是个好孩子，刚刚做得很好。我没有看错！"

"本来你还能多留下时候的。要不是我，那个家伙——"水孩子说不下去了。

"你这些天应该体会到，悔恨会让我们承受更多痛苦。我本来就要离开的魂魄，能够帮一帮别人，少一些悔恨，挺好的。我很高兴，真的。"魏大成朝着远处看去，"天要亮了，我就要走了。"

"不要！不要丢下我！"水孩子抱着他哭了。

魏大成摸摸他的头，虚无的手掌像星子落在他的额上："别怕，离开和死不一样，不是件很难受的事。只要心安了，离开只会让你平静，很舒心的平静，就跟回到妈妈怀里一样。妈妈——"魏大成突然伸开双臂，在那一刻，他的形态突然像风中的蒲公英一样散开，无数的小光点如流萤，融入晨曦前的星空，渐行渐远，终于不见踪迹。

三口慢慢地走在回家的路上，叶菲菲有些疑惑地回头看了几眼。"我好像听到我的同学的声音。"她说。

"哪个？"妈妈问。

"就是前几天淹死的那个同学。"叶菲菲感受到妈妈的紧张，"他跟我说，你们来找我，让我跟你们回家。"

叶妈妈松了口气："是个好孩子。可惜了。"然后和叶爸爸换了个眼色，"菲菲她爸，刚刚真吓人，还好大吉大利。我看明天我们得去庙里敬香，还要去给祖先烧点纸，感谢神灵保佑。也给菲菲的同学烧点纸，保佑他亡灵早日安息。据说烧的人多了，亡灵得到的祝福叶多，灵魂就能安心入极乐世界。"

"你们说的是真的吗？我也去，我也要请菩萨保佑他……"叶菲菲说。一家人一边说着，一边沿着人行道往家的方向走去，影子长长的，紧紧挨在一起。

水孩子拍着翅膀升到高处，眺望这个城市。折腾了大半夜，天快亮了。晨曦微露，一切原来阴暗未明的东西渐渐显现出轮廓，像是宝石经过冲洗从尘滓里显现出它绚烂的真面目。有车辆呼啸的声音，还有鸟儿梦呓的啁啾，在晨风中传来。这个城市，甚至整个世界就要醒来，一个叫生机的东西在鼓动着即将喷薄而出。水孩子看着看着，突然感觉到了一种力量从胸膛中腾起。"还有时间，我还可以见一见爸妈，还有爷爷。我该做一些什么减轻一点我带给他们的悔恨？让我也最后做点什么吧，我也要无憾，然后平静地离开。"他想着，发出一声呼啸。这呼啸声，清泠作响，如水晶散在波光中，晃了天边那残月的眼。